講談社文庫

カワイイ地獄

ヒキタクニオ

講談社

目次

寒猫　7
ピンクの沼　15
JUNK WORD ——ポンコツな言葉——　73
ヒヨコのお饅頭　127
透明な水　187
さよならマルキュー　241
東京ラブ　299
黄色いハート　351
カワイイ地獄　413

カワイイ地獄

寒猫

小夜子《さよこ》は肩甲骨の間を縮めるように力を入れた。こうすると胸が開き姿勢がしゃんとする。戦前生まれで七〇歳を過ぎている小夜子だが、背も高く後ろ姿は若々しく見えるとよく言われる。バックシャンという言葉があった。後ろ姿美人という意味だがシャンはドイツ語の美人で、旧制高校の生徒がハイカラに言い始めたと聞いたことがあった。しゃんとするのしゃんは、もしかすると美人のシャンなのでは、と小夜子はふと思った。

「ほら、背中を伸ばさないと、ハイヒールを綺麗に履《は》けないよ」

小夜子は春菜《はるな》の背中を叩いた。

「そうなの？」

折れそうなピンヒールを履いた一八歳の春菜は、一旦足下《あしもと》に視線を落とし小夜子を見上げた。日本の女の子は椅子で育ってないから、ぺたんとお尻を付けた女座りをする。だからなのか足の形が悪くなる。

「ヒールの靴は姿勢で履くの。踵《かかと》が高いからって膝を曲げて歩いたら、アヒルみたいになるだろう」

小夜子は、春菜の頭の天辺《てっぺん》の髪を摘《つま》むと引き上げた。春菜の身体《からだ》に一本の線が通ったように姿勢が整った。歩かせるとヒールの音が変わった。

「本当だ」

春菜の後ろ姿は背伸びをしているように見えた。

キャンキャンと犬が吠えて小夜子は路上で止まった。リードを軽く引くと、先に犬が繋《つな》がれているとは思えないほど抵抗がなかった。

「小夜子さん、もう歩けないよって言ってんじゃないのかな？」

春菜は言うと犬を掌《てのひら》で水を掬《すく》うようにして抱き上げた。紅茶のカップに入るほど小さな犬は、春菜の掌にすっぽりと収まった。

「いまどきの犬はすぐ疲れるんだね……昔の子犬ってのは疲れて眠るまで走り回っていたもんだよ」

小夜子は犬を抱いて歩いた。五〇〇グラムにも満たない重さのこの子犬は、成犬になってもニキロにもならないらしい。

しばらくすると犬はむずがりだした。犬を地面に降ろすと、短い尻尾を振りながら歩き始めた。リードの先の犬は、手からこぼれて転がっていくモヘアの毛糸玉のように見えた。

ミュールかサンダルの踵が出す甲高い音が背後から近付いて来る。世の中には不注意な人が多い。甲高い音は早くなり無遠慮な感じで小夜子たちを追い抜こうとしているようだった。小夜子はリードを引いた。まだ、躾《しつけ》をしてない犬が横に飛び出して踏まれでもしたら、人差し指ほどの太さしかない足は粉々に潰されてしまうだろう。

「カワイイ！　お婆さん、これってティーカッププードルですよね？　触ってもいいですか？」

若い派手な女が犬の横に屈《かが》み込んで小夜子を見上げた。小夜子は頷《うなず》いてみせた。女は犬を抱くと後ろに立っている女の子に見せた。会話から母と娘のようだが、母親は犬に向かってカワイイという言葉を連発し、名前を訊《き》いてきた。

「ベティ……」

小夜子は犬の代わりに答えた。

「そうなんですか、カワイイ！　安室《あむろ》ちゃんの飼っている犬と同じ名前なんですね」

そんな理由で名前を付けるはずがない。この犬を預かることになった時、ふと名前が浮かんだ。犬の顔を見てベティ・ブープに似ている、ただそう感じて付けただけだった。しかし、この母親は、カワイイを連発しながら安室ちゃんの犬に倣《なら》って名前が付けられた、と子供に向けて言い始めていた。小夜子は少し鬱陶《うっとう》しく感じた。

犬を向けられた女の子は、母親の言葉を受け流し、少し面倒臭そうに見えた。そして、女の子が母親に向って「名前の由来は、ちょっと違うんじゃない」と小声で言ったのが聞こえた。

「あら、あんた、しゃんとしてるわね。美人になれるわよ」

小夜子は思わず言ってしまった。女の子は少し驚いた表情を見せたが頭を下げた。母親に抱かれた犬が、また吠え始め地面に降ろされた。犬は小夜子のリードを引っ張り母娘《おやこ》から遠ざかるように歩き始めた。

二人と一匹は赤坂の深部にある小夜子が経営する『バー寒猫《さむねこ》』に着いた。「寒猫」は、赤坂見附の飲み屋街の奥に三十数年前にオープンしたバーである。

寒そうに丸まっている野良猫のことを「寒猫」といい、当時の小夜子は、自分も寒猫のようなものだとバーの名前にした。そんな名前にしたせいか、店には野良猫のように道で生きている女の子たちが多く集まって来るようになった。いつも道で非道《ひど》い目に遭わされて、怯《おび》えて丸まっているのを小夜子が拾って世話している。何とも馬鹿らしい商売の仕方だが、どこか野良猫をほっとけないのは、やはり、自分が似たようなものだったからなのだろう。

『バー寒猫』は小夜子の自宅がある麴町《こうじまち》から歩いて二〇分ほどの距離なのだが、今日はわがままな犬のために三〇分以上も時間が掛かってしまった。小夜子は扉を開け中に入った。

「さっきの子カワイイかったけど、どうして美人になるって思ったの？」

春菜は抱いていた犬をソファーに降ろしながら訊いてきた。

「あの子は、カワイイって言葉を一言も発さなかったんだよ。面白いね、あれほどお母さんはカワイイって言葉しか使っていなかったのに。母親の影響を断ち切れば美人になるよ」

「そうだったけかな……。でもそれって逆に変なことじゃん？」

「春菜は、あの母親と一緒でカワイイという言葉で生きているからね。こんな話を聞いたことがあるよ。TV局のアナウンサーが、アナウンサー養成の専門学校に教えに行った時、生徒を前にしてまず最初にこう言ったらしい。もしアナウンサーになりたいのなら今日この場からカワイイという言葉を使わずに生活してみてくださいってね。そしたら、生徒はいまの春菜のように不思議そうな顔をしたらしい。わかるかい？」

「だってカワイイものを前にしたら、どうしてもカワイイって出ちゃうもん」

「日本語にはいろんな表現があるんだよ。それをカワイイの一言で済ましてしまったら、語彙《ごい》は増えていかないだろう？　カワイイだけじゃ言葉の仕事は出来ないんだよ」

「そういうことか」

「あんたらの好きなお洋服の色でも江戸の頃には、四十八茶百鼠《しじゅうはっちゃひゃくねずみ》と言って、茶色でも何十種類の茶色があって、弁柄《べんがら》、江戸茶、利休茶《りきゅうちゃ》、鶯茶《うぐいすちゃ》、団十郎茶《だんじゅうろうちゃ》とそれぞれに粋《いき》な名前が付いてたんだよ。いまどきじゃ、茶と焦げ茶ぐらいしか言えないだろう？」

「すごい、小夜子さんっていろんなこと知ってるよね」

「三〇年以上この店をやって、いろんなお客さんと話してきているからねえ。それこそ、何でもカワイイって受け答えしてたら店は続かないよ。このごろの女の子は何でもカワイイ、カワイイしか言わない。まるで中毒患者みたいにカワイイものを追っているのは可哀想にも思えるね。そういう子は、カワイイ地獄に堕《お》ちてしまってんだろうね」

小夜子は冷蔵庫からミルクを出し皿に注いで犬の前に出した。舌を鳴らしてミルクを飲む犬の頭を春菜は優しく撫《な》で始めたが、カワイイと言いそうになるのを口を真一文字に結んで耐えているように見えた。その姿はかわいげがある、と小夜子は思った。

ピンクの沼

スクワット六〇回を四セット、腕立て伏せ二〇回を五セット、腹筋背筋をそれぞれ四〇回を五セット終えると、新陳代謝のいい身体はすぐに汗で濡れる。

長いこと日本拳法という拳技、蹴り技、関節技を駆使する総合格闘技をやっている私は、必要以上の大きな筋肉を付けないように重い負荷を掛けたウェイトトレーニングはやらない。入念に股関節のストレッチをすると汗だくになった。

シャワーを浴び終え、タオルで身体を拭《ふ》きながら冷蔵庫の扉を開けた。浄水器の水をフランスのミネラルウォーターのペットボトルに詰めて冷やしたものを取り出す。

私はそのまま口を付けて冷たい水を身体の中に流し込んだ。水色の薄いペットボトルがペコペコと音を鳴らした。

「駒子《こまこ》ちゃん！　また、直接飲んでるぅ」

朱々《しゅしゅ》が部屋のドアを開け、大きな声を上げながらキッチンに入って来た。頭には黄色いスポンジのカーラーが沢山付いて、まるでキノコが生えて来たように見える。

「最後まで飲んで洗おうと思ったんだよ……」

私は最後まで無理して水を飲むと、流しでペットボトルを洗い始めた。

朱々は私の大事なルームシェアの相手だ。私が転がり込む形でルームシェアするようになったのは、八ヵ月前のことだった。


朱々は六本木のキャバ嬢で、この部屋は元々は朱々が店の友だちと二人でシェアしていたものだった。しかし、その友だちが急に引っ越すというか、いなくなってしまったので、私が敷金礼金なしで入ることになった。当時の私は軽量鉄骨のアパートに住んでいたから、少し安い値段で鉄筋コンクリートの、壁がぶ厚いマンションになるならということで飛びついた。

よくもまあ、キャバ嬢二人のルームシェアに部屋を貸したな、と思ったけれど、敷金礼金が四つずつという法外な値段を不動産屋と大家は決めていた。結局、向こうも、キャバ嬢なんてまったく信用してなかったわけで、私は偶然、そのおこぼれにありついたというわけだった。

恋愛体質という独特の表現で女の子の性格を言い表すことがあるが、出ていった子はそれそのもので、あっという間に彼氏を捕まえて出ていってしまった。敷金が戻ってくるとか、考えたこともないのだろう。お金を返そうにも連絡が付かなくなっていた。とはいえ、たぶんだけれど、最終的に非道《ひど》く猾《ずる》い不動産屋と大家は、難癖を付けて敷金を一円も返さないだろうと私は思っている。

まるで違うタイプの私と朱々なんだけれど、一緒に住めるのは、朱々のお節介というか妙な世話好きの部分に乗せられて、私もキャバ嬢になってしまったからだった。

私がキャバ嬢？　いまでも奇妙に感じるけれど、私には目標がある。それは、お父さんが死んで手放さなくてはならなくなった日本拳法の道場を私の地元に再建するということだ。そのために、私は大学に通いながら、トレーニングを兼ねての自転車なしの新聞配達、コンビニの深夜バイトとティッシュ配りを掛け持ちしてお金を貯めようとしていた。しかし、へとへとになるほど働いてもまったく足りない。

道場を再建するための費用を概算で出したら三千万円ぐらい。半分ぐらい貯めることが出来れば、あとは銀行が貸してくれるようなのでどうにかなる。取り敢えずは千五百万円をなんとかして貯めたい、もっと効率のいいバイトをやらなきゃ到底無理だって考えていたとき、ティッシュ配りのバイトをしていたら、中学の時に同級生だった朱々に偶然ティッシュを渡した。

喫茶店で私の目標を聞いた朱々は、飲んでいたお茶を噴き出しそうになり「それって昭和の男漫画の話みたいね」と言って笑った。

私の人格を形成したと言っていい道場は、私のもう一人のお父さんのようなものだった。お父さんが死んで道場が無くなることは、私にとってお父さんが二人分いなくなるようなものだった。お父さんは生き返らないけれど、道場は私の手で生き返らせることが出来る。私が、どうしても道場を再建したいと語ると、朱々は私の顔をじっと見て「キャバ嬢になれば？　駒子の顔なら大丈夫。そんな昭和のバイトじゃ百年掛かるよ。キャバ嬢はお金いいよぉ」と言いながら化粧っけのない私の頬に触った。

話を聞き、自分の生活とは天と地ほどの違いがあって驚いていた。すごい世界もあるもんだ、と感心していた私の腕を引っ張って朱々は半ば強引に自分の店の面接を受けさせた。

私ってぇ、お金のために働いているの、なんてことを言うキャバ嬢はいるけれど、私は誰よりもお金のためだけにキャバやっている。そうじゃなければ、「カワイイ」という私のいまいち馴染《なじ》めない言葉が蔓延《まんえん》している場所で働いてはいけない。

朱々のことは好きだ。でも、やはり、自分とは別世界の人間のように感じる。一緒に住んでいて奇妙に思うことばかりだ。尤も向こうも、そう感じているんだろうけれど。たまに、私のことを見ながら朱々は、変わってるねぇ、と言うけれど、私から見れば、朱々の方が奇妙な生き方をしていると思う。彼女の周りには、似たような女の子しかいないから、自分が平均値だと思っているようだけど、それはキャバ嬢という特殊な職種の中での平均値でしかない。

「ねえ、駒子ちゃん。また、体脂肪が減ったんじゃないの？」

朱々が裸の背中を触った。しっとりとして冷たい朱々の手が私の背筋の上を移動した。感触で、彼女の日々の爪のお手入れは完璧だってことがわかった。掌《てのひら》にはたっぷりと保湿クリームが浸透している。

「わかる？」

私が下着を付けると、朱々の携帯が鳴る。朱々はちらっとだけ携帯を見て、すぐさまメールの返信をした。

「うん。それで、何％になったの駒子ちゃん？」

朱々は私の背中を揉《も》むように触り始めた。

「一二％」

「すごっ！　それでもまだ、一〇％は切らないんだね」

「女の子で一〇％切ってるのは、病気か新体操の選手ぐらいだよ。……そう言えば、女子柔道で、オリンピックの銅メダルを取った子に、体脂肪率六%ってのがいたけど、あれは太くて重い筋肉が付きやすい体質で、落とせる脂肪がほとんどないから減量に苦労するんだろうな」

「女子柔道って、身体が岩みたいで顔が夏ミカンみたいな子がやってるよね。嫌だ、あんなの全然カワイクない」

朱々は顔を顰《しか》めてみせた。朱々のよくやるカワイクて暗い顔だ。

「その柔道の子は、結構カワイイよ」

私はあのメダリストの姿を思い出した。格闘技のアスリート特有の岩のようなごつい身体ではなく、すっきりとして痩《や》せて見え、顔も表情には乏《とぼ》しいけれど、シンプルに整っている。運動の出来る無口でいい奴って感じだ。

「やっぱ私は、病気か新体操の選手の方がいいな。筋肉も脂肪もいらない」

「いらないって……。それじゃあ、骨皮筋右衛門《ほねかわすじえもん》じゃん」

私は笑ったけれど、朱々は不思議そうに私を見ていた。

「骨皮……、何エモンだっけ?」

「筋右衛門。ガリガリに痩せて、骨と皮と筋しかないってこと」

「大昔に聞いたな、それって。オヤジギャグだ」

「お父さんがよく言ってたからね……。よく言わない？」

「お父さんに、骨皮筋右衛門って……。昭和じゃないんだから、言わないよ、その二つのワード！」

朱々が大笑いした。お父さんはお父さんだ、と私は思った。いまさら変える気はない。お父さんをパパだなんて呼んだら、どこか違う人間になってしまう。それに三年前に死んでしまったから、変更するのにお父さんの承諾も得られないし、試しに呼んでみて様子を窺《うかが》うことも出来ない。

「まあ、そうかもね。でも、骨皮筋右衛門って感じはするよ」

私は、肋骨の浮き出た裸に褌《ふんどし》だけを締め、筋張った太腿《ふともも》にぽこんと出た膝、それががに股になっている江戸時代の侍の姿を思い浮かべた。確か小学校の頃、痩せっぽっちの人のことをお父さんが情けないと笑ったことで覚えた言葉だった。

「ねえ、駒子ちゃん。私も結構、体重が落ちたと思わない？」

朱々がくるりと回ってみせた。

「もう、痩せなくていいよ、朱々は。いま、一体、何キロなの？」

キャミソールから出た裸の肩は、まるで衣紋《えもん》掛けのように尖《とが》っていた。よく見ると、朱々の身体は以前より随分と痩せていた。

「一六一センチ、四一・六キロ。夢の三〇キロ台は、まだ、まだ、まだ先にあるんだけど、どうにかいけそうな気がする」

朱々は腕を上げて二の腕の下の部分を触った。筋肉のない腕は僅《わず》かに揺れていた。

「すっごく痩せたよ。体脂肪率はいくつになってるの？」

「一八％前後ってとこかな。お尻は小さくなった方がカワイイんだけど、胸は萎《しぼ》ませないようにしないとね」

「理解出来ないね……。そんなに痩せてどうすんの？」

「わかってないな、駒子ちゃんは。痩せたら痩せただけカワイクなるんじゃないの」

朱々は少しだけ痩せた自分の身体の状態を試すようにお腹の辺りを揉んでいた。

「身体が弱くなるよ、そんな痩せ方」

「あはは、いいのよ。病気っぽく痩せた方が絶対にカワイイって」

既《すで》に朱々は「痩せたい病」という病気に罹《かか》っていると私は思った。女の子のほとんどが罹る病気だ。伸《の》し餅を背負ったように脂肪をへばりつかせた丸い背中のおばさんなら健康のために痩せないといけないと思うけれど、朱々は必要以上に痩せている。若い女の子は、ぽっちゃりしているぐらいがいい、なんて言うのは、男の性的な嗜好であって、それは触り心地がいいからなんだろう。朱々に対しては決して言わないが、やはり、痩せ過ぎている。だって、筋肉がまるでなくて肩幅が狭いから、頭ばかり大きく見える。しかもお尻も小さいから、棒のような真っ直ぐの身体に丸い頭が乗っかり、まるで、潮垂れた観光地にあるお土産物の、こけしの頭が付いた鉛筆みたいだ。

「運動して痩せた方がいい、何てこと言っても無駄だね」

「無駄無駄無駄。駒子ちゃんは顔が超カワイイからいいけど、私の場合は痩せた方が、もっともっとカワイクなるの。いいよね駒子ちゃんは」

「いまいちピンと来ないな……」

朱々が言うには、私は安室奈美恵《あむろなみえ》に似ているらしい。私はそんなことを言われても大して嬉しくはない。私の大昔の祖先か何かで、たぶん、モンゴロイドの血にネグロイドの血がほんの少しぐらい混じってしまったんだろう。確かに、沖縄出身？　とかフィリピーナっぽいね、とか言われることがある。だから安室ちゃんなんだろう。

「絶対、私は駒子ちゃんの顔が好きだよ。羨《うらや》ましくてしょうがない。お店の子もみんな、駒子ちゃんの顔が理想なんだよ。メイクも少なくて済むし」

「何か微妙……」

私と朱々は今も同じキャバクラに勤めている。店の女の子の中で私の顔は人気があるようだけど、来店するお客さんには大して人気はない。要するにキャバ嬢がメイクをして目指す顔というのが安室ちゃんの顔であって、それに少し似ている私の顔が、女の子には人気があるだけだ。

人の好みというのはいろいろあるもので、私だったら体脂肪率一〇％を切っている女子柔道の女の子に似ていると言われた方が嬉しい。だって、精悍《せいかん》そうで、侍みたいだからだ。私の顔は、笑ってないのにいつでも笑っているように見えて、どうも、強さに欠けている。断然、凄《すご》みのある方がいい。

やっぱり、私はキャバ嬢たちの言うカワイイという感覚が、いまひとつわからない。私の好みはカワイイよりもどちらかといえばカッコイイということだ。

「何で？　生まれ変わったら私は駒子ちゃんの顔に生まれてくるつもりなんだよ。そうしたら、バッチシメイクして読者モデル《ドクモ》に応募できるじゃん」

生まれ変わるって……私は返事が出来ないでいた。うろ覚えだけど、インドの山羊《やぎ》は二〇〇回だか生まれ変わって、やっと人間に生まれてくると聞いたことがある。とても奇妙な話だけど、「痩せたい病」のキャバクラ嬢に、真面目な顔であんたの顔になって生まれ変わってくると告げられることの方が奇妙な話のように私は思った。

「まあ……がんばって生まれ変わってください。そんときは、朱々の性格とか好きなものが残ってるといいね。これでも私は、この笑い顔には苦労してんだよ」

たぶん、いまも、笑って話しているように朱々には見えるだろうが、私としては曇った表情のつもりだった。

「苦労なんてしなくていいじゃん。その顔、カワイクていいよ」

満面の笑みで朱々は言った。また、携帯が鳴り、朱々はすぐさまメールの返信をした。

「カワイイか……」

「そう、それが大事。それと、駒子ちゃん、今日は私、お店を遅番にしておいたから。その前に彼氏とご飯食べるんだよ。だから、一緒に行けないの、ごめん」

朱々は限界ぎりぎりまで細くカットされた眉毛を八の字にして申し訳なさそうに言った。

「それはいいよ、大人なんだし、一人で行けるから。でも、すごいね。同伴してくれるの、今度の彼氏」

「同伴なんかさせないよ。ばっかみたいじゃん、彼氏がお店に金落としたりすんのって。そんなお金があったら楽しいことに使うよ」

「楽しいことって？」

「いろいろよ。おいしいもの食べたり」

そう言ったが、私は朱々が高価なものを食べているところを見たことがない。というよりも、物を食べることに関心がないように思っていた。

「おいしいものねえ。私だったら赤身系の牛肉だな。鶏肉は、食べ過ぎたから」

「砂肝ってカロリーが低いんだってよ」

朱々はトンチンカンな受け答えをして携帯を開き、メールを打ちながら浴室に入った。一時間は出てこないだろう。たぶん、彼氏と生活防水の携帯で話しながら、ゆっくりとシャワーを浴びる。

朱々にとって、今回の彼氏は、最長付き合い記録を更新する可能性大ということらしい。朱々の最長は八ヵ月らしいけど、今度の彼氏との付き合いは五ヵ月目に入った。私に絶対会わせないのは、彼氏を取られるのが恐いからという理由らしい。そんなことするわけない、と言っても、いままでに何度もそんな経験をしているとかで、トラウマになっているという。

朱々の好きなことは、痩せること、グルーミングして自分の身体を綺麗にすることと、占い。そして、男に愛されていることだ。たぶん、前者の三つは恋愛のためにやっているのだろうと私は思った。

私は、朱々の好きなことのどれも大して好きではない。身体の手入れはやるけれど、朱々のように爪を磨いたり、髪の毛のケアしたりではないし、占いよりもジンクスの方が好きだ。恋愛をしたことがないわけではないが、いまは彼氏といちゃつきたいわけではない。体脂肪率は下がっているけれど、それは痩せたいのではなくトレーニングの成果が出ているからだ。

私は壁に立てかけた全身鏡の前に座った。いつも、ここで胡座《あぐら》をかいてメイクをするのだけれど、朱々は私の姿を見て、まったくカワイクないと笑った。確かに私は朱々のようにハリウッドミラーも持っていないし、メイクにお金を掛けることも出来ない。鏡の端には一ダース分の付け睫毛《まつげ》が貼られている。毛虫が並んでいるようで、たまに自分でもちょっと驚くことがあるけれど、これも節約のためだ。一ダースの半分ぐらいは朱々からのお下がりで、残りは一〇〇円《ヒャッキン》ショップのものだ。ドレスも最初はお店からのレンタルだったけれど、近頃では、朱々や他のキャバ嬢のお下がりを使っている。メイク道具も、その流行が終われば、みんな私にくれたりするのでお金が掛からない。

考え方や価値観の違いを大きく感じるけれど、意外とそのことを利用すれば節約に励《はげ》むことが出来るのだった。

浴室から朱々の歌声が聞こえてきた。恋愛体質と言えば、朱々もそうだ。今回の彼氏がすごくいい奴なのか、最初だけ浮かれているのかはわからないけど、相当に機嫌がいいのは確かだ。

「果林《かりん》さん、四番テーブルに」

黒服が控え室にいた私に声を掛けた。一年近く使っている源氏名だけにどうにか慣れたけれど、やはりどこか奇妙な気分は残っている。しかし、本名で呼ばれるのは、もっと、照れ臭いことなのかもしれない。ピンヒールにロングドレス、濃いメイクに盛った頭の自分の姿は他人のように見える。

私は、六本木『アクア』の果林という源氏名のキャバ嬢の着ぐるみを着ているだけ。あとは席に着いて相槌《あいづち》を打ち、楽しそうに笑ってお酒を作る。ただこれだけの作業を五時間から七時間ぐらい続ければ、二万円から三万円のお金を貰える。

貰っておいて何だけど、私はすごい罪悪感を覚える。こんなに簡単にお金を貰っていいの？　という気になる。疑似恋愛を売り物にしているのがキャバクラなのだから、それなりにやらせてあげそうな顔をしなければならない。そしてその値段が加味され、高額な収入になる。

私は客と寝たことなど一度もないけれど、それでも充分にやっていけた。他の女の子が結構「やらせて」あげているので、私は陰に隠れてしまい、店長の梅原に『やらせない方がいいんだけど、いい客をどうしても捕まえとかなきゃいけない時には、同伴五回でやらせるくらいなのがいい』なんてことを言われなくてもよかった。

キャバ嬢は、仕事のためにやらせているのではなく、疑似恋愛のはずなのに、すぐに本気になってしまって、やらせてしまうというパターンが多い。ミイラ取りがミイラになっちゃったってわけだけど、何枚も上手《うわて》の客に、二十歳前後の女の子はいいように扱われてしまっている。

上手く喰われてしまっているのに、本気で好きだった、なんて後悔したりする女の子が多くて不思議だ。あの頃は幸せだったな、なんてことを酔っ払って言うのを、私は奇異な目で見ている。

キャバ嬢の衣装と源氏名の着ぐるみを纏《まと》っているので気がつかれないけれど、店に出ていると、本当に自分が門外漢《もんがいかん》の傍観者だと思えてくる。

今夜の最初の客は、スーツを着た中年のサラリーマン風の三人組だった。遊び慣れているようでがっついた感もない。たぶん、店の支払いを自腹ではなくて会社の経費で落とせるのだろうと思った。

私と一緒の席に着いた女の子は真琴《まこと》とエンジェルちゃん。

エンジェルって、笑えるぐらいに変な名前だけど、この手の名前も結構多く、変わった名前を店側に認めさせるくらいだから、変わり者を自負している女の子がほとんどだ。

エンジェルちゃんは、舌ったらずな口調で挨拶をすると、ごてごてに装飾を施《ほどこ》したネイルの指を動かしてお酒を作った。彼女は全てのネイルを自分で作っていて、最終的にはネイルサロンを経営するのが目標でお金を貯めている。

お店の名前はもう既に決めてあり、勿論、『エンジェル』だそうだ。源氏名としては変わっているけれど、ネイルサロンとしてなら、全国に沢山ある名前だろう。

以前に、無理矢理アフターに連れて行かれ、エンジェルちゃんと話したことがあった。私が道場を再建するためにお金を貯めていることを話すと、同志を見つけたように喜び、いろいろとエンジェルちゃんの出す店の構想を教えられた。

地元の先輩でキャバ嬢から転身してネイルサロンを開いたという伝説の人物が出し

た店の構想をパクっているようだったけど、エンジェルちゃんは真剣そのもので、夢を熱く私に語っていた。ただ一つ、最も重要な部分が残念なままだった。エンジェルちゃんは、全く貯金が出来ていないらしい。私よりもきらびやかに着飾って、結構な確率でやらせてあげているエンジェルちゃんは、同伴の数も多くてお金も沢山稼いでいるはずなのに。どうして、と訊くと、ネイルのお勉強にお金が沢山掛かるのだと言った。

ネイルサロンが経営している、プロを育成する教室の受講料は、私の通う大学の学費よりも高く、材料費や道具代なども少し寒気がするくらいに取られている。それとすごいのは、ハワイアンネイルのお勉強をするために研修旅行としてハワイツアーにまで行ったりすることだ。四泊六日のエコノミークラス、Bランクホテルで六五万も払ったそうだ。

私が怪訝《けげん》な顔を向けているとエンジェルちゃんは、でも、いま、好きなことをやれて充実しててすごく幸せ、と金色のカラーコンタクトに照明の星をいくつも光らせて言った。

「ねえ、果林ちゃん。今夜、アフター行かない？　大事なお客さんが来るんだよね」

エンジェルちゃんが声を潜めて訊《き》いてきた。一瞬にして私の皮膚の傍《そば》にお花畑が現れたかのような濃い花の香りが漂《ただよ》った。

「ごめん、パス。明日の授業、朝早いから」

私が言うとエンジェルちゃんは簡単に引き下がった。これで二回連続でアフターの誘いを断ってしまったので、次は誘いに乗ること、と私は記憶の中に留《とど》めた。

同伴ならお金になるけれど、アフターはならないので、まったく行く気がしない。客が美味《おい》しいものをご馳走して、カラオケを歌わせてくれる、というのがアフターの定番だけど、別にお腹が減っていなければ面倒なだけだ。疑似恋愛のサービスの一環として考えられているのだろうけれど、私はなるべく行かない。しかし、今回のエンジェルちゃんのように、気に入ったお客さんのために女の子を集める場合は三回に一度ぐらいは行くようにしている。

何故なら、三回連続で断ろうものなら『ふーん、私のこと嫌いなんだ』と思ってしまう女の子が多いようだからだ。

朱々なんて典型で、相手が断るのは、自分のことを嫌っているからだと信じて疑わない。いじめられたトラウマがあるからだと朱々は言うけれど、短絡的に『断るのは自分のことが嫌いだからだ』と結んでしまうのには吃驚《びっくり》させられた。相手の都合とかは、あまり考えてはいない。

エンジェルちゃんなんて、たぶん、地元でいじめられた口《クチ》だろうから用心しないといけないと私は思っている。女の子が多い場所は、どうでもいいようなことが大きな問題になる。

「ねえ、駒子ちゃん。今度、朱々に内緒で、爪を作らせてくれない？　お金なんていらないからさ」

もっと声を潜めてエンジェルちゃんが私の本名を使って言った。私は身体が強張《こわば》るような気がした。

「……別に、朱々に秘密にしなくてもいいんだけど、私、格闘技やってるから、付け爪とか駄目なんだよね……。ありがとう、でもごめんね」

「だったら、エアブラシ使って、ペイントアートにしない？　爪を伸ばしてないからフレンチは無理だけど、駒子ちゃんの爪って細長くて面積あるから、描きやすそうなんだよね。それに綺麗にしてるし……これ自分でやったの？」

エンジェルちゃんは私の指を優しく握ると、指の腹で何度も私の透明の爪を摩《さす》った。私の爪をエメリーボードでラウンド形に作って甘皮を取り、輝くように磨いたのは朱々だった。

「……ごめん。私の格闘技の師匠って、女の子の爪に色が入っているのが嫌いなんだよね。ましてや、爪に絵なんかあったら、何を言われるかわからないんだ。だから、自分で磨くだけにしてるの」

　私は言うと手を引っ込めた。

「残念だな……。爪をカワイクしちゃいけないなんて、そんなダサイこと止めた方がいいよ」

　エンジェルちゃんは、ちょっと怒った顔をして無茶な助言をすると、お客さんと話し始めた。

「おい、おまえら、ここは喫茶店じゃないんだからな。おまえらに楽しく話しさせるために高い金を払ってるんじゃないぞ」

　客の一人が沈んだトーンの声を出した。三人の中では一番大人しそうな男だった。私はすぐに声を陽気にして謝った。

「怒ると恐～い。もしかしたら、サラリーマンじゃなくて、裏の筋の人じゃないの？」

　エンジェルちゃんの受け流し方は最高に上手かった。私は少し驚いてエンジェルちゃんを見ていた。さすがにキャバ嬢を長年プロでやってるだけはある。

　サラリーマンの男は強面《こわもて》に見られることをすごく好む、のだ。

お酒を飲むと箍《たが》が外れるタイプのサラリーマンは、会社での鬱憤《うっぷん》が溜まっていることが多く、その鬱憤は、自分のことを軽んじているとか、もっと実力があるはずなのに、いいポストに就いていないとかの不満であることが多い。だからこそ、キャバ嬢は恐がってあげないといけないのだそうだ。サラリーマンなんだけど強面に見えるというのは、最高にくすぐる賛辞になる。

目の前の運動不足の中年男なんて、私だったら三秒で伸《の》すことが出来るけれど、それではお金は貰えない。エンジェルちゃんの方法が最善だ。男はまんざらでもなさそうな顔になって眉間に皺なんて寄せ始めた。エンジェルちゃんはここぞとばかりに、舌ったらずな声を駆使してお客さんを回し始めた。

丁度いい具合に、私は黒服に呼ばれて席を移動した。簡単に稼げるようだけど、やっぱりいろいろと面倒臭いのがキャバクラの仕事だ。

呼ばれた新しい席には、朱々が座っていた。気を利かして、お客さんに私を店内指名するように頼んでくれたようだった。

「サンキュウ、指名。今度、私も返すから」

「いいって、気にしないで。だって、お客さんも果林ちゃんのこと鬼カワって思ったんだってさ！」

朱々はデカ盛りに頭をセットしてカラーコンタクトも直径が一四・五ミリはありそうな派手なエッジのものに変えていた。いつになくハイテンションで、それは、たぶん、彼氏とのデートが相当に楽しかったからだと思えた。

「ねえ、朱々。コロン変えた？」

柑橘系の爽やかな香りが朱々のコロンの定番だったが、今夜は、蜂蜜のような濃くて甘い香りが朱々から漂っていた。

「んん、いつもの。彼氏が変わると匂いも変える、なんてこと言いたいの？」

朱々は大きく笑いながらお酒を作り出した。客はノーネクタイの派手な感じの男三人組で、職業はまるでわからなかった。

もう一人、席に着いたのはアーチストを目指している女の子で、本名は知らないけれど源氏名は荒輝《あらき》という苗字みたいなものだった。

荒輝は私と同じように、生活費を節約して絵の具代や材料費を捻出していた。ただ、私と違うのは、お金を掛けて人と違う工夫をして着飾ることで、自分らしさを表現していることだった。奇抜な格好をして梅原にたまに怒られていたけれど、センスがいいので私にはカワイク見えていた。

朱々が身辺調査のように客の素性を聞き出している。

途端に荒輝の目が輝いた。男たちがクリエイティブ関係の仕事をしているとわかったからだ。荒輝が俄然《がぜん》やる気になって話を始めた。男は水島と言って、店舗の設計デザインと空間プロデュースの仕事をやっているらしく、雑誌とかで見たことのあるレストランとかクラブを作ったと話した。荒輝は忠実な犬がご主人様を見上げるように上目遣いになり、大きく頷《うなず》いていた。私は、上手く話に付いていけなかった。

荒輝は丁寧《ていねい》に受け答えしているけれど、朱々は話を半分聞いているぐらいの感じだった。しかしハイテンションの気分を持続させている朱々は、水島の話に「すっごーい」を連発し、水島の作ったクラブの装飾のことをカワイイと言った。

キャバクラのどうでもいいようなテーブルの上でも、それなりのコミュニケーションと序列のようなものが生まれる。荒輝が丁寧になればなるほど、水島が段々と横柄《おうへい》になり、その横柄さに気付き始めた朱々は、わざとのようにカワイイを連発し始めた。残りの二人の男は二人にしかわからないような仕事の話をぼそぼそとしだし、私は、もっぱら、お酒を作ったり、氷をオーダーしたりしながら、何とはなしに聞いていた。

「水島さん。私も絵を描いているんですけど、どういうことすれば、水島さんみたいになれるんですか？」

荒輝の問いは、プロ野球選手に、どうやったらあなたのようにホームランを沢山打てるようになるんですか？　と訊くような単純で幼い憧れの言葉だった。

「それは、絵で食えるようになるかってこと？」

「ええ、クリエイティブな仕事がしたいんです」

「だったらねえ。荒輝ちゃんだったっけ……。君のカワイイお洋服とカワイイ髪型、カワイイメイクに掛ける金と労力と情熱を全部、絵を描くことに注《つ》ぎ込めばいい」

水島は少し真面目な声になった。

「……それでいいんですか」

荒輝は困ったような顔を水島に向けた。

「そこで初めて自分が絵の世界で生きていけるかどうかを試すスタートラインに立てるってことさ。話はそこからさ。がんばってみてね」

水島が突き放すように言うと、他の二人の男が笑った。その真意は、私にはわからなかったけれど、私は、何となく水島の話したことに頷いていた。

「カワイイ中毒ってことか、抜け出すのは大変だな」

男の一人が言い、大きく笑った。笑いの意味はすぐにわかった。嘲《あざけ》りの笑いだった。三人の中でよく使われている言葉のようで残りの二人も私たちを見回しながら笑った。

馬鹿にされているようだったけれど、私はさらに深く頷きながら、頭の中に映像を浮かべた。

ピンク色のねっとりとした液体が満杯になった沼だ。そこに朱々とエンジェルちゃんと荒輝を先頭に沢山のキャバ嬢が、呼吸の出来る口のぎりぎりまで浸かられている。池の鯉がぱくぱくしているみたいに上を見上げて苦しそうだ。私は腰までピンク色のカワイイ溜め池に浸かっている。

私も同じなんだと思った。自分だけは違うはずだと考えていたけれど、同じようにカワイイことに浸かってしまっている。本当に嫌なら、付け睫毛なんてしなければいい。お金が勿体《もったい》ないなら、メイクだってなしでも働ける場所はある。やっぱり、どこかで、朱々たちと同じようにカワイイことに対する憧れがあるのだと思う。

変わり者の位置を確保することによって自分だけは違うなんて安心していたけれど、水島たちから見れば、荒輝と私は同じようなものなんだ。節約してさえもカワイイことをやろうとしている。

どれほどの時間や労力を掛け、身体がおかしくなるまで、カワイイということに突き進んでいるんだ、あんたたちは、と私は朱々たちキャバ嬢を笑っていたフシがあった。でも、水島たちに笑われて気付いてしまった。

私も、じんわりとカワイイ中毒に陥《おちい》ってしまっている。

「その言い方って、非道くない？」

尖った声を出したのは朱々だった。水島たちは驚いた顔を朱々に向けた。

「……何が？」

水島がグラスを傾けながら言った。

「カワイイ中毒って何よ、それ？」

朱々の顔は表情が無くなっていた。

「おまえみたいな奴が陥っちゃってる病気だよ」

水島は煙草を銜《くわ》えたけれど、誰もライターを差し出さなかったので自分で火を点けた。

「意味わかんない。中毒なんかじゃないしぃ、楽しいんだから、いいじゃん！　ばっかみたい中毒だってさ、だっさいオヤジ臭い言葉じゃん」

朱々はわざとらしい女優がやるように、鼻に横皺を沢山寄せて笑ってみせた。その笑い方は水島たちの嘲りの笑いよりももっと質《たち》が悪くて挑発に近いものだった。テーブルの空気が凍り付いた。

「うるせえんだよ、おまえ。さっきから、カワイイカワイイって何回言えば気が済むんだ。他に表現する語彙《ごい》はないのか？　おまえみたいなカワイイしか言葉がなくて、カワイイってことに依存してることをカワイイ中毒って言うんだ」

水島が言い終わった瞬間だった。朱々がグラスの中の薄い水割りを水島に向かって掛けていた。

いきなりのことで、私は止めることも、動くことも出来ずにいた。水島も避けることも出来ずに顔に水割りをまともに受けた。水飛沫《みずしぶき》が大きく上がり水滴が照明を受けて輝いたのが、スローモーションのように見える。

隣の席にも水飛沫が掛かり濡れたことで悲鳴が上がり、店内は静かになった。一番大きな悲鳴を上げたのはエンジェルちゃんだった。梅原と黒服が急ぎ足でやって来た。

水島がゆっくりと立ち上がった。私は、朱々に殴り掛かるのではないかと思って身構えていた。水島はゆっくりと真っ白なハンカチを取り出すと濡れた顔を拭《ぬぐ》う。朱々は荒い息を吐きながら座っていた。

「おまえなあ……いい加減にしろよな。堅気《かたぎ》の人だったからよかったけれど、相手が裏関係だったら、とんでもないことになってたぞ。荒輝、果林、おまえらも何で止められなかったんだ」

梅原は控え室のソファーに面倒臭そうに座っている朱々に言った。私は横で頭を下げた。

「そんなぁ……急にあんなことすんだもん」

荒輝が口を尖らせた。

「朱々、酔っ払い過ぎなんだよ。俺が水商売始めた頃だったら、その盛った頭摑《つか》んで便所に突っ込んで水流して目を醒まさせるんだけどな。いまどきは、なんやかんやでうるさいから、そんなことは出来ないけど……本当に反省しろよな」

梅原はくどくどと言って、私たちは帰された。

昔だったらおまえを俺が殴って客に土下座させてると何度も言ったが、朱々は罰金を払わされることになった。三人分の飲食費で六万、水島のクリーニング代として五万、ブランデーのサービスボトル代六万で計一七万円となった。梅原は水島に何度も頭を下げ、封筒を渡していたが中に五万円入っているかどうかなんてわからなかったし、ボトルをサービスしたとしても水島は二度と来ないだろう。結局は店側は殴る代わりに朱々からお金をかすめ取ったことになった。

　私と朱々は店の外に出た。息が真っ白になるくらい寒かった。

「帰る？　飲みにでも行く？」

　私は朱々に訊いた。朱々は控え室を出てから、ずっと携帯を手にしてメールを打っていた。

「良樹《よしき》と『寒猫《さむねこ》』で待ち合わせしてるの。来るまで一緒にいて、駒子ちゃん。そうしないと、梅原の馬鹿に辞めるって言いに行きそうになるから」

　テンションががた落ちした朱々は青ざめた顔になっていた。

「絶対に辞めない方がいいよ。じゃあ、彼氏が来るまで」

　私は赤坂見附のディープにある『バー寒猫』に朱々を引っ張った。いま辞めてしまうと、朱々はその場で一七万を払わなければならなくなる。そうしないと他の店に移ることを邪魔されるのだ。もし、現金がないのなら、夜中でもすぐに飛んでくる得体の知れない金貸し屋を呼ばれて用立てさせられるのだけど、金利をいくら取られるかわかったもんじゃない。

朱々は、ウィスキーをカロリーオフのコーラで割ったものをボックス席から注文した。

「相変わらず気味悪い飲み物が好きだね。あら、どうしたの朱々？　いやに凹《へこ》んでるじゃない」

バーのママの小夜子《さよこ》さんが飲み物を朱々の前に置いた。朱々は答えないで曇った表情のままだった。

「お店でいろいろあって……」

私が小夜子さんに言うと、小夜子さんは満面の笑みを私に向けた。

「朱々はお店がとか、彼氏がどうのとか、よく凹む子だからねえ。よく凹む子は、すぐに気分が変わるから大丈夫よ。でも、相変わらずいい上腕二頭筋《じょうわんにとうきん》しているのね、駒子ちゃん」

小夜子さんは私の二の腕を細長い指で揉むように握ってカウンターの中に戻った。

何故か小夜子さんは、私のことを本名にちゃん付けして呼び、筋肉を触る。初めて『バー寒猫』に来た時は、大腿四頭筋の弾力がすごく良いと言いながら拳で太腿を押していた。

朱々は小さく震え、無言で良樹を待っていた。私は何も言わず横に座っている。それくらいしか出来ないでいた。

良樹はすぐにやって来た。痩せて色の白い綺麗な顔立ちの男だった。朱々はじゃれつく子猫のように良樹に飛びつくとしなだれかかった。

「大丈夫か、朱々？」

良樹は私に簡単に挨拶すると、朱々の髪を優しく撫《な》でた。

「……非道いよ、みんな」

朱々はこれ以上ないってほどの甘えた声を出した。良樹が朱々の身体を確認するように撫で回した。見ているこっちが恥ずかしくなるくらいのいちゃつき方だった。良樹はとても優しそうに触り、朱々からは気持ちのいい時に猫の出すごろごろという声が聞こえてきそうなほどだった。

「ああ、メールで読んだ」

良樹の薄い頬の肉が引き攣《つ》った。

「ねえ、非道いでしょう？」

「水島って奴か、それとも梅原か？　どっちを先に殺してほしいんだよ、朱々……。おまえのためなら殺してやるよ」

良樹は甘い顔に似合わないようなことを言った。優しそうな声だけど、薄い頬の肉が残酷そうにも見えた。

「そんなことしなくていいよ、良樹。犯罪者になっちゃうのは嫌だから……それより行こう」

いまからセックスでも始めそうなほど艶《つや》っぽい声を朱々は出した。

「ああ……。残念だな。朱々のことをどんくらい大切にしてるかを証明できたのに」

良樹は囁《ささや》くように言った。

「駒子ちゃん、もういいよ。ありがとう」

朱々は私の顔をちらっとだけ見て言うと、上目遣いで良樹に視線を移した。私はちょっと馬鹿らしくなってしまった。

「じゃあ、帰るね」

そう言うと二人は振り返りもせずに店を出た。朱々がよく言っている「愛されているってのがとっても好き」という状態が私にも理解出来たような気がした。

「ほら、駒子ちゃん。よく凹む子は、その凹みを埋め合わせる何かを持っているのよ」

小夜子さんが朱々と良樹の後ろ姿を見送りながら言った。

「そうみたいですね……」

私も二人を見送りながら言った。

「あら？　大腿四頭筋の弾力が悪くなってるね。駒子ちゃん、アルコールの混ざった水の川に流されてんじゃないの」

小夜子さんは笑っているが、さらりと助言する。実際、宿酔《ふつかよ》いすることもあって毎日走るのが苦痛になっていた。

二日間、朱々は家に戻って来なかった。私は早起きして学校へ行き、トレーニングをこなし、いつもより多めに走り込みもやった。朱々にメールを送っても返事はなくて、携帯も留守電になったままだった。心配もしたけれど、子供じゃないのだし、凹みを直しているのだろうと朱々を探すこともなかった。あんなにラブラブなら、何で一緒に住まないんだろう、とも思ったが、何か理由があるのかもしれない。もし、この家に良樹が転がり込んで、あのいちゃつき方を毎日見せられたら堪《たま》らないから、それはそれで私にはありがたいことだった。

朱々は朱々で何とかするだろうし、良樹がついている。それに、案外、強《したた》かだから大丈夫だと思う。それよりも、私の頭の中を占めているのは、水島の言った『カワイイ中毒』という言葉の意味するところだった。

私には生々しい言葉に聞こえた。朱々にもそれはとても嫌な言葉だったからこそ、あれほどまでに怒ってしまったんだろう。

三日目に朱々は帰ってきた。

吃驚するぐらいやつれ、目の下にはクマが色濃く出て、メイクは剝《は》げ落ちていた。

「どうしたの？　何してたのよ！」

「……何が？」

朱々はよろよろと入ってくると、私の肩に手を触れて擦れ違い、浴室に向かった。

また、朱々から甘い蜂蜜のような匂いがした。

「大丈夫なの？　ヘロヘロじゃん」

私は朱々の後ろを付いて歩いた。

「全然、元気だよ。シャワー浴びて、すぐに出かけるから」

「また、出かけんの？　どこに行くのよ」

私は洋服を脱ぎ始めた朱々に後ろから訊いた。

「もっとカワイイ服着て、もっとカワイイメイクにすんの。それで良樹んとこに戻んなくちゃ」

朱々は裸になった。さらにがりがりに痩せた身体を私はまじまじと見た。

「お店、どうすんの？　今日は休まない方がいいよ」

朱々は振り返らずに浴室のドアを開けてお湯を出した。

「辞めるから、もう、いいの！」

朱々は頭からシャワーを浴び、水音で掻き消されないような大声で言った。

「罰金は大丈夫なの？　払わないと大変なことになるよ」

朱々はシャンプーで頭を泡立てた。

「大丈夫。良樹が知り合いに頼んで、梅原と話つけてくれるって」

「そんなこと出来るの？」

私も大きな声になった。

「大丈夫！　良樹は、私のためだったら何でもしてくれるんだよ！　何でもよく知ってるし、喧嘩だって地元じゃ負けたことないってさ！」

朱々は丹念に頭を洗っている。

「そういう問題？　大丈夫じゃないよ、そんなんじゃ！」

私が怒鳴るような声を出すと、朱々は出しっぱなしにしていたシャワーを捻《ひね》って止めた。

「良樹は私のためだけを考えてくれてるの。いままでの男とは全然違うの。私に手を上げて傷つけたりしない。私のことを本当に大事にしてくれてるんだよ、だから、私も良樹のために精一杯カワイクしておくの」

一瞬にして静かになった浴室に朱々の声が響いた。朱々は泡だらけの髪を絞るとぺったりとオールバックに撫で付けた。メイクを落とした朱々の額《ひたい》の端にピンク色の線の傷痕《きずあと》が見えた。元彼に刻まれたものだ。朱々はDVを元彼から受け続けていたらしい。傷痕を隠すためにどんな時でも、自分の肌の色にあったコンシーラーとファンデーションを持っている。

「でも……」

「カワイクしてれば、良樹はずっと私に優しいの」

朱々は額の傷を隠すことで、DVの事実をなかったことにしようとしている。でも、相手に過剰に優しさを求めてしまうところが、刻まれた傷の深さを私に感じさせた。

になり続けたのよ」

「本当に優しいの？」

私は念を押すように朱々の目を見てゆっくりと訊いた。

「……愛してくれてるんだよ、すっごく。だって、一昨日も昨日も、私たちはひとつになり続けたのよ」

朱々は私の目を真っ直ぐに見返してきた。まだ、デカ目に見えるカラコンを嵌《は》めていたので、朱々の瞳はくっきりとして輝いて見えた。

げっそりと痩せた頬と、輝いている朱々の目は、私に嫌な予感を覚えさせた。

朱々は家を空ける日が多くなった。あの日から店には一度も出勤していない。私がお店に出勤すると梅原から、どうなってるんだ、と訊かれ、答えに困っていた。

次第に朱々の様子がおかしくなってきた。

メイクや髪のセットがはんぱじゃなくなってきている。付け爪の長さが伸びデコレーションは緻密《ちみつ》になって、まるで宝石をちりばめたオブジェが指先に付いたようになった。元々、器用な指を持っていた朱々は、その器用さに持続力が加わったようだった。付け爪で動かしにくそうな指を使って、付け睫毛を自分流にカットして何枚も重ねて目を大きくすることに集中したメイクを施す。お店に行くわけでもないのに、髪はエクステンションでボリュームを付け、空に向かってそびえるように盛っていく。

身体は痩せていき、身体の回りに付着した装飾が増殖していくので、朱々本体がどんどん縮んでいくように私は感じた。

でも、朱々は痩せていくことを喜んでいた。痩せれば痩せるほどカワイクなれる。もっともっとカワイクなれたら、良樹がもっと優しくしてくれる、と朱々は言い続けた。


店に出勤した私は、話があるといって梅原に呼ばれた。

「朱々は、どうなってんだ？　お前会《は》ってるか？」

梅原は控え室のガムテープで継《つ》ぎ接ぎだらけになったビニールのソファーに座っている。その横には小夜子さんが座っていた。

「梅原さんから朱々のことで連絡があって来たんだよ」

小夜子さんは控え室の蛍光灯の下《もと》では皺が目立った。

「たまにしか帰ってこないし、メールも携帯もあんまり繋がらなくて」

「……そうか。俺は着信拒否されている。それとな、果林。良樹って朱々の男が来たんだけど、おまえ知ってるか？」

「一回だけ、小夜子さんの店で会ったことはあります。朱々は良樹のとこにいると思いますよ」

「あのガキは、まずいぞ……。相当にポン喰ってんぞ、あれは」

梅原は少し声を潜めた。

「ポンって何ですか？」

「ヒロポンのポン。覚醒剤のことだよ。俺は、夜の世界が長いからな、一目見れば一発でわかるんだよ。あのガキ、ペットボトルの水をがぶがぶ飲みながら、砂糖を焦したような臭いを身体からさせてやがった。丸見えだよ、あれじゃ。一緒にいるってことは朱々も随分とポン喰わされてんだろうな」

自分の腕に注射器を射すような仕草を梅原はしてみせた。

「……え。朱々もそんな甘い臭いがしてた」

「甘くて苦いような臭いだろう？　朱々がよく飲んでた合成甘味料のコーラとアルコールを混ぜたようなね。あれは気味悪いケミカルな香りだよ」

小夜子さんが言うと梅原が頷いた。

「他に、朱々に何か変わったことないか？」

「メイクとかネイルとか、すごくなったな……カワイイって感じに身繕いすることが止まらなくなったみたい」

「掃除は？　部屋を必死こいて綺麗にしてないか？」

「してる！　ものすごくピカピカに磨いてた。コンロとか廊下の隅とか……。綺麗好きだったけど、こないだなんて私が帰ると必死に窓の溝のところを割り箸に布を巻いて綿棒みたいにして磨いてて、吃驚したもん……」

「それはポンがやらせてんだよ。まったく、完全に異常行動が出ちまってんじゃねーか……」

　梅原は呆れたような声を出し、小夜子さんと顔を見合わせた。二人の姿は、ちょっとだけ出来の悪い生徒のことを心配する学校の先生が集まっているようにも見えた。それも物事がわかった上で、厳しいけれど良い先生の顔だった。

「そうなんですか……」

「あのな、良樹ってガキ、相当に変だな、あれ。弁護士の卵ってのを一緒に連れて罰金のことを話しに来たけど、それが三流大学の法学部に通ってるってだけのただのガキだぜ。まったく知識もねえんだ。俺たちはプロとして水商売やってんのに、生半可な知識で何とかなるとでも思ったのかねえ……。短絡的で呆れるっていうか、言ってることが子供の漫画から出てきたみたいなんだ。街をうろついてるチンピラともまるで違う。あれがオタクって奴なのかな？」

梅原は呆れたように笑った。

「優しいし、自分のためなら何でもしてくれるって、朱々は言ってました」

「阿呆らしい。この店なんて大本《おおもと》のオーナーは広域指定の組織だぜ。俺だったら恐ろしくて難癖なんて絶対に付けに来ないけどな。殺してくれって言ってるようなもんだぜ。世間知らずにもほどがあるだろう。それに薄気味悪いな優しいってのも……ああいうタイプが、若いうちに出来ちゃった婚とかして、我が子を虐《いじ》め殺しちまうんだろうな」

「でも、朱々は、前の彼氏にDV受けてたから、その元彼とは全然違って、良樹は自分を大切にしてくれるって」

「阿呆らしい！　大切にしてくれるって男が、自分の大事にしている女の子に異常行動が出るまで、身体も頭もぼろぼろになるようなものをやらせるわけないでしょう。あんな薬は、快楽を求めるだけのもの。良樹って男は薬と朱々の身体を楽しんでいるだけなの。まったく、何だか、胃から苦いもんが上がってきそう」

小夜子さんは吐き捨てるように言った。そして、梅原がポケットから折り畳んだ紙切れを一枚出した。

「何ですかこれ？」

「良樹ってガキの住所だよ。ちょちょっと俺が低い声出すとびびって、すぐに住所を書いたんだぜ。そんなガキのクセに、ポン買うところなんてのは、ちゃんと知ってるってのは……何だろうなぁ、あれ。俺にはさっぱりわからねえ。新時代のガキってことかな？」

「ねえ、店長、小夜子さん。朱々のことをどうやったら助けられるんですか？」

私は恐くなっていた。私のすぐそばで、そんなことが起きているなんてまるでわからなかった。

「この世界に長くいて、朱々みたいな子をいっぱい見てきたんだよ。自己責任としか言い様がないね……でも、世間知らずのあの子たちに太刀打ち出来るような世界じゃないよ、水商売は。梅原さん、しょうがないよね、どうにかしてやってくれない」

小夜子さんが梅原に向かって頭を下げた。

「しょうがないか……、何万回もこの言葉を言ったな。わかったよ小夜子さん、しょうがないな。おい、これを返してやるからって朱々のところに持って行ってくれ」

梅原は、スーツの内ポケットから朱々が書かされた罰金を払うという誓約書を出して、テーブルに置いた。

「いいんですか？」

「くれぐれも、あのガキには、これを返すことを教えるんじゃないぞ。あのガキ、この紙切れをオーナーに回すと借用書と同じもんになるって教えてやったら、責任もって朱々に払わせますから、上には内緒で五分五分で分けませんかって言いやがった。何でおまえと俺が五分なんだよ、馬鹿野郎って怒鳴りつけたんだ」

「最低……」

私にも小夜子さんと同じように苦いものが上がってくるようだった。

「それとな、果林。拳法だっけ空手だったけかな、親父が手放した道場を再建したいとか、おまえ言ってたよな。資金を貯めるのは、上手くいってるのか？」

「私にしては随分貯まりました。目標の半分ぐらいだけど……」

「ポン喰いながら色恋沙汰に浸かっちまった奴は、恥ずかし気もなく何でもするから、用心しとけよ。水商売で簡単に稼いだ金は、いろんなことで簡単に消え失せてしまうからな……。なあ、小夜子さん。悪いけど、また、こいつらの面倒みてやってくれないかな」

「しょうがないね」

小夜子さんはそう言うと梅原と顔を見合わせて笑っていた。

梅原は、帰れという風に私に向かって手の甲を振った。私は小夜子さんと控え室を出たが、身体の芯が震えているのを感じた。

私はすぐにロッカーに行きハンドバッグを調べた。いつも持ち歩いている預金通帳はハンドバッグのポケットにあった。その場に座り込みそうになるほどほっとしたが、私は黒服に今夜は休むと告げて店を飛び出していた。銀行印は部屋の小物入れにある。

小夜子さんは黙って私についてきた。

部屋に戻ると朱々の姿はなかった。朱々が磨きあげるように掃除をしていたのは、自分の部屋と共有スペースだけではなく私の部屋もだった。私の部屋の窓は曇り一つなく、フローリングの隅にも塵《ちり》一つなかった。

私は自分の部屋に入ると真っ先に小物入れに向かった。頼むから……という気持ちで小物入れを開け、一番奥底にある銀行印を探した。

「無いのかい？」

小夜子さんが言った。私は頷いた。後頭部から首筋にかけての皮膚がぎゅっと縮まった。銀行印は消えていた。いつもあるはずのものがない、というのをこれほど気味悪く感じたことはなかった。しかし、これが私の置かれている現実だった。すぐさま、部屋を出て良樹の家に向かっていた。


良樹のアパートの前に着いた。私が以前に住んでいたのと同じ軽量鉄骨のアパートで鉄の音がカンカンと鳴る外階段があった。

「駒子ちゃん、私は事の成り行きを見に来ただけだから、あんたがちゃんとやりなさいよ」

小夜子さんが言い、私は頷いた。私は大きく息を吸って鉄の階段を登り白い化粧板のドアの中心部分にあるインターホンを押した。チャイムの音だけでドア自体が揺れた。すぐに良樹の声が聞こえてきた。

「駒子です。そこに朱々がいるなら、会いたいんだけど……」

ドアの奥からがさごそという慌てたような音が漏れ聞こえてきて、ドアが少しだけ開いた。

「どうしたの？　よくわかったね」

朱々は完璧にメイクをして髪をセットしていた。

「ちょっと、伝言があって来たんだけど、外で話せる？」

私が言うと朱々は外に出てきた。メイクと髪型は外出用だったけれど、ピンク色のタイトなスウェットがいかにも部屋着でチグハグだった。また痩せて、ピンクの色えんぴつのようだった。私たちは鉄の階段の部分に移動した。

「何？　駒子ちゃん、小夜子さんまで、どうしたの真剣な顔しちゃって！」

朱々は言葉の最後が裏返るほどテンションの高い声だった。でも、私がどきどきしているように朱々も心穏やかではないはずだ。私は、朱々の様子を見てから、ちょっと考えて話し始めた。

「あなたのカレシって梅原さんに会いに行ったの？　罰金のこと、カレシがどうにかするって言ってたよね」

私は訊いた。私は店の女の子との会話で初めて梅原のことを「さん」付けで呼んだ。

「ああ、それ？　良樹は梅原のところに一回は会いに行ったんだけど、やっぱ、頭が固い糞オヤジだから話にならないってさ。そうだよね、あの梅原だもん。それで、もう一回、ちゃんと話しに行くから、お金を俺に預けろってさ」

「それ、どういうこと？」

「現金をちゃんと持っていって見せつけて、金が無くて払わないんじゃなくて、おまえらに罰金を取る権利があるかどうかが疑わしいから払わないんだ、って感じで話を持っていくんだって。すごくない？　良樹のこのやり方」

朱々はカラコンがしっかりと嵌められたキラキラした目で言った。相変わらず、甘い香りが私の鼻を掠《かす》めたけれど、小夜子さんに聞いていたから、甘い香りにケミカルで人工的な臭いが混ざっているように感じて私は少し顔を背けた。いま、朱々が嘘を言っているようには見えなかった。梅原の話が私の中で真実みを増していった。

「ねえ、おかしいよ、朱々。これ梅原さんから預かってきたんだ。どういうことだと思う？」

私が朱々の書いた誓約書を見せると朱々は驚いた顔で受け取った。

「……良樹が話しに行ってくれたからじゃないの？」

「違うよ。梅原さんが朱々のことを可哀想に思ったからだよ」

「そんなの、梅原の嘘に決まってんじゃん。良樹は嘘言うわけないもん！」

そう言いながらも朱々は言葉に詰まって下を向いた。やっぱりどこかでおかしいと感じていたのだろう。

　首を機械のように横に振り続ける朱々の腕を掴んで、私は部屋に向かった。ドアを開けると良樹がパイプベッドの側面に背中を付けTVを観ていた。その脳天気な姿が腹立たしかった。一〇〇円《ヒャッキン》ショップで買ったのだろうピンク色の灰皿やゴミ箱などの小物、テーブルもピンク、コップや皿にもピンク色の印刷がされている。それはピンクの洪水で目がちかちかしてきそうだった。

　私は朱々を引っ張って部屋に上がり込んだ。

「何だよ？　どうしたんだよ？」

　良樹は驚いた顔を向けた。

「朱々、私の部屋から銀行印が無くなったんだけど、こいつに言われて盗ったんじゃないの？」

「違うよ……」

　朱々は私と目を合わせなかった。

「違うって、何？　いまんところ実害はないんだから怒らないよ。本当のことを言って、朱々……」

「盗ってないよ」

「だったら、いまから、部屋の中を探すけど、いいの？　もし、この部屋から私の銀行印が出てきたらどうする？　そのときは私は警察に行くから。そこでいろんなことを全部話すからね」

「おまえ、何言ってんだよ」

良樹が尖った声を出して立ち上がった。

「朱々、どうなの？　いましかないよ、本当のことを言うのは。警察に駆け込むよ。警察が来たらまずいものとか、持ってないよね？」

私は、テーブルの横に置いてある朱々のバッグに手を伸ばした。

「ごめん……。借りただけ。置いてあったからちょっと持ってきただけ……良樹に言われたからなんかじゃないよ。本当に、ちょっと借りただけ、嘘じゃない」

さっとバッグを取ると、中から私の銀行印を取り出した。朱々がさらに痩せ細って小さく見えた。

「朱々はこう言ってるけど、あんたがやらせたんでしょう？　本当のこと言いなさいよ」

私は良樹の方に向き直った。

「知らねえよ、そんなこと。馬鹿じゃねえの、おまえ」

良樹も私と目を合わせなかった。

「何よそれ……。朱々、全然違うじゃない、こんな奴。絶対に朱々のこと守るとか、朱々のこと大事にするとか、言ってたみたいだけど、この男は、この状態で、全然朱々のこと守ってないじゃないの！　俺がやれって指示したとか、朱々を庇ったり出来ないじゃん。こいつ嘘ばっかりだよ！」

私が言うと良樹の顔が変わった。私は右足の踵《かかと》を少し浮かせて体勢を整えた。

「うぜぇんだよ！」

あっという間に良樹からキレた声が出た。良樹は拳を大きく振りながら殴り掛かってきた。でも緊迫感のまるでない愚鈍な動きだった。

私は向かってくる良樹の腹を目掛けて日本拳法の突き蹴りを放った。良樹は私の蹴りを手で払うことも避けることも出来なかった。筋肉のまるでない良樹の腹は背骨を足裏に感じさせるほど私の蹴りをめり込ませた。身体をくの字に曲げて良樹はその場に崩れ落ち、苦しそうに泡のようなものを口から吐いた。

「うぜぇのはおまえだよ！」

私は倒れている良樹の顎に正拳突きを打ち込んだ。良樹はあっけなく動かなくなった。試合は何度も経験しているけれど、実戦で、しかも怒りを込めて人を殴ったり蹴ったりしたのは初めてだった。格闘技の未経験者に対してこれほどまで有効だったことに、内心、私は驚いていた。

「非道い、何すんのよ。可哀想じゃん」

朱々が良樹に駆け寄った。

「あんたこそ、可哀想じゃん！　覚醒剤を射《う》ってるんでしょう？　みんな丸見えでバレてるよ」

私を見上げる朱々の目が丸くなった。

「だから何よ……。駒子ちゃんに迷惑かけた？　ほっといてよ」

「あんた、こいつに、いいようにされてるだけじゃないの？」

「それは違うよ、駒子ちゃん。見て、私の腕。全然わからないでしょう？　良樹が私の身体に傷痕を残さないようにって極細の針をわざわざ使ってくれてんのよ。ちゃんと私のことを考えてくれてんだって！」

朱々はスウェットの腕を捲《まく》って見せた。

真っ白で痩せた腕には注射針の痕は見えなかった。しかし、蛍光灯が当たるところに腕を動かすと、白い肌に粒状の水疱が出来ていて、小さなピンクの卵が産みつけられているように膨らんでいるのが無数に見えた。私はむず痒《がゆ》さを覚え朱々の腕から目を逸《そ》らした。

「朱々は暴力を振るう男が嫌いだし恐いよね。でも、覚醒剤を射つってことが一番、女の子を傷つけてんじゃないの！　わかんないの？　殴ったり蹴ったりすることより非道いDVなんだよ！　朱々のことなんか、これっぽっちも考えていない一方的な暴力なんだよ」

私が言うと、朱々は泣き出した。

「だって……私だって……最初は恐かったんだもん……でも」

「だったら、嫌だって言えばいいじゃん！　やめてってなんで言えないの？」

私は腹立たしくて怒鳴っていた。

「でも、私は駒子ちゃんみたいにカワイクないし、大学行くような頭なんてないんだもん……」

「だから？」

「だから……良樹の大好きな、よく言うことを聞く、カワイイ女の子でいるしかないんだもん。ちゃんとメイクしてカワイイ格好して、言われる通りにしてないと、すぐに良樹はどっか行っちゃうんだもん……猾《ずる》いよ、駒子ちゃんばっかり！　猾い！　猾い！　梅原も小夜子さんも駒子ちゃんばっかり！」

朱々は噛み付くような顔を私に向けた。

「そんなの……私なんか、まったく関係ないことでしょう？　朱々の問題なのよ」

「違うよ。良樹は駒子ちゃんのこと、カワイイって言ったんだもん。絶対に私よりカワイイ子がいたら、良樹は行っちゃうんだもん。だから、もっともっとカワイイ女の子にならなきゃいけないいんだもん」

朱々が壊れた機械のようにカワイイという言葉を吐く度に、私は朱々の腕に産みつけられたピンク色の水疱を見たときのような気味悪さを感じた。

「それで言われる通りに覚醒剤を射たれてたなんて……私には理解できない」

「わからないよ、駒子ちゃんには。カワイクて頭もいいんだし……。猾いよ、本当に……。だって、だって私は、好きな人が射てってって言うから……大好きな良樹が言うんだもん……嫌だなんて言えないよ……言えないんだよ！」

朱々は天井を向いて子供のように声を上げて泣きじゃくった。マスカラが剝げて黒い涙が幾筋も流れ落ちた。

私は朱々の姿を見るのが辛くなった。

「それってカワイイ中毒ってことでしょう。ピンクの沼の中から一生出られなくなるんだよ！　一緒に帰ろう」

私が手を伸ばすと朱々は強い力ではね除《の》けた。

「嫌！　絶対に嫌、ここにいる！」

朱々は絶叫に近い声をあげた。小夜子さんが私の肩に手を掛けた。振り返ると小夜子さんは、無理無理、という風に首を横に振った。

「朱々、無理に連れ戻したりしないから、好きにしたらいい。たぶん、あんたはそのチンケな男とは近いうちに別れることになると思う。捨てられるか、あんたが捨てるか、わからないけれど。そん時には、『寒猫』に顔を出しなさい」

小夜子さんは静かな声で言った。

「別れないもん、絶対に！」

朱々は小夜子さんを睨んで怒鳴って、ぐったりしている良樹の身体に触れた。

「いま、別れろなんて言ってないでしょう！　『寒猫』に顔を出すってことだけ憶えていればいいの、わかったね」

小夜子さんは朱々の返事など待たず、私の背中を押した。

後ろから絡み付いてくる朱々の泣き声を引き剝がすように私は部屋を出た。ピンクの沼に堕ちてしまったピンク色の餓鬼のような朱々の姿は、私の頭の中に刻み込まれた。私は歩きながら、彼女に対して「自己責任」という言葉を感じていた。

「朱々はこれからどうなるんですか？」

私は並んで歩いている小夜子さんに訊いた。

「顔さえ出せば、どうにかしてやれるんだけどね、病院に入れるとか……。まあ、駒子ちゃんが言ってたピンクの沼から這い出てこれるかどうかなんだろうね」

「そうですね……」

「血の池地獄なんてのがあるけど、朱々のはピンクの沼に首までどっぷりと浸かって身動き出来ない地獄みたいだねえ」

小夜子さんは溜息を吐くように言った。

「私は朱々のことを責められないんです。自分だけは違うと思っていても、それは自分が思い込んでいるだけなんだろうって……それはピンクの沼じゃないかもしれないけれど、似たようなものに膝ぐらいまで浸かってしまっているんだろうって」

お金を貯めて次のステップに移るなんて夢は、カワイイが蔓延しているこの場所では木っ端微塵《こ ぱ み じん》に打ち砕かれてしまう。

私だって必死にカワイイの世界に流されないようにがんばって節約しているけれど、やっぱり、どこか、汚いとか垢抜けないとか言われるよりも、カワイイと言われることを望んでいる。

「そういう地獄に自分も堕ちそうってことか……。向いてるとか向いてないとか、そんな言葉じゃ言い表せないけれど、駒子ちゃん、この仕事、辞めた方がいいね」

小夜子さんの言葉に頷いた。それを見た小夜子さんは携帯を取り出して話し始めた。相手は梅原のようだった。

小夜子さんは、携帯を私に渡した。ちょっと面倒臭そうな梅原の声が聞こえた。

「梅原さん、私、お店辞めます」

(わかってる。おまえなら引き止めないな、俺は。キャバクラで働くのを止《や》めるってことだろう?)

「そう……。これでお金を貯めるのに苦労することになって、お父さんの道場再建の夢も遠くなっちゃうけど」

(いいんじゃねえか。お父さんだなんて言い方して、そんな一番単純なところを変えられない奴は。俺は、おまえの顔がたまたまキャバクラ向きだったから雇っただけだから)

「すいません。勝手なことばっかりで……」

(別にいいさ。残ってる給料は送ってやるから、振込先をメールしといてくれ。大学もきちんと卒業しろよ、ちゃんと……)

梅原はそれだけ言うと通話を切った。

「仕事辞めました」

私が振り返って言うと小夜子さんは頷いていた。

「それにしてもあの蹴りは気持ち良かったわね。なんていう格闘技だったっけ？」

小夜子さんは足を伸ばして蹴る真似をした。

「日本拳法の突き蹴りっていうんです」

私が言うと小夜子さんは私の太腿を触った。

「あら、また大腿四頭筋辺りの弾力が戻ってるよ。トレーニングしてたのね」

「いや……私、嫌なこととか考え事が多くなると走っちゃうんです。朱々とか仕事のことがあったから、走って走って……」

「悩むと走るっていうのは、キャバ嬢にはない発想だわ。駒子ちゃん、やっぱりあんた向いてないいね」

小夜子さんは笑っていた。

私は両目に貼り付いている付け睫毛を剝がした。冷たい風が瞼《まぶた》に当たるのを感じる。

私は付け睫毛を丸めると力一杯遠くに投げ捨てた。

JUNK WORD
——ポンコツな言葉——

私は広辞苑を本棚から取り出した。片手では持てないぐらい重たいけれど、私の大好きな辞書だ。私の持っているのは五版で、もう六版が出版されているらしいけれど、私にはまだ五版で十分だ。

私は、学校や塾で気になった言葉をメモして、家に戻るとまずは広辞苑で調べる。今日は、アマゾン川のアマゾンに漢字はあるのかどうかを調べた。アマゾン川のあるブラジルには、「伯剌西爾」という漢字表記があるくらいなので、もしかしてと思ったけれど、アマゾンは、ギリシャ神話に出てくる女武者からなる部族を意味する言葉で、漢字表記などはなかった。やっぱりないんだな……、と私は部屋を出て台所に行った。

私の名前は「遊里華」、遊ぶ里が華やいだ、と書いて「ゆりか」と読む。東京都中野区の公立小学校の五年生だ。あと一週間で誕生日が来たら私は一一歳になる。

台所のキッチンテーブルの上にママの書いたメモと千円札が置かれているのが見えた。

夕ご飯が用意できなかったことをママはメモの中で謝っているけれど、夕ご飯は、スーパーで食材を買ってきて家で作れば千円もかからない。

貯金ができて嬉しいから、別に謝らなくていいんだけど、ママの書く遊里華の華の漢字がまた怪しくて、今日のは横棒が一本多かった。たまに「車」みたいな漢字に草冠《くさかんむり》が載っかっていたりする。

ちゃんと書けないのに、遊里華なんて名前にしたのは、もちろん、勉強嫌いで漢字を勉強してこなかったコンプレックスから、やけに込み入った漢字を使いたがってしまった結果だと思う。

普通なら「百合香」とかなんだろうけど、遊里華と急カーブを付けてしまうと、なんだか、キャバ嬢の名前に見えてしまう。でも、それはしょうがない。私のママは二九歳でキャバ嬢をやっていて、本名は直美《なおみ》という平凡で古臭い名前だからなのか、お店では、すっごく読みづらい名前――よく変わるので憶える気なし――を付けている。自分が平凡な名前だからといって、子供の名前に個性を持たせるというのは、反則のような気がする。

じゃあ学校で、私の名前が浮いているかというと、そうでもない。クラスにはすごい名前の子が沢山いる。

「海月彰」と書いて「かるあ」と読む子は、決して詩人の親に付けられたのではない。「叶夢」と書いて「かなと」と読む男子がいるけど、誰も「かなと」とは読まずに「トム」と呼んでいた。でもアフリカ系アメリカ人のお父さんを持つ英語の上手い真琳（まりん）ちゃんが、トムというのは、英語ではおちんちんのことだ、と言い始めて、叶夢は、女子の間ではちんちんと呼ばれている。

「騎士」はどう読んでも「きし」なのに、何故か「ないと」と読ませ、しかも、男子に騎士は二人いて、偶然のように二人とも親は、アニメクリエーターで、杉並区のアニメ会社で働いている。

杉並区はアニメ特区ということで、アニメを作る会社に対して杉並区が支援を行っていて、アニメやゲームの小さな会社がいっぱいある。でも、アニメ系の制作会社には児童ポルノ関連も多いらしく、私たちのような小学生の女の子は杉並区に行くと、アキバ系の奴にいたずらされるかもしれないから意味もなく遊びに行かないようにしようとみんなで話し合っている。中野区にも中野ブロードウェイという危険な場所があるけれど、そこに来るアキバ系の人たちは、遠くから来る人たちなので、住宅街までは進出しないらしいと、「麗伊（レイ）」というアニメキャラの名前を付けられた子が教えてくれた。

　クラスの中で、男子には「翔」が三人いて、女子には「優花」が二人いる。自分と同じ名前の子がいるのは、変な気分なんだろうけど、やっぱり、子供から見てもいじめられやすそうな名前は嫌だと思う。

　男子で「凱鳳（がお）」という名前……、これなんて意味不明だ。運動も普通、勉強も普通なのに、名前だけが飛び抜けているのは、やっぱり、親が馬鹿で興奮して名前を付けてしまったからなんだろう。

　あとは、男子で「激流」と書いて「あまぞん」と当て字にもなってない読ませ方の子がいるけれど、野性的な名前のクセにすっごいデブで、後ろ髪だけが妙に長くて、運動がまるで出来ない。嘘吐《つ》きで弱い者いじめ好きな最低な奴で、名前も最低だし、クラスの女子の中では一番に嫌われている。呼ぶ方も恥ずかしいから、あまぞんなんて言い方ではなく苗字で呼ぶ。そして、そんな奴には女子の中だけで暗号のように呼ばれるあだ名が付く。激流は、ゲキリュウとしか読めず、ゲキリュウがあだ名になった。それでゲキリュウが、すぐに悪い方に省略化されてゲリになるのに時間は掛からなかった。

ちなみに、私は重たい広辞苑を学校に持って行き机に載せていたことがあって、男子から「コウジ」というあだ名を付けられた。意地悪な意味で広辞苑を省略化したつもりなんだろう。コウジという名前の男子はクラスにはいないことと、ママが好きな渋いおじさんの俳優と同じ名前だってことで、私はどうにかその意地悪を撥《は》ね返しているつもりだけど、男子に直接言われると私は猛烈に怒る。揶揄《やゆ》されているのがわかるからだ。男子は馬鹿で浅はかで、子供だから、面倒臭い生き物だ。

私のママも馬鹿だ。

馬鹿な親を持つと子供は苦労する。だって、私にとっては、ママの直美という名前は嫌いじゃないし、むしろ、好きな方だ。クラスにいないし、直美なんて、ストレートでいいと思う。遊ぶ里が華やいだなんて、私にはまるで関係ないし、親の馬鹿さ加減が丸見えになっているようで恥ずかしい。

きっとパパも馬鹿なんだろう。私が赤ちゃんの頃に離婚したから、あんまりよく知らないけれど、ママに言わせれば、馬鹿で勝手なヤツで最低だけど、顔はいけてるアイドルみたいだ、ということだ。でも、たまに会うパパは、私にとっては太っていて優しいおじさんというだけ。一応、私も気を遣ってパパと呼ぶけれど、向こうも、遊里華ちゃん、なんて遠慮しながらちゃん付けで呼んでいる。二人が離婚した理由なんて私はまったく知らない。だって、気が付いたらママしかいなかったんだからしょうがないし、興味もなかった。

私がパパと会うのは、半年か一年に一度、ファミレスで二人っきりでお昼ご飯を食べる時ぐらいだけど、ママが言うには私の「養育費」と関係しているらしくて、私には意味がよくわからない。

メニューを見ながらパパは、一生懸命に私に高いものやデザートを食べさせようとするし、パパと会った後は必ずママの機嫌が悪くなるし、私にとって、パパと会うのは苦痛でしかない。

遊里華ちゃんのオムツを替えたこともある、なんて話をされた時は、この人を殺したいと思った。まったく私と関係のないおじさんに、オムツの話なんかされたら、私は困るんだ。

でも、やっぱり、パパよりもママの方が馬鹿な部分は多い。一緒に住んでいて、気が付きやすいから、しょうがないのかもしれないけれど……。

冷蔵庫を開けて何か食材がないか見る。そうするとママの馬鹿な所がいっぱい見えてしまう。私が買い置きしていた食材以外のものは入っていない冷蔵庫からは、最初から作る気なんてまるでないのが見て取れた。メモでは謝っていたけれど、すぐバレるなんてこと、考えられないのがママだ。実際、平日の夕ご飯と朝ご飯のほとんどを私が作っているんだけど、ママの感覚では、自分がたまに作れないことがあるってくらいにしか、思っていないようだ。

昨日の夕ご飯だって、ママがデリカテッセンで買ってきたランチボックスがテーブルに置いてあるだけだった。

何もしないでお金を置いていってくれるほうがよっぽどありがたい。

私は、戸棚に残っているパスタを夕ご飯にすることに決め、残りの食材を買うために外に出た。ついでに朝ご飯とかの食材も買っておこう。そして、レシートを貰っておいて、明日、ママに請求することにしよう。

今日の夕ご飯は、沢山の菜の花とベーコンを炒めたパスタだ。

ママは、苦いから菜の花が嫌いだ。それを知ってから私は、少し苦手だった菜の花を無理して食べるようになって、近頃ではおいしいと思うようになった。

夕ご飯を食べ、皿を洗い終わった頃に、ＤＶＤレコーダーが動き出し、ランプが点滅し始めた。ニュースが流れていたＴＶ画面は、ママが毎週録画しているドラマに変わった。

私はTVを消し、本を読み始めた。ママは文字だけの本が嫌いだ。写真か絵か、大きな見出しの文字が入っているようなものしか好きではない。縦書きの小さな文字だけの本を手にすると、菜の花を食べた時と同じように苦いような顔をするのがママだ。

「反面教師」という言葉を知ってから、私はいろんなことをがんばるようになった。ママが嫌いなものの中に良さを見つけ、ママが出来ないことを率先して出来るようになろうと努力した。

私は漢字の勉強を始めて、ママが卒業できない少女漫画を卒業し、小説を沢山読むようになった。学校の図書館ではなく区立図書館で本を探して借りている。「耳年増《みみどしま》」なんていう、クラスメートはもちろん、ママだって意味を知らない言葉も小説の中で憶えた。まんま、自分のことかもしれないけれど、本を読んでいくと自分の頭が良くなっていくように思えた。

そして、食べ物の好き嫌いをなくすようにがんばった。ママは偏食家だからだ。しかも、食べられないものがあることを自慢しているフシすらある。それが私にとってはとってもウザイことだ。ピーマンとかセロリなんかの苦い野菜全般をおおげさに嫌がるし、マッシュルームは大好物だけど椎茸《しいたけ》は嫌いだ。マッシュルームなんて、ママは大して好きじゃないくせに、音と雰囲気だけで、いいって思っているんじゃないかって私は睨《にら》んでいる。それに、酢豚に入っているパイナップルが許せない、なんてことを自慢げに言う。私も最初は甘いものと塩《しょ》っぱいものがなんで一緒にって思ったけれど、パイナップルには豚肉を溶かす消化酵素があるって知ってからは、おいしく食べられるようになった。

きっとママは、子供の頃から味覚が変化していなくて、そんな人間のことを「子供舌」と言うんだ。

私の舌は、努力によって日々進化している。ママの嫌いなものは、食べられるようになってきたけど、椎茸だけはなかなか克服出来ないでいる。

どうして椎茸は難しいかというと、椎茸を食べると、何だかおじいさんを食べているような気分がしてしまうからだ。もちろん、おじいさんを食べたことなんてないけれど、色とかシワシワな所とか、匂いとかがおじいさんのようで、食べればきっとこんな味なんじゃないかと思う。

私は、椎茸を克服出来ていないことをママには秘密にしている。

近頃、実はママに何を食べさせるか、を考えるのが趣味になっている。こないだは、セロリとブロッコリーのサラダを作った。我ながら上手く出来てとってもおいしかったんだけれど、ママは涙目になって半分だけ食べてあとは残した。パルメザンチーズを沢山かけて半熟卵も割って入れてあったのでセロリの味もかなり薄くなっていたけれど、やっぱり、ママには無理だったみたい。

まったく、ママはダメな大人だ。決してママのような大人にはなりたくないと思ってしまう。

あまった菜の花で、明日の朝食を作っておくことにした。もちろん、ママの分もだ。味噌汁の具に菜の花を使う。

私は、ちゃんと勉強して成績を上げて、ゆくゆくは上の学校に行って、早く自立することを目標にしている。ママの支配下から脱却することが私の夢だ。

納得のいかない馬鹿な親に養育されている自分のことを私は不憫《ふびん》に思う。

私は、早く立派に自立したかっこいい大人になりたい。ママみたいな自分勝手な大人には絶対にならないと私は決心している。

学校から帰ると、ママは、ＴＶの音声を消して観ながら、Ｊ－ＰＯＰを聴いていた。手にはローカロリーのポテトチップスの袋を持っていた。

「遊里華ちゃん、お帰り」

ママは、私の名前をちゃん付けで呼ぶけれど、私には、漢字のときとカタカナのユリカのときと二種類あるように聞こえる。

今日は、漢字っぽい気がする。何故なら、いつもはもっとじゃれついて来るからだ。でも、今日は漢字……。私はママの様子を観察していた。

「ママ、珍しいね。ポテチなんて食べて、どうしたの？」

私はリビングとキッチンを見回しながら歩いた。キッチンの洗い桶《おけ》に食器が浸けられ、キッチンテーブルにはデリカテッセンの店のマークが入った袋があった。

「それ、生春巻きよ。遊里華ちゃん、好きだよね」

ママは視線をちょっとだけ私に送って、すぐにTVに戻した。何か怪しい……。ママはベトナムの生春巻きが好きだ。よく買ってくるクセに、中に入っている香菜《シャンツァイ》が嫌いだ。生春巻きを開いて、香菜を抜き、わざわざもう一度巻き直して食べる。エスニック料理の店にたまにママと行くけれど、香菜を食べられない人間は、エスニック料理を食べる資格はないと私は思っている。

「どうしたの？　夕ご飯用？」

「そうよ。ドラッグストアー行ったから、帰りに買ってきたの。後で食べようね」

「ふーん」

怪しい。すっごく怪しい。何かあるな、と私は思って、もう一回、部屋の中を歩いた。ママがちらちらと視線を送ってきているのを私はビシバシと感じていた。

「さてと、シャワーを浴びて用意を始めようかなー」

ママはポテトチップスの袋をクリップで止めて、自分の戸棚の中に放り込んだ。他には私の戸棚と共有の戸棚とあるけれど、ママの戸棚には、輸入食材屋で買ってきた「ローカロリー」と書かれたお菓子がいっぱいだ。

隠し事とか、都合の悪い事があると、ママはさっと私の視線から外れるようにする。私は怪しいと確信して、ママが浴室のドアを閉めた瞬間、部屋の中を確認して回った。

テーブルの上にある生春巻きを取り出して見た。半透明の春巻きの皮の内側に薄《うっす》らと緑色が透《す》けて見え、香菜が入っているのがわかった。香菜抜きの生春巻きという線は消えた。キッチンを見回し、生ゴミを見るけれど、朝と変わりはない。私はふと思い付き、トイレに向かった。便座のフタを開けて覗くと、やっぱり、僅《わず》かに緑色の葉っぱらしきものが水の底にあった。

「やっぱり……こういうことね」

以前にもあったことだが、ママは嫌いな食べ物をトイレに捨てるのだけれど、一回きりしか水を流さないと、食べ物は流れ切らない時がある。今日は、私の作っておいた朝ご飯を焦ってトイレに捨てたんだろう。前にもトイレに捨てて流れていないことがあった。また、一回しか水を流さなかったのは、学習能力の欠如《けつじょ》だ。

私が帰ってきたときに抱いた違和感はこういうことだったんだ。ママはやはり、ダメな大人だ。行動は丸見えで雑でしかない。

私はシャワーから出てくるママを待った。私は怒っているのか……せっかく作った朝ご飯を捨てられたから？　でも、自分は、ママの食べられないものをわざと作った。でも、やはり、捨てるのはダメだ。じゃあ、わざわざ捨てたものを探して見つけなければよかったんじゃないか、とも、思ってしまう。

人の時間を食べちゃう人間というのがいるらしい。

待ち合わせをしていても、相手が連絡もなしに遅れたりすると、待たされた人は何をすることも出来ずに待ち合わせ場所に縛り付けられてしまう。一時間も待たされたとしたら、その人は一時間長く家にいられたことになる。結局、その一時間を食べられてしまったということだ。

一緒に遊びに行ったとして、一緒に行った人が財布を落としてしまう。財布を探したり、紛失届けを交番に出しに行くことになったりして、結局、遊びの時間が食べられてしまう。

時間を食べちゃう人ってのは、きっといつも同じ人だ。私にとっては、ママがそうだ。

ママは、たまに、私に恋愛話をして、相談を持ちかけてきたりする。子供に対してではなく、何でも話せて、うんうんと話を聞いてくれる友だちに対してのように。私はママの話を聞いてあげる。大人に相談を持ちかけられたことに対して、ちょっとだけ嬉しい気持ちもあるけれど、親の恋愛という気味悪さも少し感じる。だけど、真剣に聞いて、ああでもないこうでもないって一生懸命に考えて答える。相談が終わっても、私は一人でいろいろと考える。

でも、一週間ぐらい経って、ママにどうなったの？　と訊くと、あれはもう終わったからいいの、なんて平気な顔で答えたりする。すっごく馬鹿らしくて嫌になる。私が一生懸命考えていた時間を返して、と言いたい。でも、ママは、そんなこと言ったとしても、ピンと来ないみたいで、もう、他の話を始めてしまう。私は、ずいぶんとママに時間を食べられたと思う。

今回も、昨日からママのことを考えたり、ママのご飯を作ったりしたけど、ご飯は捨てられたし、時間を食べられちゃったということかな……。


ママが髪を乾かしているドライヤーの音が聞こえ始めた。

たぶん、シャワーを浴びてすっきりしたら、さっきまで私と話していたことも、朝ご飯を捨てたことも、どうでもよくなっているんじゃないかな。ママはそんな人間だ。


私がソファーに座っていたら、ママが出てきた。

「ねえ、ユリカちゃん、生春巻き食べようか？」

ママは言った。完全にいまの呼びかけは、カタカナで呼んでいるように思った。「友だちモード」というところだ。

私は生春巻きを取り出し、皿の上に盛って、箸や小皿を用意した。

ママは、おいしそうね、なんて陽気な声を上げ、バスローブ姿でテーブルに着いた。


私も学校から帰ったばかりで、すごくお腹が空《す》いていたので、取り敢えずは、何も言わずに生春巻きにかぶりついた。ママは慣れた手付きで、生春巻きを解《ほど》いて香菜を取り出すと、小皿の上に置いた。

「ねえ、ママ。香菜食べなよ、おいしいから」

私は言ったけれど、ママは聞こえないふりをしている。まただ。

「ねえ、ユリカちゃん。これ一本で、四五〇円もするって高くない？」

ママは半分かじった生春巻きを手にしていた。話を逸らそうとしているママの顔が腹立たしく思えた。

「……そうだね。今日の朝ご飯なんて材料費だけだと二〇〇円も掛かってないよ」

「さすが、ユリカちゃんは節約上手ね」

ママは微笑《ほほえ》んでいる。私は仕掛けた……。

「そうだよ。今日の味噌汁とお浸しの小松菜って、一束、一二八円だよ」

「小松菜、おいしかったわよ」

「全部、食べてたもんね。ママ……小松菜って食べられるようになったんだね」

私はママをじっと見ていた。ママは私から視線を外しているが、ちらっとこっちを見た。

「……まあね」

ママが嘘を吐いているときは大抵わかる。瞬《まばた》きが多くなるからだ。付け睫《まつ》毛《げ》を二重貼りしてアイラインを引くと、目があまり動かなくなるんだけれど、いまは、ノーメイクだから、余計に瞬きが目立って見えた。

「バレてるよ、ママ。今朝のは菜の花で、小松菜じゃないよ」

私は言った。ママの瞬きが止まって、私を見返した。

「……そう？　小松菜じゃなかったっけ？」

「菜の花だよ」

「そうか、菜の花だったね。全部食べたわよ、ちゃんと」

ママが急に目に力を入れた。ママは、自分のクセを知っている。私が教えてしまったからだ。誤魔化そうとしている。

「嘘ばっかり……。食べてないから、小松菜か菜の花かがわからなかったんじゃない！」

「あはは、どうしたの、遊里華ちゃん」

ママは声に出して笑ったけれど、本当に笑っているんじゃない。

「捨てたでしょう、朝ご飯。知ってるんだからね」

思いっ切り恐い顔をして睨み付けた。

「馬鹿じゃないの？　そんなことしないよ」

睨み付けてる私の視線をママは素通りさせた。

「したよ！　知ってるもん。トイレに流したでしょう。私、見たんだからね。水の底に菜の花の残骸《ざんがい》があったのを」

　トイレを指差した。

「そんなの嘘よ。見てもないくせに」

「まだ、流してないから、あるんだよ。一緒に見ようよ！」

　私は立ち上がった。

「いいわよ、そんなの見なくたって。それにいまは、食事中なんだから」

「心がやましいから見たくないんでしょう」

　私はママの横に立った。

「もう、面倒臭いなあ……。行けばいいんでしょう、遊里華ちゃん」

　渋々と立ち上がったママは、トイレに向かった。私は後ろを付いていった。

　ママはトイレのドアを開けた。

「ほら、見てよ。あるで……」

　私が言い終わらないうちに、ママは便座のフタを開けることもなく水を流した。私は、ママを押しのけて便座のフタを開けた。

勢い良く流れる水が、少し収まっていく。菜の花は流れてしまったようで、跡形もなくなっている。

ママはトイレを出ていった。私が後を追い掛けるとママは、洗面台で軽く手を洗った。

「さあ、早く食べて用意しないと、また、お店に遅れちゃう」

キッチンテーブルに着いたママは、生春巻きを食べ始めた。

「非道《ひど》いよ、ママ！　非道い非道い非道い！」

私は猛烈に腹が立って身体に力が入った。

「遊里華ちゃん……。ごめんね、ママが悪かったわね」

ママが声にした「遊里華ちゃん」は、漢字だった。大人が子供を宥《なだ》めるときのような表情をママは浮かべている。

「ねえ、ママ、何が悪いの？　悪いっていうなら、認めたの？　朝ご飯を捨てたのをちゃんと認めるの？」

私は詰め寄った。ママは動じず生春巻きを食べ進めている。

「ごめんねぇ、遊里華ちゃん。本当にママが悪かったわ」

ママは私を見なかった。完全に動きが大人だ。急によそよそしくなって、子供との間に線を引いてしまう大人になってしまった。

「だから、何が悪かったの？」

「……ごめんね、遊里華ちゃん。ママの負けだから、許してね」

ママは空になった皿を手にして立ち上がった。シンクの中の洗い桶に皿を入れた。朝ご飯が入っていた食器類が洗い桶の中には残っている。ママは、絶対に洗い桶の中に沈められた食器を見たはずだ。どんな気持ちでそれを見ているのか……。

「どこ行くのよ、ママ」

「どこって、お店に行く用意をするのよ」

「話は終わってないじゃん……」

「でもねえ、遊里華ちゃん。お仕事に行かないといけないのよ。ごめんね、遊里華ちゃん」

ママの顔が強張《こわば》って恐くなった。

「でも……」

「お仕事って大事でしょう、遊里華ちゃん。ママがお仕事しなかったら、朝ご飯も何にも食べられないのよ。お勉強出来るんだから、遊里華ちゃんにはわかるでしょう？」

「わかるけど……」

「わかるよね、遊里華ちゃんなら。ママだって、遊里華ちゃんが、いろいろがんばっているること知っているのよ。いつも、一生懸命ママのためにご飯作ってくれているし、ママの仕事を応援してくれてることだって知ってるのよ」

ママは私の髪を触りながら言った。

「うん……」

「わかってくれるわよね。さすが、遊里華ちゃん」

ママは私の頭を軽く撫でると自分の部屋のドアを開けた。そして、私の返事を待たずに中に入った。ママの部屋には鍵があって、その鍵が静かな音をたてて締められた。

部屋の中のオーディオからJ－POPが大きな音で鳴り、用意を始める音が聞こえてくる。

私はママの部屋の前に立っていた。ドアの向こうから聞こえてくる音が、腹立たしさと面倒臭さを感じさせた。また、丸め込まれちゃったのかな。途中で話が変わっちゃったような気がするな、と思ったら、ママが私を褒めて、部屋に入っちゃった。

私とママは、いつもこんな感じで終わってしまう。私は、いつも、何か納得できない気持ちを残している。

ママは、どんな気持ちなんだろう？　どうでもいいようなことで、私はいっぱい責めたけれど、何にも感じていないように思った。もしかしたら、ドアの内側で舌を出していたりするんだろうか？　やっぱり、納得がいかない。だけど、ドアを叩いて、また、ママと口論したとしても同じことだと思った。


私は台所に戻って、残りの生春巻きを食べ、食器を洗い始めた。

手を動かしながら私は、ママのことを考えてしまっていた。ほらね……また、ママは私の時間を食べ始めちゃった。頭の中がママのことでいっぱいになってしまう。

ママは、自分の都合で、親になったり友だちになったりする。怒る時とか、機嫌悪くて私に八つ当たりする時は、当然、親として私に接する。漢字で私を呼ぶ時だ。

ずっと、私を漢字で呼んでくれるのなら、私も考えなくて済むんじゃないかな。

カタカナで私を呼ぶ時は、ママが私の友だちのように振舞いたがる時だ。すっごくずるくて、もし、ママのような子がクラスメートにいたとしたら、私は友だちになっていない。だって、自己中心的というみんなが一番嫌がる性格だからだ。非道いときは、私の妹のような立場になって甘えてきたりする。

クラスにも甘えたがる女子はいるけれど、嫌われて無視されてしまう。そんな子は、家庭の中で甘やかされてお姫さま扱いされているのを、学校でもやってもらえると勘違いしてしまってるんだろう。馬鹿な子がやってしまうよくある失敗だ。

だったら、ママはどうなのか。ママは家庭の中の王さまで、お金を稼いで家族を養っているだけに、強くてその女子よりも質《たち》が悪い。しかも、家族は私しかいないから、私にかかる負担は大きいんだ。

お父さんのことが大っ嫌いな子が友だちにいる。「海月彰」と書いて「かるあ」と読む女子だ。海月彰のお父さんは、いつもは大人しい人だけど、お酒を飲むと、ぐちぐちと文句ばっかり言っているらしい。それともっと嫌なのは、臭《くさ》いということだ。足が臭くてスーツが臭くて、パジャマも臭い。お酒を飲むから口からは、シンクの三角コーナーみたいな臭いが漂《ただよ》ってくる。最低だから、大人になったら、お父さんをこの世から抹殺するんだ、と海月彰は話していた。

私は海月彰の気持ちに同調した。私もママを抹殺したいけれど、生活することが出来なくなるから、いまんとこ黙ってママの勝手な振る舞いに付き合っている。海月彰に私の気持ちを伝えると同調してくれた。

(でも、こんな気持ちって反抗期ってことにされて、大人から笑われちゃうんだよ)

海月彰は、同調した後、冗談じゃないって顔で付け加えた。本当にそうだと私も思う。反抗期なんて言葉一つで終わらせられたくない。子供の成長過程の話じゃなくて、親がおかしいって話なんだ。

私は食器を洗い終わって、リビングのソファーに座った。

相変わらず、私の時間をママは食べちゃってる。

ドアが開く音がして、J－POPの曲の音が大きくなった。ママが部屋から出てきた。ママの収入で暮らすことの出来ている2LDKの家は、どこに誰がいて何をしているのかがわかるような狭い空間だ。私がリビングにいることも、ママが部屋から出たことも明け透けにわかる。もうすぐリビングのドアが開いてママが顔を出す。

「遊里華ちゃん。お仕事に行くけど、今夜はアフターが入っているから遅くなるね」

ママは冷蔵庫を開けペットボトルの水を取り出した。もう、さっきのことなんて忘れてしまっているみたいで、いつもの声になっている。

「うん、わかった」

私は答えた。

「どうしたの？　元気ない？」

「別に……」

すごい……ママのせいで頭を使ってげんなりしているのに、まるでわかっていない。ママは以前、店に行く時はひらひらの服でフランス人形のような内巻きカールにセットをしていた。でも、近頃は安室奈美恵《あむろなみえ》風——ママの言い方でしかない——のファンキーなものになっているけれど、念入りなメイクと声は変わらない。

お店に行く用意をしたママは別人になる。透明ビニールの膜《まく》を全身に貼り付けて私を拒絶しているように感じる。

「今夜のアフターのお客さん、イケてんのよ」

「ふーん」

「ユリカちゃん、何か機嫌悪くない？」

ママは、完全な友だちモードの喋り方になってきた。ママは二九歳だけど、お店では二三歳で通しているらしい。ビニール膜を貼り付けたことで六歳も若返ってしまう。でも、二三歳にママが若返ったつもりでも、私にとってはママであることに変わりはない。

「早く仕事に行かないと。遅刻したら罰金なんでしょう」

「本当！　今月は二回も遅刻しちゃったから、急がないと！」

お客さんから貰ったブランドの時計をママは見た。

「早く行きなよ」

面倒臭いな、と私がママを見たら、ママはちょっと私を見て笑った。

「今夜のアフターの人って、ササキさんっていうんだけど、新しい彼氏なの」

「えっ？　またダマされてんじゃないの？」

げんなりしてしまう……。

「大丈夫よ。近いうちに、すっごくいい知らせをユリカちゃんに二つ聞かせるかもよ」

「いい知らせって何？　しかも二つって……」

もっとげんなりした気分で訊いた。

「一つ目は、小さくてカワイイものをプレゼントするからね」

ママは自慢げな顔で言った。

「それって犬じゃない？」

私はピンと来て言うとママは「どうかしらねえ」と私の目を見たから、たぶん当たりだ。

理由はある。前の日曜日に、ママに散歩に行こうと言われて四谷に行ったことがある。中野から中央線に乗り四ッ谷で降りて、そこらへんを歩き回るのが散歩なのかどうかわからないけれど、どうやらこの辺に引っ越そうと考えて視察にきたようだった。ママは急に「ここら辺は、番町小学校の学区なのよ。ユリカちゃん、知ってる？番町小学校、麴町中学校、日比谷高校、東大っていうのが、本当のエリートなのよ」なんてことを言いながら、四谷の谷側ではなく山側の千代田区の辺りを歩いた。まったく言いそうにないことだから、そのまま誰かの受け売りなんだろう。

その散歩の時に私とママは犬に会った。背の高い恐そうなお婆さんと、若いお姉ちゃんが連れた犬は、吃驚《びっくり》するぐらい小さくて、ママはミュールの踵《かかと》をカンカン鳴らして駆け寄るとカワイイを連発した。お婆さんはちょっと迷惑そうだったけれど、ママの質問に答えてくれていた。片っぽの掌《てのひら》に載るくらいの小さな犬はティーカッププードルというらしい。ママは犬派で私は猫派とペットに関して好みの折り合いが悪い。ママがティーカッププードルを欲しがっているのは丸見えだった。家はペット禁止のマンションで飼えないのに欲しがるのは、わがままな子供みたいだ。私は、ママがその犬を抱いたり、ポケットの中に入れようとしたりしているのをげんなりしながら後ろから眺めていた。

お婆さんは、何故なのか、犬とママではなく私を恐い顔でじっと見ていた。そして、

「あら、あんたしゃんとしてるわね。美人になれるわよ」

と言って少しだけ笑顔になった。ママが美人という言葉を使う時は、否定的――冷たい人ってことで――なんだけどお婆さんのは嫌な感じはしなかったので私は小さく頭を下げてみせた。

私はママに、『しゃんとして』というのはどういう意味と訊いたけれど、その答えは『ちゃんとして』というのが訛《なま》ったんじゃない、とかどうも怪しくて、早く広辞苑で調べたくなった。一応ママに、その答えは正しいの？　と訊くと、ママはちょっと怒って、だったら大好きな広辞苑をいつも背中に背負ってればいいのにと言った。

馬鹿らしい。そうやって学校に広辞苑を持っていっていたから、コウジってあだ名付けられたのに、と憤慨している私を見ながら、ママは気まずくなったのか、ティーカッププードルの説明をカワイイという言葉を連発して話をすり替えていた。

ママは絶対にあの犬を買ってくるつもりだ、と私は思った。散歩から帰ってもティーカッププードルがカワイイという話は止まらなかった。お陰で、月曜日の学校で私は嫌な目に遭わされてしまった。

褐色の肌の真琳ちゃんと、あまりにも頭の中に刻まれたティーカッププードルの話をしていると、激流が話に割って入ってきた。激流はトイプードルという犬を飼っているらしく、世界で一番小さい犬は自分が飼っているトイプードルで、ティーカッププードルなんて聞いたことがないし、そんな犬がいるはずがない、おまえは嘘を言っている、と言われ、コウジのくせに！　と怒鳴られた。

あんたは馬鹿だから知らないだけでいるのよ、ティーカップに入るほど小さいプードルがね、と私は言い返して喧嘩になった。

激流が怒る原因が私にはわかる。自分が一番詳しいと思っていることを他の人がもっと知っていると気付いて腹を立てているんだ。ママもよくそんな感じで怒る。

口喧嘩では女子はそうそう負けない。しかも相手はつっこみどころが満載の激流だ。真琳ちゃんも参戦して「dipshit!」と――後から訊いたらいろいろ訳せるけどこの場合は「糞《クソ》ガキ」ということだった――本場風に激流を罵り、私は「あんたなんか、長い後ろ髪を金色に染めて、下痢が首筋に掛かってるみたいにすればいいのよ」と禁句の下痢という言葉を使い激流を激怒させた。激流は摑《つか》み掛かってきて私の頭を拳で叩いた。涙が溢れそうなくらい痛かったけれど、泣いたら負けだと私は必死に耐えた。真琳ちゃんが歯を食いしばっている私の腕を摑んで「先生に言い付けに行こう」と言った。私は頷いた。これで激流は先生に泣くまで怒られるはずだ。それでも怒りは収まらない。どうにかして激流を凹ませてやりたい、と私は思った。

「二つ目は、パパとママは愛し合っていたんだけど、それに近い素敵なことが起こりそうなのよ」

げんなりを通り越して、私の気分は地の底まで落ちていった。ママはいろいろヒントを出していたけれど、耳には入ってこなかった。

玄関のドアが閉まる音が遠くに聞こえた時、私は「うええ、気持ち悪い」と喉を潰《つぶ》して低い唸り声をあげてしまった。やっぱり、ママは死んだ方がいい。愛している、なんて、ママの好きな歌か少女漫画にしか出てこない言葉だ。私にとっては、歪《いびつ》で気味の悪い言葉だ。

(愛が冷めたから別れたのよ)とママが言ったことがある。その時、私は吐きそうになった。簡単に結婚して、子供を産んで、簡単に離婚した大人に似合う馬鹿な言い方だと私は心底思った。ママはたまに私に、愛だの、恋だの、いつもそばにいるよだの、なんともリアルじゃない言葉を投げ付けてくるけれど、私が小学生だから気味が悪いと感じるんじゃないと思う。母親と子供の関係だからではなく、人間として嫌になってしまうんだ。

ＪＵＮＫ　ＷＯＲＤという言葉がある。本で読んだことがあった。ポンコツな言葉って意味だ。私の頭の中で、すぐにママの声が再生された。

『知っているよ。君ががんばっていることを』

本の中にＪＵＮＫ　ＷＯＲＤの例文があったけれど、これは詩で、知りもしない沢山の人間に向けて書いているそうだ。小学生の私にだってわかることだけど、書いた人間が読む側の人間の何を知っていてこんなことを言えるんだろう、と思う。もし、よく知らない人から、『知っているよ。君ががんばっていることを』なんて言われたら、たぶん、言った人間は、私のことをダマそうとしているんだと思うだろうな。

もう一つ言えるのは、ＪＵＮＫ　ＷＯＲＤっていうのは、相手のことを考えて言っているのではなくて、自分が気持ち良くなるために吐く言葉なんじゃないかな。ママの場合は、特にそう感じる。ママはやっぱり死んだ方がいい。ポンコツな頭からポンコツな言葉を捻《ひね》り出して、自己満足に浸っている。

やっぱりママは私の時間を食べちゃう人だ。結局、愛とか言われてげんなりさせられたのを回復させるには時間が掛かるし、ママが起因のティーカッププードルの戦いでも、激流を凹ませるためにティーカッププードルが存在するという資料を私は作ろうとしていて、また、無駄な時間を食ってしまう。

ママが妊娠した。

もう、最低だ。何が素敵な二つのことだ……一つ目のカワイイ小さなものって、胎児のこと？　そして、二つ目のママとパパが愛し合っていたのと同じって、結婚ってことなんじゃないの。それってただのできちゃった婚じゃん！　バツイチのできちゃった婚が恥ずかしいのか、わざわざ二つの素敵なことって分けるってのがママらしい。

ママと私の感覚は、すっごく違う。

薬局で買ってきた妊娠検査薬で調べた結果わかったらしいが、いま、もう一回、念のために検査している。ママはトイレに行き、私はリビングで待っていた。

「ほら、ユリカちゃん。出たわよ、出た」

ママがペン型の妊娠検査薬を手にして陽気な声を出している。検査薬には窓があり、そこには妊娠したことを知らせる赤紫の線が薄らとだけど出ているのが見えた。

「……どうすんのよ、ママ」

私の背中から首筋に掛けてトリハダが立っていた。

「来週の午前中に病院に行くから、ユリカちゃん、一緒に来てよ」

ママは検査薬の窓に浮き上がった線の部分を携帯で撮影していた。

「そういうことじゃなくて、子供なんか産んでたら働けないじゃん。生活出来なくなるじゃん」

「大丈夫よ。ササキさんがいるから」

「結婚するの？」

「たぶんね」

「本当に？　子供が出来たって、ササキって人は知ってるの？」

「さっき、メールしといたわよ。まだ、返事は来てないけど」

「そんな、簡単なことでいいの？　ねえ、ママ。本当に大丈夫なの？」

「大丈夫よ。ササキさんと真剣に話し合ってきたんだから」

ママは言った。私は、どこが大丈夫なのかまるでわからなかった。嫌な予感がいっぱいしていた。それと、ティーカッププードルを買ってくるんだったら、激流に犬そのものを見せれば資料集めをしなくても済む、と期待した私の予想は大はずれになった。

そして子供が出来たとメールした途端、ササキの音信が途絶えてしまった。ママは何度もメールし、携帯をかけ、ササキの仕事場にも電話を入れたけど、まったく捕まらなかった。

三日間、がんばってコンタクトを取ろうとしていたけれど、四日目には、ママは連絡を取ることを諦めた。さすがのママも凹んでしまって、脳天気なJUNK　WORDなど一言も言わなくなった。

ママとササキとの間に、どんな話や約束が交わされていたのか、私はまるで知らないけれど、ママだって勝手に子供を作ったりはしないだろう。

結局はダマされたってことになるんだろう。やっぱりママは馬鹿だと思ったが、少し可哀想にも思った。

ママは、仕事に行かず部屋から出ないで眠っている。世の中には、非道いことをする人間っているんだ。ママと私の家庭は、危険な感じになった。

私に出来ることを考えていた。何をしたらいいんだろう。ササキを探し出す？　たぶん、会社にいて働いているんだろうけど、私が行って何の話をすればいいのかわからない。おじいちゃんとおばあちゃんに電話して助けてもらおうってママに言ったら、まだ、電話しないでと言われた。何をしたらいいんだろう。働くことなんて、まだ出来ないし、ママを助ける方法なんてまるで浮かばなかった。私は、ママの文句ばかりを言っていたけれど、いざ、大変な状態になると、私は何も出来やしない。そのことが辛かった。やっぱり、小学生の子供でしかなかった。

ものすごく恐い言葉が頭に浮かんだ。

私とママの生活を守るための言葉だ。恐くて堪らない、生まれて一度も口にしたことのない言葉だ。

中絶……。知識はある。いまどきの小学生は何でも知ってる。それに私は本を沢山読むから、この言葉を知っておかないと、現代の小説は読み進められない。堕胎《だたい》という字はもっと恐くて、もっといけないことのように感じる。中絶、堕胎……って、赤ちゃんを殺すってことだ。

私はママに何かしてあげなければいけないという使命感に駆《か》られた。二人だけの家庭だけど、ここを守らなければいけないんだ。私は私の出来ることを考えるために、リビングのソファーに胡座《あぐら》をかいて座ると頭を捻った。

よし、決まった。私は台所で食材を探した。冷蔵庫を開け、戸棚を開け、食材を集めた。買い物に行かなくても作ることの出来るものを思い付いた。

凹んでしまったママが元気になるようにと、私はホットケーキを作り始めた。私が病気になって、次第に回復していく途中でママがたまにホットケーキを作ってくれる。ママは凹み過ぎて、食欲が無くなってるだろうけど、ホットケーキなら食べられるだろう。病気じゃないんだから、バニラアイスクリームとブルーベリーソースも載せて、甘くて華やかなものにすることにした。

「ママ、ホットケーキ作ったけど食べる？」

私はママの部屋のドアをノックした。何の音もしない部屋から物音がしてドアが開くと、ぼんやりした顔のママが姿を現した。ママは線を一本切られちゃった操《あやつ》り人形みたいに動きが少し変だった。

ママは無言でホットケーキを食べ始めた。バターを塗りメープルシロップをたっぷりとかけ、ゆっくりとフォークとナイフを動かした。小さく切られたホットケーキがママの口の中に少しずつ消えていく。ママは無言のままで、口をゆっくり動かしている。

もう！　元気を出して、どうするのかを考えなよ！　私は頭の中で怒鳴っていたけれど、ママに向かって口に出しては言えなかった。

「今日、仕事、どうするの？」

私は恐る恐る訊いた。訊きたいことは沢山あったけれど、質問を口にするのが恐いと思ってしまった。

「行かない……」

ママは私を見ずに言った。ホットケーキは半分ぐらいになっている。以前にも、男にフラれたとママは大騒ぎしたことがある。でも、そのときのママは、みっともないくらいに大泣きして、大音響でJ－POPを掛けJUNK　WORDに慰めてもらっていた。きっとそばにいるよ、なんていうポンコツな言葉を言われて元気を取り戻せるなんて、楽でいいなって思っていた。ママの好きな安室ちゃんの曲を聴いて次第に元気になって、ユリカちゃんも安室ちゃんにちょっと似てるから、杉並にあるアクターズスクールに通ってみない？　スターになれるかも、なんて脳天気なことを言うくらいに元気になって、私は、そんなくだらないことを断固拒否する……。そんな気軽な解決方法だった。

でも今回のママは静かで、私はちょっと心配だ。思い詰めているようにも見え、そんなママは初めてだった。

もしかして、お腹の中に出来た赤ちゃんを殺すことを考えているのかもしれない。

もしかしたら、私の妹か弟になるかもしれない赤ちゃんを殺してしまうということになるのかな……。でも、ママが子供を産むんだったら、私たちの生活はなくなってしまう。赤ちゃんを殺してまで、私とママの生活を守らなければいけないんだろうか……。ママの考えのなさとササキという人間が、私の生活を奪おうとしている。

「ママ……やっぱり、おじいちゃんかおばあちゃんに電話する？」

おじいちゃんの家は九州だから、随分遠くになるけれど、そこに住むことで生活の危険は回避出来る。

「ダメ。親は心配し過ぎるから」

ママは、ちょっと吃驚するくらいきっぱりした口調で言った。私はママが恐いことを決心しようとしているんじゃないかって思った。恐い……でも、それは私とママとの生活を守るために必要なことなのかな？　転校なんてしたくないけれど、ママが赤ちゃんを殺すことだって嫌だ。絶対に嫌だ。私は自分が子供で、一家の危機に対して何の解決の方法も持っていないことを悲しく思った。

ママの皿のホットケーキは残り少なくなってきた。ママはホットケーキを食べ終えるとまた、部屋に戻って思い詰めるんだろう。私は、ママに掛ける言葉さえ持っていない。何にも出来ない小学生の子供でしかない。

塾を休んで学校から帰ると、ママの姿はなかった。学校の授業が終わってすぐにママの携帯に電話したけど電源がオフになっていた。メールも打っておいたけれど返信は、まだ来ていない。

私の作った朝ご飯は、ラップがかけられて冷蔵庫にしまわれていた。お店に行くには、まだ早過ぎる。もしかしたら病院に行ったんじゃないか、と思った。

あまり使わないカードや診察券をまとめて置いてある引き出しの中を見る。産婦人科の診察券があったかどうかも記憶にはない。私は、ママの部屋に入った。香水や化粧品の匂いはあまりしない。もし、お店に早めに出るなら、もっと匂いがしているはずだ。やっぱり、病院に行ったのかもしれない。病院ならメイクも薄いだろうし香水も控えめだ。

前には病院に一緒に来てと言っていたけれど、いまは、状況が変わっている。ママは、私に知られないようにしてこっそり病院を受診しに行ったんだろうか……。だとしたら、嫌な方向に事が進んでいるということだ。

私は、ママの部屋の中を見回した。ママがどこに行ったのかが、わかるようなものがないか探そうとドレッサーの引き出しに手をかけた。でも、私は引き出しを開けることが出来なかった。何故なら、ママのことが急に大人に感じられて、恐くなってしまったからだ。引き出しの中に大人の重たい秘密のようなものが入っていたとしたら、どうしよう……。そんなものは見たくない。私は、ママのベッドに座り込んだ。私の部屋とは違うママの部屋の匂いがしている。ママの匂いに包まれていると私は少しだけ安心した。

　私は夕ご飯の準備をしていた。何かしていないと、広辞苑を取り出して「母体保護法」なんて言葉を引いてしまって、嫌なことばかりが頭に浮かんでしまう。ママの携帯に何度も電話を入れるけれど電源は切られたままだった。

　携帯が鳴った。メール着信の音で、私は鍋の火を止めて携帯を取った。

　ママからだ！

『いま、病院の待合室からです。ユリカちゃん、ご心配かけました。妊娠の件、間違いだったようです。やったね！　妊娠検査薬はホルモンのバランスで、たまに擬陽性になるんだそうです』

　短いメールで、絵文字が少なかったけど、それは待合室でカチカチと携帯を扱うのは非常識だと思ったからなんだろう。でも、よかった。ママと同じように私は頭の中で、やったね！　と声を出していた。私はすぐに返信して、電話をかけた。でも、電源はまた切られていて、メッセージが流れた。ママの声を聞きたかったが病院だから仕方がないか。でも、本当に間違いでよかった。それにしても擬陽性って。私は自分の部屋に行って広辞苑を取り出して「擬陽性」という言葉を調べた。

私は予定を変更して、お祝いのような料理を作ることにした。いわゆる、子供舌を持つママのダメな苦い野菜のない、ハンバーグとかのお誕生日会料理だ。ほっとした気分になって作る料理は楽しかった。私は作り過ぎなぐらいに作ってしまった。料理をテーブルに行儀良く並べてママが帰って来るのを待った。外が暗くなって少し寒くなった。今年は異常気象で、春なのに三寒四温どころか五寒二温といったところだ。私は暖房の温度を上げ、テーブルの上の料理で温まったらいけないものを冷蔵庫に入れた。

病院で待たされているということはありえない時間になっている。身勝手なママが人のことを考えずに……、それならいいんだけど、どうも、この頃、心が動くことが多くて、すぐに反応してしまっているようにも思う。大丈夫と自分に言い聞かせて私はママの帰りを待った。

私はママから夕方に送信されたメールをもう一度読んでみた。いつものママのメールと違うのが気になった。

これって、ママの書いたメールかな？　それが、まず、私に「？」を抱かせたことだった。もう一度、一字一句慎重に読んでみる。擬陽性という言葉は、ママから初めて聞いた言葉だ。お医者さんに診察の時に聞いたとして、ママが携帯の変換で上手く擬陽性って出せるなんて信じられない。予測変換機能は「ぎ」と入れたら擬陽性なんて言葉を、決して一発で出したりしない。ママの携帯で「ぎ」なら銀座とかギフトとかギリギリとかギクッ、なんて言葉ばっかりだろうから余計に混乱して、耳で聞いた「ギヨウセイ」をきちんと変換出来るとは思えない。

何かおかしい。何で電話に出ないの？　病院の中ならわかる。でも、もう、病院の診療時間なんて終わっている。妊娠していなくて、ほっとして、お店を休み過ぎていることに気付いて、急に出勤したとか……。だったら、携帯は留守番電話機能になるはずだ。接客中は携帯に出られないから、留守電にしている。ママがお店に出ている時でも、留守電に伝言していれば、三〇分以内に必ず電話がかかってくる。

やっぱり、すっごくおかしい……。

私はじりじりしてきた。時間は九時を過ぎている。何で電話してこないの、ママ……。電話出来ない理由とかあるの？

もしかしたら……、ササキという男に会いに行ってるのかもしれない。そういうことをする可能性はかなりある。ママは脳天気な性格だけれど、思い切りのいい部分もある。妊娠してないことがわかったんだから、ササキに会いに行って文句ぐらい言ってしまう可能性はある。

でも、そんなことだったら、メールの返信もあるだろうし、電話だって取ればいい。いまは、いつもの身勝手なママじゃないんだ。私が心配していることぐらいちゃんと知っているはずだ。

ササキに会いに行ったとしても……連絡がつかないということはない。ふと、すごく、恐いことが頭の中に浮かんだ。私はそれを追い払うように頭を振った。

もうすぐ日付けが変わる。恐くて仕方がなくなった。ママが赤ちゃんを殺すとか、私のいまの生活がなくなっちゃうとかの恐怖ではなく、ママに起こっているかもしれない危険に対する恐怖だった。

私の頭の中に浮かんで消えないのは、ササキという男が、ママに成り済ましてメールを送ってきたということだ。それならいろんなことの辻褄《つじつま》が合い始める。ママが本当に病院に行ったのかどうかなんてわからない。妊娠検査薬の反応が間違っていたなんてこと、本当にあるんだろうか……。

ママのことを待てば待つほどじりじりして恐くなってしまう。

私はママの部屋に入った。夕方には恐くなってもママの部屋に入ることで少し落ち着いた。でも、もう、それはなくなった。私はドレッサーの引き出しを開けた。ササキに関することとか、何か見つかるかもと思ったからだ。書類や携帯のマニュアルの隙間に、アルバムに貼っていない束になった写真が出てきた。私はママのベッドに座って写真を見た。写真の中のママは、いつもこっちを向いて笑っていた。知らない人と写っているものが多くて、ママの別の顔をこっそり盗み見てしまっているような気分になる。

私は写真を元あった場所に戻した。

そんなことないって思おうとしているんだけど、私は、行方不明になったママを探す手掛かりを見つけようとしている。

ササキに呼び出されて、どこかに連れて行かれちゃったんじゃないの？　ササキにとってママは邪魔な人間なんだ。世の中、いろんなことが起こっているとニュースが毎日のように伝えている。

いい予感よりも、嫌な予感の方が高い確率で当たる、って本に書いてあったのを思い出した。人間はいいことよりも危険を察知することで生きながらえてきたからだ。

まさか……殺されたりしてないよね、ママ……。お願いだから、連絡して。私は声にはならない悲鳴を上げていた。

私はひとりぼっちだった。ひとりぼっちで怯《おび》えているしかなかった。ひとりぼっちがこんなに恐くて寂しいことだと初めて知った。ママがいないということが、こんなにも心細くて堪らないだなんて、思ってもいなかった。

本を読んで、何でも知ったような気になって、ママのことを馬鹿にしていた。そのことを、私はすごく後悔していた。

私はママのオーディオのスイッチを入れた。ママが凹んだときに聞いていた曲が流れ始めた。どうでもいいと笑っていたＪＵＮＫ　ＷＯＲＤが聞こえてきた。

いつも、そばにいるよ……テキトーで馬鹿らしい言葉だけど、ひとりぼっちだと初めて感じてしまった私には、少しだけ入り込んでくる言葉に感じた。

ママも大変な思いをして――恐い思いもいっぱいしているだろう――生きているんだと思った。こんなポンコツな言葉にママはすがって生きてきたんだ。

私はいま、すごく、すがるものが欲しくてしょうがない。

いつもは、ママにすがっていたんだ。だから、安心していたんだ。まだ小さい犬とか猫が小刻みに震えるのは、きっと親と離されて、ぎゅっとしがみついてすがるものがなくなってしまったからだ。

ママにすがりたい……ママにしがみつきたい……でも、ママは私の前からいなくなってしまった。

嫌な予感は当たる……。私の頭の中には、嫌な考えや情景がいくつも浮かんでしまっている。泣いてしまいそうになるのを私は必死にがまんしていた。泣いたって、何も変わらない。大声で泣いてママを呼べば、無事だという連絡が来るのなら喉が張り裂けるまで泣くだろう。でも、泣いたって同じことだ。泣けば、もっと恐くなって、もっと心細くなってしまう。

ポンコツな言葉が曲に乗って流れ、私はその言葉にすがっている。私は、ママのベッドの上で、怯えて膝を抱え小さくなっているしかなかった。

夢の中では、ママはササキに絞め殺されて、土の中に埋められていた。お腹の中の赤ちゃんと一緒にだ。ササキは、スーツを着てネクタイをしていたけれど、顔は鉛筆でぐるぐると塗り潰されている。夢の中なのに、おじさんだとわかる特有の臭いがサキからしていた。私はすぐそばで身体を硬直させてその光景を見ている。

私は叫び声を上げながら目を醒ました。

身体が痛くなるほど小さな塊になって毛布もかけずに寝てしまっていた。

遮光カーテンの隙間から光が漏れていた。私は沢山瞬きをした。ベッドから起き上がりカーテンを開けた。朝日が部屋の中に刺さるように入り込んできた。部屋の中が明るくなると、私の中に溜まっていた恐れが少しだけ薄れた。

携帯を確認するけれど、ママからの連絡の痕跡《こんせき》はなかった。

私はママの部屋を出てキッチンに行った。朝ご飯を作ろうと思った。いつもより起きる時間は早いけれど、いつも通りの朝で、いつものようにママと私の二人分の朝ご飯を作る。そうやって私は気持ちを落ち着けようとしている。

ママの好きな、洋風の朝ご飯を私は作り始めた。

遠くで金属音がした。私は蛇口《じゃぐち》を回して水を止めると振り返った。小さく音は鳴っている。私は玄関に走った。ドアがそろりと開き、ママの顔が半分見えた。

「ママ！」

私の声に驚いてママの目が大きく真ん丸になった。

「もう起きてたの？　早いね、遊里華ちゃん」

「ママ……」

言葉が上手く出てこない。私はママに飛びついた。ママの匂いがすぐそばにあった。

「どうしたのよ？」

「何言ってんの！　心配してたんだよ！」

私の声は悲鳴に近かった。

「ごめんね。いろいろあったのよ」

ママはリビングへと歩いた。私は猿の子のようにママにしがみついたままだった。

「ササキって人に会ってたの？」

安心して嬉しくて、だけど、なんかすっごく悲しくなってしまった。

「アタリ！」

重そうに私を運んだママは、私をリビングのソファーにどすんと置いた。

「恐いことといっぱい考えたんだよ……ママがササキに殺されたり……」

「馬鹿じゃないの。大人の小説とか読むから、変な想像しちゃうのよ」

ママは笑っていた。大人の小説という言い方が馬鹿っぽくて、私も少し笑ってしまった。

「本当は赤ちゃんのことは間違ってなくて、ササキがママと赤ちゃんを……メールはササキって人が成り済まして……だって、ママのメール変だったもん！」

まだ昨日からの不安が私の身体の中に残っていた。

「すごい想像力……。それで、妊娠はしてなかったから、ササキさんに漢字を聞きながらメールを打ったからああなったのよ。看護師さんに漢字を聞きながらメールを打ったからああなったのよ。あんな態度って許せないって思ったから、いろいろと話してはっきりさせてたってこと。連絡出来なくてごめんね、遊里華ちゃん」

ママは私を漢字で呼んでいた。

「謝らせたの？」

「うん、がつんと言ってやったから爽快《そうかい》な気分よ」

「よかったね……」

恐くて緊張していた私の身体の力がやっと抜けてきた。

「ダメ男だったわ、まったく。だから別れてやった」

「ねえ、ママ。もし赤ちゃんが出来てたらどうしてたの？」

私は恐かったけれど訊いた。

「産んでたわよ」

ママはすぐに答えた。

「でも、産んだら仕事出来なくて生活出来なくなるじゃん」

「大丈夫よ。だって働きながら遊里華ちゃんを育てたのよ。経験者なんだから、どうにかするに決まっててんじゃん。赤ちゃんは可愛いからね。馬鹿な男なんていらないから、お金だけぶんどっちゃえばいいのよ」

ママは笑っている。

「すごいな、ぶんどるって」

「そう。二つプレゼントするって言ったから、戦利品が二つもあるのよ」

ママは言った。二つという言い方に気味の悪い記憶が蘇った。ママは、屋根の付いた家形の段ボール箱と黄色いレジ袋を取り出してテーブルの上に置いた。袋の方は、ママたちキャバ嬢御用達の二四時間営業のディスカウントストアーのものだった。

ママは得意そうに段ボール箱の屋根の部分を開いた。私は中を覗き込んだ。吃驚するくらいにがたがたと震えているティーカッププードルが箱の底から私を見上げている。

「買っちゃったの？」

たまにはママは食べちゃった時間を戻してくれることもある。これでティーカッププードルの資料を集める手間が省けた。

「買わせたのよ。五十万もしたわ。弟か妹のつもりだったんだけど、これがカワイイ小さなプレゼントの代わりね」

私は両手で掬い上げるようにして犬を持ち上げた。掌に犬の震えが強く伝わってくる。恐くて堪らないんだろう、昨日の夜の私と犬は同じだ。私は犬を胸に付けて柔らかく抱いた。

ペット禁止のはずなのにママは平気なのだろう。それもすごいけれど、犬を抱いているのは心地良かった。

「カワイイね……」

珍しく言った私の言葉に、ママは嬉しそうに頷いていた。

「それから、これも。心配掛けたから、遊里華ちゃんに。ちゃんと選んだのよ。開けてみ！　開けてみ！　高かったのよ！」

袋の中から原色の派手なラッピングの平べったい箱が出てきた。

ラッピングを解くと中からは電子辞書の箱が出てきた。

「欲しかったんじゃない？　当たりじゃない？」

ママが私の顔を覗き込んだ。電子辞書に電池を入れセッティングした。スイッチを入れると『広辞苑第六版』という文字が大きく浮かび上がった。

「……知ってたんだ」

「当たり前じゃないの。ママはいつも遊里華ちゃんのことを見ているのよ。これだったら、学校に重い思いして広辞苑持ってって、コウジなんてあだ名、付けられなくて済むしね」

「うん……ありがとう」

「いつも、ちゃんと遊里華ちゃんのそばにいるんだからね」

ママは自慢げな顔で言った。とんでもなくポンコツな言葉だった。だけど、今日はとても嬉しかった。急に涙が落ちてきた。

「何でだろう？　涙がどんどん出てくるよ！」

私は犬と電子辞書を抱いて大声をあげて泣いてしまった。涙は次から次へと湧いてきて、私の頬を転がった。

「そうだ、電子辞書の広辞苑だったら……もしかして、メカ・コウジってあだ名になるかもしれないね？」

「嫌だ、そんなの！」

珍しくママが上手いこと言って笑ったけれど、涙はまだ止まっていなくて、笑いながら私は泣いてしまっていた。

「子供が泣くとカワイイいねえ」

ママは変なことを言って笑っていた。

ヒヨコのお饅頭

シャワーのマッサージ機能を最強にした。飛沫《しぶき》が広がり、浴室いっぱいに靄《もや》が充満した。明け方の四時まで痛飲してしまった祟《たた》りのようにアルデヒドが刺々《とげとげ》しく首筋から後頭部にかけて停滞している。

清美《きよみ》はシャワーを首筋に当てた。熱を帯びた男のぶ厚い掌《てのひら》でぐいぐいと首筋を揉《も》みしだかれるようだった。

一〇分ほど浴び続けていると、じわりと停滞していたものが動き始めた。清美は確認するように頭をゆっくりと回転させた。二六歳、まだ身体《からだ》が若いのを実感する。首筋から後頭部は随分とすっきりしてきた。

さすがに六万円を支払って取り付けたシャワーヘッドの威力は凄《すご》かった。清美はシャワーのマッサージ機能をソフトに切り替えた。水量は抑えられ、音もリズミカルになった。

右の脇腹に左の掌を当てた。薄い皮膚の下に脂肪は少なく、肋骨の隙間まで指が入りそうだった。マッサージしながら移動させた掌で乳房を包み、顎《あご》に向かって上げていく。掌の中に僅《わず》かな脂肪の奥にあるシリコンバッグの感触を捕らえた。

乳腺とほとんど変わらないという説明を受けた新方式のシリコンジェルバッグだけど、やはりインプラントされた異物は掌の感覚を騙すことはできない。

掌と指、そして、シャワーの水量の強弱で優しくマッサージを繰り返した。シリコンバッグとそれを包む被膜が癒着しないよう、柔らかなマッサージは毎日の日課だ。癒着なんてしてしまったら目も当てられない。乳房は歪《いびつ》に変形して、異物感の塊のようなしこりとして残ってしまう。

自然な形に見えるように、シリコンジェルの容量は、考えに考え抜いて一五〇ミリリットルの極小のものにした。清美の乳房は、サイズが小さめに作ってある日本の下着メーカーの製品ならば、どうにかBカップの大きさになった。四〇〇ミリリットルオーバーなどという大容量のものをインプラントしたら、乳房の大きさは顔と同じぐらいになって、おっぱいのお化けのようになってしまう。

ピンナップガールではなくて、か弱きギャルが清美の望みで、あくまでも自然な乳房が欲しかった。いまの大きさには十分満足している。だからこそ、自然さを保つための毎日のマッサージは欠かせない。

右の乳房のマッサージが終わった。清美は、浴室の窓の縁《へり》に置いたグラスに手を伸ばした。硬水と氷を沢山《たくさん》入れた大きなグラスの表面には水滴がいくつも浮いている。水が、喉から胃の底まで流れ込み、身体の中に冷たい柱が突き立てられたように感じた。清美は冷たい水を掌に少し受け右の乳房に掛けた。

左の乳房のマッサージに移った。まだまだ、やることが沢山あった。お尻も同じようにマッサージし、顔のむくみをとるリンパマッサージもやらなければならない。どのマッサージも自然さを保つためのものだ。

(私ってお風呂に入るのが好きな人でー、二時間とか三時間も入っちゃうんですよー)

とカワイク作られた声のグラビアアイドルがTVで喋っていたのを清美は思い出した。退屈じゃないの？　と訊《き》かれ、

(半身浴とかするんでー、雑誌とかお菓子とかも持って入るんですよー)

などと答えていたが、あれは多分入念な身体の磨き込みをやっているに違いない、と清美は思った。それも、自分と同じようにインプラントされたものを自然に見せ、長持ちさせるためにだ。加工されたプロの道具は、プロ自身の手によってメンテナン

スされるんだ。声をカワイク作って馬鹿に見せているプロのグラビアの女の子は、結構、努力家で強《したた》かなのがわかる。清美は負けられない、と思った。自分がカワイクなることに対して努力を惜しまない。

浴室から出て身体を拭《ふ》きローションをたっぷりと皮膚に含ませる。火照《ほて》った肌が収縮した。清美はリビングにある姿見で全身を確認する。腰骨は狭く、臍《へそ》ピアスのある凹《へこ》んだお腹より少し幅が広いだけだ。乳房も小さめ、細い腕に真《ま》っ直《す》ぐで長い足……。

私の望みは「プレイボーイ」のピンナップガールではなくて、なんと言ってもか弱きギャルだ。筋肉が大きくならないように運動はまるでやらない。それどころか重たいものを持つことさえ極力避けて、作り上げたか弱き身体だ。か弱き身体にこそカワイイという言葉がしっくりはまる。

清美は回転しながら背中から腰のラインを確認する。お尻は垂《た》れてはいけない。しかし、もっと駄目なのは、お尻の大臀筋が発達してエクボのように両サイドが凹《へこ》むことだ。肉が薄く、どんな小さなサイズのジーンズもするりと入る小尻が理想だ。鏡に映った清美のお尻は腰骨が張っていないので小さなお尻である。女の子の友だちから『平成のお尻』と呼ばれている清美の自慢のお尻だ。肉感的で女性らしい『昭和のお尻』ではない。カワイイお尻ということだ。清美は掌に乳液を垂らした。太腿《ふともも》からお尻の頂点まで掌を滑らせる。スルスルと動く掌が気持ちいい。清美は鏡に映る自分のお尻を見ながらマッサージ兼保湿を繰り返した。

全身の保湿を終え清美は下着を付け、洗い立てのバスローブを羽織った。白人の女の子の微笑《ほほえ》む姿が描かれたパッケージの柔軟剤の香りがバスローブから立ち上り部屋に漂《ただよ》った。宿酔《ふつかよ》いによって首筋に停滞していたとげとげのアルデヒドは、すっかり消えて無くなっていた。

清美はオーディオの電源を入れた。一二時に起き、今はもう三時になった。太陽は傾き始め、日差しはリビングの奥まで届いていた。

安室ちゃんの曲が流れ始める。安室奈美恵《あむろなみえ》は清美の考えるパーフェクトな容姿の女の子だ。清美は、電気のコーヒーサイフォンのスイッチを入れ、冷蔵庫の中から地元九州のお菓子であるヒヨコのお饅頭《まんじゅう》を二個取り出して皿に載せた。ヒヨコのお饅頭一個は約一四三キロカロリーある。

テーブルにヒヨコのお饅頭と薄いコーヒー、それと安室ちゃんの歌声。これは、疲れた時、嫌なことがあって心が萎《な》えた時、宿酔いの罪悪感の後に気持ちを復活させるための清美の朝食だった。

マグカップに入ったコーヒーを一口飲み、饅頭の包装紙を開ける。薄《うっす》らと茶色に焼けたヒヨコの丸い頭が現れた。清美はヒヨコのおでこを人さし指で撫《な》でた。そして、黒目とつんとした嘴《くちばし》の部分を齧《かじ》る。香ばしい皮の部分とかさついた白餡の甘みが口いっぱいに広がった。

至福の時……という古臭《ふるくさ》い言葉が清美の頭の中を過《よぎ》ったが、好きなものを三つ並べて味わうのは気持ちのいい時間だ。

ゆっくりとこの時間を味わうのも束《つか》の間《ま》、すぐさま、今日、お店に着ていく服のことに清美は頭を捕らわれてしまった。

清美の働く店は六本木にある。六本木界隈では最高級店に位置するキャバクラで『joli《ジョリ》』という。客が初来店して、シングルモルトウィスキーをボトルキープし二時間飲んでいると六万は取られる。

今夜は月に二回あるフォーマルデイでドレス着用になっている。フォーマルデイには、店が貸し出し用のドレスを数着用意するけれど、それはまだ、ドレスの用意が出来ない新人の子のための救済措置で、一年以上在籍している清美にはそんな恥ずかしいことは出来ない。

髪のセットもいつもより、豪華に盛らなければならない。清美は頭の中にあるお店用の洋服のコレクションを思い浮かべた。

ヒヨコのお饅頭を一個食べ終えたところで清美は、クロゼットの中から一着のワンピを取り出した。黒のドレスだけれど、ミニ丈で背中の部分が大きくあいているものだ。清美はハンガーに掛かったワンピを身体にあてがった。大きくあいた背中の部分は、腰のくびれを通り越してお尻の割れ目の少し上まで来ているので、多くの視線が集まる。清美はその部分を丹念に確認した。シミも肌の荒れも見つからなかった。

いや、こんな大人っぽいのより、もっとカワイイのにしようか、と清美はオレンジ色のミニドレスを出してきた。でも……、熱帯魚に見えるような光沢のある生地のロング系ドレスも捨てがたい……。清美は、まずい展開に陥《おちい》っていった。洋服が決まらなくなると、いくらでも時間が掛かってしまう。クロゼットの中のドレスを全て取り出してしまい、収拾がつかなくなる。ソファーの上にドレスが何枚も広げられた。清美は順番を決め、身体にあてがうことにした。

一枚目は黒のミニドレス、鏡に映った自分の姿を見て、それを記憶する、そして、その映像が消えないうちに、深いグリーンのドレスを身体にあてがった。

カワイイと判断して買ったものなのだから、どれもよく見える。ドレスはアクセサリーを付け加えると、また違った雰囲気にもなる。頭の中がごちゃごちゃになってきていた。

「……ん？」

嫌なものを目の端に捕らえた。清美は鏡の中の自分の姿に目を凝《こ》らした。鏡に顎を近付ける……、一ミリほどの黒い斑点に焦点が合った。斑点は皮膚から僅《わず》かに盛り上がっている。首筋の皮膚がきゅっと縮まった。指先で顎に触れると堅い感触が指先に残った。

髭《ひげ》だ……。全身脱毛にいくらお金を注《つ》ぎ込んだだろう。足の指から額《ひたい》や首筋まで、女の子に不必要な毛は毛根にレーザーを照射してこそぎ取ったはずだった。しかし、黒々しい剛毛の頭が皮膚から這《は》い出そうとしていた。

清美が、まだ、男として本名の清《きよし》を名乗っていた頃、毎日、毛抜きで髭を抜き続けていた忌わしい気分が蘇った。髭は身体の奥底から湧いてくる男を感じさせた。

物心付いたときから、男の性を徹底的に排除し続けてきた。第二次性徴期に出現した髭との戦いは心を萎えさせた。股間にぶら下がっている男性器も大きな憎しみの対象だったが、洋服を着てしまうと少しは忘れられた。しかし、忘れた頃に、突然、顔に出現する髭は清美の気持ちを傷つけた。

二二歳まで金を貯めて、陰茎《いんけい》も睾丸《こうがん》も取り去り女性器を作った。もう突然に、男性器が出現することはない。

カワイイのためになら何でもやれる。メスを入れてインプラントすることも、性器を取り去ることもいとわない。それは二度と見たくないものを消去出来るからだ。しかし、髭はレーザー脱毛が終了した後にでも、清美の中に男が残っていることを証明するように出現した。小さな黒々しい毛の先が、低い声で「まだ、男だよ」と呟いているように感じた。清美はその場に座り込んだ。


凹んだ気分で清美はジョリに出勤した。忌ま忌ましい髭は毛抜きで抜き去ったが、美容整形の病院に電話をすると、髭を二、三ミリ伸ばせばアフターケアとして無償でレーザー脱毛すると言われた。どっちもどっちの話だった。四日も髭を顎から突き出して生活なんかできない。

「清美たん、相変わらず綺麗にしてんね」

控え室に入るなり鈴蘭《すずらん》が声を掛けてきた。二一歳のキャバ嬢で頭の中身が薄くて、すぐにチンピラホストにダマされるような鈴蘭だけれど、こんな奴に限って顎から僅かに出た髭なんかを見つけて指摘する。だから、二、三ミリなんて考えられないのだ、と清美は鈴蘭の二つ重ねた付け睫毛《まつげ》を見ていた。

「どう？　カワイイ？　フォーマルって黒だけじゃないよね」

清美は萎えた気持ちを回復しようと、オレンジ色のドレスに決めていた。

「いいよ。清美たんは細くて背が高いから、すっげ似合う。オレンジ色の色鉛筆みたいじゃん」

「微妙だけど、ありがとう……」

本当は馬鹿な答えと言いたかったけれど、清美はその言葉を引っ込めた。ジョリの中では一番仲のいい鈴蘭だが、会話には注意しないといけない。キャバ嬢の店の在籍平均日数は一年もなく、頻繁に店を変える。仲がいいといっても、鈴蘭と会ってから三ヵ月しか経っていない。馬鹿なんて言葉を簡単に口にすると反感を買ってしまうかもしれない。清美は、微妙と言った後にすぐ鈴蘭の表情を見たが、それほど引っ掛かった様子もなく、ほっとした。鈴蘭は、小さな袋に入ったお菓子を周りのキャバ嬢に勧めている。鈴蘭も苦労しているんだな、と清美は思った。

「ねえ、鈴ちゃん。これ食べる？」

清美は朝食に食べなかった残りのヒヨコのお饅頭を差し出した。

「懐かしいね、これって。まだ売ってんだ」

鈴蘭は楽しそうな声をあげた。キャバクラの控え室は緊張する場所だ。ジョリには四〇人から五〇人のキャバ嬢が在籍しているけれど、その人数は毎日のように変わる。控え室では知らない顔も多く、毎日、まるで転校生のような気分を味わう。

「何それ？　清美、今夜はフォーマルデイよ」

肩を突《つ》かれ振り返ると麗奈《れいな》が羽《はね》のいくつもついた黒いドレスで立っていた。

「オレンジもカワイイと思って……」

清美は言った。

「嘘？　フォーマルって意味を知らなかったんじゃないの？　オカマだしさ！」

嘲《あざけ》るように笑ったのは蓮華《れんか》だ。スパンコールの入った光沢のある生地の黒いロングドレスは、深く長いスリットが入り、足下《あしもと》は床に突き刺さるようなピンヒールを履き、まるで、魔女のようだった。蓮華は、北関東出身の元ヤンキーだ。底意地の悪いいじめ方をするので、みんなから恐れられている。カワイイ顔をしているから、キャバ嬢として通用しているけれど、根の部分には、まだ喧嘩上等の気持ちが残っているらしく、とにかく、控え室では子分を連れて偉そうにしていた。

「オカマじゃないよ……」

ニューハーフと呼ばれるのも嫌いだが、オカマと言われるのはもっと嫌いだった。

あくまでも、清美は女の子だと思っている。

「手術したからって？　でも子宮がないじゃん。年とったら羊水が腐るらしいから、もしかして、いらなくなった子宮とか貰《もら》って埋め込んだりして」

蓮華が言うと、麗奈がけたたましく笑った。清美は歯を食いしばっていた。みんなと少しでも違う目立ったことをすると、こういう結果になる。蓮華は、自分が一番目立たないと悔しいんだ。ニューハーフという珍しい存在でお客の指名を多くとっている清美のことを目の敵《かたき》にしている。控え室の中は、そんな嫉妬や妬みが凝縮していた。

「あれ！　何これ？　蓮華さん、これ何だっけ？」

麗奈が目敏《めざと》く鈴蘭の手に載っている饅頭を見つけた。

「欲しいなら、あげるよ」

鈴蘭は、ヒヨコのお饅頭を蓮華に向かって差し出した。

「だっさぁ、田舎の饅頭じゃん、それ。あんたたちって九州出身なの？　やっぱ、田舎っぽいと思った」

「そうだけど……」

北関東の人間が九州を田舎だって馬鹿にするのも、間抜けなことだ、と清美は思ったが、もちろん、そんなことは口に出して言わない。とにかく、黙って、蓮華の機嫌が直るのを待つしかなかった。

「私は東京出身だけど、ヒヨコのお饅頭って東京のじゃない？」

鈴蘭が言うと蓮華はヒヨコのお饅頭を手に取った。

「馬鹿じゃないの、これって九州のだよ」

蓮華は包み紙の会社と住所の部分を鈴蘭に見せた。鈴蘭はちょっとむっとしたようで、顔が平べったく見えた。

「北関東にも田舎ぽいお饅頭ってあるじゃん」

鈴蘭が言った。もう、馬鹿、と清美は心の中で叫んでしまった。蓮華の顔が硬くなった。蓮華は鈴蘭と清美を見回すと掌を返して、ヒヨコのお饅頭を床に落とした。そして、ハイヒールでゆっくりと踏み潰《つぶ》した。

「だから、何？」

顔を硬くさせたまま無表情に蓮華は言った。清美と鈴蘭は黙って下を向いた。清美の視線の先にぺったんこになったヒヨコのお饅頭があった。

清美と鈴蘭はお店が終わってお客さんとアフターで鮨屋《すしや》とカラオケ屋を回った。アフターも仕事だからしょうがないけれど、深夜に物を食べさせられるのは嫌なことだった。

何の仕事をしているのかイマイチよくわからないお客が、ちょっと古いフォークソングを歌っている。おじさんが悦《えつ》に入《い》って歌うカラオケなど清美はまるで聞いてはいない。

鈴蘭が清美の耳に口を近付けてきた。

「大っ嫌い、あいつら。蓮華たちって死んだらいいのに」

お店の営業中、蓮華たちに睨《にら》み付けられていた鈴蘭は鼻に皺を寄せて吐き捨てた。

「じゃあ、鈴ちゃんが殺したら？」

「捕まらないんだったら、やってもいいな」

鈴蘭は笑っていた。

「じゃあ殺そうよ、蓮華と麗奈」

清美も楽しくなって声をあげてしまった。おじさんのつまらない歌が終わり鈴蘭は「上手ー」と語尾を伸ばして大きく拍手をした。もう一人のおじさんは、清美たちに対してまったく気を使うことなく演歌を大きな声で歌い出した。

「でも、鈴ちゃん。どんな方法で殺すの？　あいつらって、元ヤンだし喧嘩強いから簡単には殺せないよ」

清美は声を少しだけ潜めて訊いた。

「それはそうだよ。逆にやられちゃったりして」

「誰かに頼んだりするの？」

「えー、それはダメだよ。お金かかるじゃん。勿体《もったい》ないよ」

「そういう問題？　だったらどうやんの？」

「薬がいいよ」

「毒ってこと？　そんなもんどうやって手に入れるの？」

「ホームセンターとかに売ってる家庭菜園用の薬って、結構、簡単に人が殺せるんだってさ」

鈴蘭も少し声のトーンを落としてほくそ笑んだ。

「……本当？　判子とかいらないの？」

「うん。一〇〇円《ヒャッキン》ショップとかで売ってるようなのを捺《お》せば、売ってくれるんだよ。劇物っていうんだよ」

「でも、やっぱ、すぐにバレちゃうよ」

「蓮華だけなら、大丈夫だよ」

鈴蘭はいやに自信ありげに頷《うなず》いている。後ろで演歌を歌っているおじさんよりも鈴蘭のほうが自信ありげに見えた。

「どうして大丈夫なの？」

「私、前に聞いたことがあるんだ。人が殺された時って、警察が一番最初に調べるのは、殺された人のことを恨んでいる人間が、どれくらいいるかってことなんだってさ」

「それで？」

「だからぁ。蓮華っていじめっ子の典型なんだし、あいつのこと嫌ってる人間って沢山いるんだよ。あいつのことだから、学校とか地元とかにも沢山いたはずだよ」

「言えてるね。前の店に、その前の店に、元彼に、振ったお客さんとか。ジョリの中でも蓮華のこと嫌ってる子は一〇人以上はいるよ」

「でしょう？」

「捜査は困難だね」

「うん。蓮華のことを嫌ってたり恨んでいる人間よりも、私たちが下の位置に紛れ込めばいいんだよ」

「下の位置って？」

「だからぁ、蓮華を嫌ってる人間の上位にならないってことじゃん。だってぇ、一番嫌ってる人間から順番に怪しいって疑われるんだからさ、その順番の下の方の位置にいればいいってことだよ」

「そういうことね！　すっごい、鈴ちゃん」

「殺しは任せろよ、ベイビー」

鈴蘭はふざけて、おじさんのような声を出しヤニ臭そうにニヤリと笑った。

「もう、馬鹿じゃない！」

清美も大きな声で笑った。お客のおじさん二人が顔をこちらに向けたので、清美は取り繕うように大きな手拍子を打ち、鈴蘭もそれに倣《なら》った。

「ねえ、鈴ちゃん。そんな方法って、一体誰に聞いたの？」

清美は一層声を潜めた。

「私の地元のお友だちの女の子に聞いたんだよ。すっごくカワイイ女の子だったから、結構、ヤンキー系にいじめられたんだって……」

鈴蘭は、その友だちのことを思い浮かべるようにしんみりとした口調になった。

「うわ、よくあるいじめだ」

「ずっと妄想してたんだってさ。自分をいじめてたヤンキーのいじめっ子を殺そうと。それで調べたんだって、いろいろとね……」

「それで……殺せたの？」

清美はちょっとどきどきしてしまった。恐がる表情を見せると鈴蘭の口角が少し上がった。

「そんなこと出来なかったに決まってんじゃん！　清美たんも結構単純じゃない？」

鈴蘭はけらけらと笑った。

「なんだ、やっぱ、そういうことね」

清美は少しほっとした。その「お友だち」というのが、鈴蘭のことだと思ったからだった。演歌が終わり、聞き慣れた前奏が清美の耳に流れ込んできた。安室ちゃんの曲で鈴蘭がこっそりと入れた曲だった。清美は安室ちゃんの曲を歌わない、大好きだけど歌えないからだ。喉を絞り、高い声を出せるように努力してある程度は、女性ボーカルの曲を同じキーで歌えるようになった。しかし、それは音域が狭い歌の下手なアイドルの曲でしかなかった。安室ちゃんの曲は、清美の声の音域では歌えなかった。そのことを知っている鈴蘭は、たまに安室ちゃんの曲を歌ってくれる。

清美の一番好きな「SWEET 19 BLUES」で道ばたで生きている野良猫のような女の子の歌だった。お客さんの二人のおじさんは、知らない歌のようで、面倒臭そうに手拍子を打っていたが、カワイイ野良猫のような顔で歌っている鈴蘭のことを清美は羨《うらや》ましくてしょうがなかった。

おじさんも大きな拍手をし、清美も手を叩き鈴蘭の歌は終わった。すぐに次の曲がかかった。おじさんが入れた古い洋楽だった。

「でもね、清美たん」

また、鈴蘭が顔を寄せてきた。

「何？」

「薬を使うのって体力に自信のない人間が使うのが特徴なんだって、それで、薬って女の子の道具って呼ばれてるんだよ。だから、清美たんが言った元彼とかお客さんの下の位置には、私たちはなれないかもね」

「ふーん。お友だちってよく知ってたんだね」

「妄想癖だね。でも、実行しないで妄想してるだけでも楽になるんだってさ」

「わかるな、楽になるって。いつでも殺せるって思ったら、蓮華の意地悪も受け流せるような気がする」

「楽しいんだよ、妄想って……」

どこまで本当かわからない英語の発音でおじさんが乗って歌っている。アメリカ人になっているつもりなのだろう。鈴蘭はおじさんの歌に合わせて手拍子を打ち始めた。

清美は、自分が子供の頃に持ち続けていた想いが妄想だったのだと思った。それは、朝起きると男性器が消え失せ、完全な女の子として生きていける、というものだった。特殊な場所で生きるのではなく、ごく平凡な女の子の生活を送ることだけで幸せだと考えていた。

「やっぱ、実際、人なんてそんなに簡単に殺せないよ。すっごく恐いよね」

「そう？　清美たんなら簡単なんじゃやない？」

「えー、何で、私、そんな残酷なこと出来ないよ」

「だってさ、清美たんって肉体改造から下半身のトンネル工事までやっちゃってるじゃん。自分の身体を切り刻んじゃうより、楽じゃない？　殺すんだったら自分は全然痛くないしさ」

鈴蘭はちょっと意地悪そうな顔をして笑った。

「……そうだけど」

清美は言葉に詰まってしまった。鈴蘭の笑っている顔がすぐ目の前にある。厚い付け睫毛と上下の濃いアイラインに縁取られた目の輪郭は、目頭にメスを入れて形を西洋人っぽくしているのがわかった。他にも鼻の頭がツンと上を向くように軟骨を加工し、顎にも何かを入れているのが清美には確認出来る。

「清美たんなら大丈夫だよ」

鈴蘭は妙にきっぱりと言い切った。また、妄想という言葉が清美の中に蘇った。女の子の中には整形をしているのに、まったくそれを認めない子がいる。それは「最初から私はこういう顔だった」という妄想を続けているということなのかもしれない。清美も男性器の除去手術をした後、それに近い妄想に浸っていた。朝起きたら、忽然と男性器が消えていたんだと、思い込むことを楽しんでいた。子供の頃の妄想を現実のものにするための、さらなる妄想ということなんだろう。

清美はまじまじと鈴蘭の顔を見た。鈴蘭は整形の跡を見破られることなどまるで心配していない風で、堂々と清美の顔を真っ直ぐに見返していた。

「ほら、清美たんの歌が入ったよ」

鈴蘭が言った。清美がマイクを握ると、おじさんたちが手を叩く。流れているのは音域の狭い歌の下手なアイドルのための曲だった。まったく面白くもない曲だけどこれなら女の子の声を作って歌える。喉の奥に力を入れ咽頭を絞ってか細い声を出した。

だっさい曲で悲しくなった。鈴蘭は笑顔で手拍子を打っている。清美は悔しくて堪《たま》らなかった。

清美は控え室に戻るとロッカーからバッグを取り出した。ピルケースの中から通称「赤玉」という女性ホルモンの赤い錠剤を三粒取り出して掌に載せた。女性ホルモンの中で卵胞ホルモンを補うための結合型エストロゲン一・二五ミリグラム製剤である。子宮と卵巣のない清美が女性らしい身体つきになるために必要な薬だった。

赤玉を飲み続けると、筋肉が落ち、身体が女性らしく丸くなり、少しだけだが乳房が膨らむ。男性ホルモンを注射すると体毛が濃くなるけれど、赤玉の場合は体毛が薄くなることはない。しかし、これを飲むと一歩女の子に近付くと思えた。清美にとっては夢の薬だった。

いきなり背中を押され、掌の上から赤玉が落ち床に転がった。清美は慌ててしゃがみ込んだ。赤玉が床の上を転がるのを屈《かが》んだまま追いかけた。

「田植えだ、田植え！」

見上げると前髪を編み込んだ蓮華の顔があった。

「わざとじゃないのよ、ごめんなさーい」

蓮華は太腿で屈んでいる清美の頬を押した。清美は赤玉を拾い集めて立ち上がった。

「何するのよ……」

「わざとでしょう?」

清美は身体の中の血の温度がすっと低くなるような気がした。

「どういうこと? 謝ったじゃん。どんぐらい謝れば気が済むっていうの」

蓮華は背筋を伸ばした。また、顔が硬くなっていた。清美は思い出していた。蓮華の気に染まらないことをしたキャバ嬢が仁王立ちした蓮華の足下で土下座させられている光景を。

水商売をしていると土下座をさせられる人間を目にすることがある。ジョリの店長が店の奥でヤクザに土下座しているのや、ホステスを食い物にしようとキャバクラの近くの路上でキャッチをしていたホストが五人、地回りに怒られて路上に土下座している光景に出くわしたこともあった。

「いいよ、別に……」

清美は言って目を逸《そ》らした。

「えー、何それ！　いいって、何よ。自分から絡んどいて、別にって終わらせるの？　私は、さっき、謝ったよね？　わかってる、あんた」

　蓮華の声が大きくなった。

「そんなことじゃなくて……、もう、いいよってことだけど」

「何それ！　おかしくない？　私がぶつかったことを謝ったのに、あんたは、わざとだって絡んできたのよ。なのにもういいって、めちゃくちゃ勝手じゃない？」

　目が三角形に吊り上がった蓮華が詰め寄ってきた。

「ご、ごめんなさい……そんなつもりじゃ……」

　清美はしどろもどろになっていた。それを蓮華が確認しているように見えた。

「ごめんって言ったのは、勝手だってことをあんたが認めたんだよね、麗奈、そう思わない？」

　蓮華がそう言うと、隣に立っている麗奈が大きく頷いた。

「こいつ、蓮華さんに絡んでたもん。ちょっとぶつかっただけで絡まれたら、嫌な気分だよね。絶対、こいつおかしいよ」

　麗奈はここぞとばかりに大きな声を出した。清美は麗奈の顔に爪を立てて引《ひ》っ掻《か》き回したくて堪らなかった。誰か助けてくれる人がいないかと清美は控え室の中を見回したが、仲のいいキャバ嬢の顔は見えなかった。

「本当にごめんなさい」

なんで謝らなければならないのか、悔しかったけれど清美は頭を下げてみせた。涙が出そうだったが、それを必死に堪えていた。

「謝るってことは、あんた、自分が悪いって認めたってこと？」

蓮華は、また、もう一歩前に出てきた。

「……ごめんなさい」

清美が後ずさろうとすると、太腿を強く膝《ひざ》で蹴り上げられた。痛みでしゃがみ込みそうになったが身体に力を入れて耐えた。

「悪いと思うんだったらやるなよ、二度と」

顔を間近まで寄せてきた蓮華の声は低くなった。

殴られるかと思って身をすくめたが、蓮華はすっと背中を見せて歩き出し、麗奈がその後ろに続いた。麗奈は控え室を出ていく時、半笑いの顔で振り返った。その半笑いの顔を見た瞬間、涙がどっと溢れてきた。鼻の奥が苦くなるような悔し涙が、次から次へと頬に転がり、床に女座りでへたり込んだ。

涙がどうにか引っ込んだので、清美は控え室を出て席に着いた。化粧は直したけれど目が腫れぼったいのが気分を凹ませた。隣のお客が話し掛けてきたけれど、上手《うま》く受け答えが出来ない。胃の中には拾い集めた赤玉が収まっている。

卵胞ホルモンの作用を高めるための結合型エストロゲンには血栓症などの副作用がある。病理的なもの以外で使用する、清美たちのような人種は情緒不安定を訴えることが多い。それは男から女の子に近付くことへの喜びと恐れのようなものなのかもしれない。涙もろくなったと清美は思っていたが、今日の涙はそれとは違ってるようにも思えた。

ジョリの店内は客とキャバ嬢で溢れ騒然としていた。清美はお客の話に適当に相槌《あいづち》を打っていた。

「うえーんって泣いちゃったね」

ぼんやりしているといつの間に指名されたのか鈴蘭が隣に座っていた。

「見てたの？」

清美は驚いて鈴蘭を見た。鈴蘭は視線を逸らしてお客さんのお酒を作っている。

「助けようと思ったんだ。でも悔しいけど、私には出来なかったよ、ごめん」

鈴蘭はさっと顔を清美に向けて言うと細い眉毛を八の字にして頭を下げた。

「いいよ、謝んなくて。巻き添えになるだけだから。でも、助けようって思ってくれただけでも嬉しい」

清美が言うと鈴蘭は照れて笑っていた。また、涙が出そうになった。

「チッチッチ、泣くんじゃねえ」

鈴蘭は、立てた人差し指を横に振りながら頬を膨らませ低い声でおどけてみせた。

「ありがとう……」

清美は友だちが出来たと思った。キャバクラで働き始めて三年になる。入れ替わりの激しい業界で表面上は仲良くしているけれど、友だちだと思えたのは鈴蘭が初めてだった。

「北関東出身の腐れヤンキーのくせに」

鈴蘭は声を小さくして目配せした。視線の先には蓮華が奥の席に座ってこちら側を睨んでいる姿があった。

「本当、馬鹿みたい」

清美は蓮華から視線を外した。

「今度、何かあったときは、ガツンってやったげるからね」

「危ないから、無視した方がいいよ」

「やられっぱなしだと、いじめっ子って図に乗るから」

鈴蘭はそう言うと刺々しい付け爪を立てて引っ掻く真似《まね》をした。

「いい女じゃねえか。俺が男に戻ったら彼女にしたいぜ」

清美は鈴蘭の真似をして低い声を出しておどけたが、鈴蘭に目が真ん丸になるほど驚かれた。

「清美たん、それ、やめた方がいいよ。男そのものの声だよ」

鈴蘭は押し殺した声で笑っていた。

「久しぶりに男の声を出すからがんばって低くし過ぎちゃったみたいね」

「男の中の男、それも、腹巻きして一升瓶振り回すおっさんみたいだった」

鈴蘭はまだ顔をくしゃくしゃにして笑っている。

「ねえ、鈴ちゃん。今日、アフター断って二人で飲みに行かない？」

「アフターないからいいけど……ちょっと寄りたいとこがあるんだけど」

「わかった、ホストでしょう？」

「当たり。店で飲まなくていいんだけど、それでいいなら」

「いいよ。行こうね」

清美は小指を出した。今日、新しくしたばかりのネイルを鈴蘭が指で軽く弾《はじ》いて小指を絡ませた。

「すっごくカワイイね、このネイル。私もオソロにしよう」

鈴蘭は満面の笑みで言った。


終業時間近くになるとキャバ嬢たちの動きが激しくなる。お客とアフターの約束を取り付ける者やキャバ同士で遊びに行く約束をする者など、控え室はキャバ嬢が出たり入ったりして騒然としている。仕事のことでキャバ嬢同士が揉めるのも終業近くの控え室だった。清美が控え室に戻ると、一人のキャバ嬢が部屋の隅で泣いていた。何人かのキャバ嬢が取り囲んで慰めているようだったが、下手に首を突っ込むと、とばっちりを受けてしまう可能性は大いにあった。控え室は危険でいっぱいなのだ。キャバ嬢は店内でお客に見せる顔と控え室の顔とを完全に使い分けている。お客の視線がなければ本性を剝き出しにして遠慮もまるでない。

可哀想には思ったが泣いている子の横を素通りし、急いで着替え店の外に出た。店の陰から鈴蘭が顔を出して手を振っていた。

「ちょっとお店に寄って飲み代のツケを払うだけだから、清美たんは外で待っててね」

鈴蘭はそう言うと歩き出した。目的地は六本木の外れにある通称イケメンビルと呼ばれる何軒もホストクラブが入った雑居ビルだった。通称はイケメンビルだが、陰では蟻地獄ビルとかドンペリビルなどとキャバ嬢から呼ばれていた。清美がビルのそばで待っていると何人ものホストが声を掛けてくる。ホストにはピンからキリまでのレベルがあり、路上で声を掛けてくるようなホストはキリの方で、黒いスーツに皺《しわ》が寄りシャツは薄汚れているように見えた。

女の子の場合は、鼻で嗅ぎ分けるのか、意地悪な視線であらを探すのかわからないが、清美が元男だとすぐに見破る。しかし、女の子の財布が目当てのキリのホストたちは、目も鼻も利かず清美のことを初見で見破ることはなかった。ホストたちとくだらない話をしながら三〇分ほど待っていると鈴蘭がビルから出てきた。明らかに顔が不機嫌になっていた。

「最低！」

鈴蘭は吐き捨てた。

「どうしたの？」

「早く飲みに行こう」

清美は強い力で腕を引っ張られた。

お客と行く同伴前の店やアフターの店と違って、キャバ嬢だけで行くのは割り勘で飲める安い店と決まっている。

清美と鈴蘭は、赤坂のディープにある『バー寒猫《さむねこ》』に入った。この日の鈴蘭は酒をがぶ飲みして結構荒れていた。気に入ったホストに払うお金を苦労して作ったのに、誠意のあるお礼がなかったことが不満だったようだ。しかし、清美に絡んだりすることはなく、チンケなホストのせこい裏事情を暴露してくれていたので、清美としては楽しい時間だった。

「何でホストなんかに入れ込んだりするの？」

清美は、女友だちとして鈴蘭のことをもっと知りたいと思った。

「私って本当にダメな子なの……、勉強も全然出来ないし、約束は守れないし、遅刻するし、ムダ遣いばっかで、わがままでジコチュウ。向上心なしやる気なしでサボり癖だけはあるの。ダメな男にもダマされるし。そんなダメな子なのよ」

「そんな……。鈴ちゃんはカワイイし、ちゃんとしてるよ」

清美は嘘を吐《つ》いた。もちろん、後ろの部分だ。

「してないよ。全然ちゃんとなんかしてない。性悪なダメ女なの……、でもね、清美たん。そんなダメな女でも、自分よりもっとダメな奴がいて、そいつと一緒にいると安心しちゃうってことない？」

「んー、私はあんまし……」

そんな奴は絶対に嫌だな、という言葉を清美は飲み込んだ。

「今日、お金渡した男も最低なの。嘘ばっかり吐くんだよ。ツケの値段もこっそり書き換えて高くしたり、私んちに泊まって、私が寝てる隙に、お財布からこっそりお金を抜いたりするのよ。それで問い詰めると、見え見えの嘘吐くし、馬鹿で薄汚い男なのよ」

「うえー最低じゃん」

「そう。最低なの。でもね、清美たん。ダメな私よりもっとダメな奴が、私の横で寝てたりするの、それを見ていたら、ああ、私の方が少しはちゃんとしてるんだぁって。私ってダメ女だけど、嘘だけは吐かないって決めてんの。でもあの馬鹿男は嘘ばっかり。そしたら、この男は可哀想だなって思って、少しだけやる気がでるのよ。これってやっぱぁ、変なことなのかな？」

鈴蘭はしんみりした口調になった。

「私みたいなのが、変なんて言えないよ。でもさ、キャバの子がちっちゃい犬を飼いたがるのと似てない？」

「少し似てるかもね。ちっちゃい犬ってカワイイけど頭が悪いじゃん。躾《しつけ》とかしても全然ダメだしね。あれってきっと脳味噌もちっちゃいからだよ」

「あはは、正解かも」

清美はやっと笑えた。みんないろんな悩みがあることを知って、少しはほっとした。ただ、鈴蘭が言ったカワイイけど頭の悪い犬というのが、鈴蘭に思えて仕方がなかった。リボンをいくつも毛に結び付けられ、フリフリの洋服を着せられた愛想ばっかりよくて落ち着きのない座敷犬は、キャバ嬢そのものに似ているのかもしれない。

「ぐじゃぐじゃ考えるのも面倒臭いな。どうでもいいや、あんな馬鹿男」

清美が笑うとやっと鈴蘭も笑った。

「そうだよ。忘れなよ」

「ねえ、そう言えば、清美たん。あのお菓子って何だったっけ？　蓮華が踏み潰したやつ。あれ、よく持ってきてるよね。あれって本当に東京のお菓子じゃやないの？」

「東京駅とかデパートの地下にも売ってるの、だから東京土産だと思ってる人が多いみたい」

「納得いかないな……そうだ、小夜子さんって東京の人だから訊いてみようよ」

鈴蘭はそう言うとカウンターの中の小夜子を呼んだ。

「どうしたの？　鈴蘭に清クン」

小夜子はからかうような口調で、店の中では清美のことを清クンと呼ぶ。

「ヒヨコのお饅頭って知ってるでしょう？　小夜子さん、あれって東京のお菓子だよね？　清美は九州って言うんだけど」

「あれね。あれは福岡県が元祖で、東京に進出してきて、それで東京銘菓って付けて上野駅とか東京駅で売ったのよ。だから東北の人とかが帰省する時に、東京土産って買って帰ったから東北の人で間違う人が結構多いのよね。鈴蘭って東北の人だったっけ？」

「エー違うよ。私は東京生まれの東京育ちよ。清美は九州から来た田舎っぺだけど、私はチョー東京人だよ」

鈴蘭はきっぱりとした声を出した。鈴蘭は怒っているのだ、と清美は思った。

「めっちゃ関西人というのは聞いたことあるけど、チョー東京人というのは初めて聞いたわ。清クンは地元のヒヨコのお饅頭が好きなのね」

小夜子は笑っていた。

「別に味はそんなに好きってこともないんだけど、私はあの形が好きなんですよ」

「形？　何それ、変なの」

鈴蘭が笑った。

「私、安室ちゃんが理想の形の女の子なんだよね。最高にカワイイ形ってこと。安室ちゃんってヒヨコのお饅頭に似てない？」

「わかった！　色がでしょう？　ヒヨコのお饅頭の皮の色ってちょっと茶っぽいもんね。安室ちゃんも茶っぽくて粉っぽいじゃん」

ここぞとばかりに鈴蘭は目を輝かせた。

「……色ってのも当たってんだけど、ヒヨコのお饅頭の頭の形が好きなのよ。安室ちゃんも同じ形なの、あの丸いおでこってカワイイじゃん」

清美が言うと小夜子が人差し指で鈴蘭の額を触った。

「おでこが丸いのは女特有のものなのよ。男の人ってだいたいが眉毛から生え際まで真っ直ぐで、女の人は眉毛からカーブしてるの」

「へーそうなんだ……」

鈴蘭は清美の眉毛から生え際までをゆっくりとなぞるように見ていた。その様子を見ていた小夜子がなるほど、と納得するように言う。

「真っ直ぐだね、清クンのおでこは……。このおでこを整形手術で丸くするのは、すつごく難しいっていうか、出来ないらしいね」

「そうなんですよね。……だから、私はヒヨコのお饅頭と安室ちゃんに憧れてしまうんだろうな」

清美は自分のおでこを確認するように触りながら言った。

「わかった！　安室ちゃんのおでこに憧れてるから、それと同じ頭の形のヒヨコのお饅頭を食べてるんだよね？　おまじない？　ヒヨコのお饅頭を食べるとおでこが丸くなるとか？」

鈴蘭は案外真顔で清美に訊いた。

「そんなわけないよ。ただ、いいなって思って食べてるだけ」

「でも、いろんな悩みがあるんだね」

鈴蘭に言われると清美は、でこの悩みがすごく重たいことのように感じてしまった。

「単純な憧れということだろう。そんなことを悩みというなら、人間は悩みに押しつぶされてしまうよ」

小夜子は少し呆れたように言うと席を離れた。

「ねえ今夜の小夜子さんって、ちょっと意地悪くない？」

鈴蘭はカウンターに戻る小夜子の背中を見ながら声を潜めた。

「そうかなあ……、それよりさ。今日、ジョリを出てくる時、控え室で女の子が泣いてたね」

清美は話を変えるように言った。

「ああ、あれね。財布盗《と》られたって騒いでたんだよ」

「嘘！　可哀想に」

「もしかしたら蓮華かもよ。北関東の元ヤンって手癖悪そうじゃん、あいつならやりそうだし」

「言えてるね。新人の子を狙うってのも蓮華っぽい」

「新人の子も馬鹿なんじゃない。暗証番号設定のロッカーなんだから気を付けないとダメだよ。面倒臭がってゾロ目だったりしたんじゃないの」

鈴蘭は吐き捨て、そして、嘲るような笑い声を上げた。馬鹿が損をするのがキャバクラの控え室だ。キャバクラは学校じゃない。正しいことはどんだけお金を稼げるかということだ。清美は少し暗い気持ちになった。カワイイ格好してお客さんとお喋りをしていれば、お金が貰えるなんて生易しいものではない、と清美は強く感じていた。

蓮華一派との緊張状態は続いていた。清美の頭の片隅には店を変わりたいという気持ちはあったが、店を変わったとしても、また、蓮華のような人間がその店にいないとは限らない。どうにか耐えて、いじめっ子への対処法を確立するしかない。清美はそんなことを考えながらジョリに出勤していた。

清美は仕事が終わり鈴蘭と一緒に控え室に入った。今日は一緒に来たのでロッカーは隣同士だった。鈴蘭と並んでロッカーを開けた。

早く帰り仕度をして控え室を出ることばかり考えていた。すぐそばに蓮華たちがいるからだった。蓮華はアフターで高い店に連れて行ってもらうことを声高《こわだか》に自慢していた。

今夜はアフターがないので、鈴蘭と軽く飲んで帰ろうと約束をしている。相変わらず、二人のときは『バー寒猫』だけど、アフターで垢抜《あかぬ》けないおじさんと高い鮨屋に行くのより何倍も楽しかった。

ハンドバッグを取り出して中を見ると嫌な感じがした。清美はハンドバッグの口を大きく開けた。

ない……。確かに入れていたはずの財布が入っていない。清美は首筋の皮膚が縮こまるのを感じた。落としたはずはない。ロッカーにハンドバッグを入れる前、中からハンカチとティッシュを取り出した。その時に財布はあったはずだった。

盗まれた。

大きな声を出して財布が盗まれた、と言えばいいのだが、声が出せないでいた。清美は辺りを見回した。帰り仕度をしているキャバ嬢たちは、誰も清美を見ていない。

清美は鈴蘭の肩を無言で突《つつ》いた。

「何？」

鈴蘭が振り返った。清美は自分の足が少し震えているのがわかった。

「どうしたのよ」

「……財布がない」

やっと小さな声が出せた。

「どういうこと？」

「盗まれたみたい」

清美が言うと、鈴蘭の目が大きく見開かれ黒瞳《くろめ》がみるみる縮んだ。

「……絶対、あいつらだ。今日、何度も控え室に入ってたもん」

「でも……」

清美は鈴蘭の肩を摑《つか》んだ。鈴蘭は清美の手を振りほどいて歩き出した。清美は後についていて歩く、先には蓮華たちがいる。

「あんた、清美たんの財布盗ったでしょう！」

いきなり声のトーンを上げた鈴蘭は蓮華の前に立った。

「何言ってんの？」

蓮華はとぼけているのか、気のない声を出した。

「ハンドバッグから財布を盗んだんでしょう、って訊いてんのよ」

鈴蘭が蓮華の肩を突《つ》いた。

「何すんだよ、おまえ。私が盗ったって証拠でもあんのかよ？」

蓮華の顔がすっと硬くなった。

「何度も控え室に戻ってたじゃん。ねえ、清美たんも見てたよね」

「うん……」

清美は鈴蘭に言われ頷いた。

「清美、ふざけんなよ、おまえ。おまえの財布がどこにあるんだよ。知らねえよ、そんなもん」

蓮華は荒々しい喋り方になった。自分のハンドバッグをロッカーから出すと口を開いて見せた。鈴蘭がすぐにハンドバッグの中を覗いた。

「ない……財布だけ捨てたんじゃないの？」

「うっせーな、おまえ。だいたい、こういうときは、一番騒いでる奴が怪しいんだよ。鈴蘭、おまえのバッグも見せろよ」

蓮華は鈴蘭の襟を摑むと強く押しながら鈴蘭のロッカーに移動した。他のキャバ嬢たちが何事かと清美たちを取り囲み始めた。

「見せるよ」

鈴蘭は音を立ててロッカーを開けハンドバッグを取り出した。口を大きく開けて差し出した。

「……えっ？　私の財布？」

清美は手を伸ばして鈴蘭のバッグの中にある財布を取った。取り囲んでいたキャバ嬢たちが静かになった。

「どうなんだよ、清美」

蓮華が顔を近付けた。清美は手に取った財布を確認した。鈴蘭が心配そうに手元を覗き込んでいる。

「私の財布。お金だけが抜き取られてる……」

「鈴蘭、おまえじゃん、泥棒は！」

蓮華が鈴蘭の肩を強く押した。鈴蘭は跳ね飛ばされロッカーが大きな金属音を鳴らした。

「……そんなの、おかしいよ。鈴ちゃんがそんなことするはずない！」

「清美、証拠があるじゃん。人に濡衣《ぬれぎぬ》着せやがって、ふざけんなよ」

蓮華が清美の臑《すね》をハイヒールの先で蹴った。

「濡衣はあんたの方でしょう！　鈴ちゃんのバッグにお金だけ抜いた財布を入れたんじゃないの？」

清美が詰め寄った瞬間、蓮華が掌で頬を打った。痛くて涙が出そうになった。でも、泣くのは嫌だった。怒りが湧いてきて、それが涙を止めた。

「うるせえよ。証拠がないじゃん！」

「絶対、あんただ」

清美はもう一歩前に出た。また、蓮華が平手で頬を打った。顔が半回転したが、清美はすぐに顔を戻した。音はしなかったけれど、頭の奥の方でぶつんと何かが切れるような気がした。殴り合いの喧嘩なんかしたことはなかった。子供の頃から女の子になりたいと思っていたからだ。清美はもう一歩前へ詰め寄った。腹を拳《こぶし》で殴られた。吃驚《びっくり》するぐらい痛くて身体が前のめりになった。

「うぜーんだよ、オカマが」

蓮華は続けざまに膝蹴りを太腿に入れてきた。恐いから人なんて殴りたくない。でも怒りは次から次へと湧いてくる。身体に力が入り清美の拳が強く握られた。

思いっ切りの力で清美は殴り掛かった。目を瞑《つぶ》ってしまい拳は簡単に避《よ》けられた。蓮華も拳で殴ってきた。目を閉じた瞬間、痛みが頬に食い込み、鼻の奥に鉄の臭いが広がった。清美は両腕を無茶苦茶に振りながら突進した。その中の一振りが蓮華の頭に当たった。蓮華は怒鳴り声を上げて殴り返してきた。何発も清美の顔に拳が当たる。いつの間にか痛みは感じなくなった。

清美は飛びかかり、蓮華の盛った髪を摑んだ。思いっ切り引っ張ると、それはウィッグで簡単に外れた。清美はもう一度髪を摑み、蓮華も髪を摑み返してきた。背の高さは同じぐらいで力比べのような形になった。清美は腕に力を込めた。

目の前の蓮華の顔が歪んでいるのが見えた。

拳を振り回しても喧嘩慣れしている蓮華にはまるで歯が立たなかったが、力では勝っているようだった。清美は力任せに腕を振った。蓮華から僅かに悲鳴が漏れた。

不思議な気分だった。女性ホルモンの投与で筋肉はほとんど落ち、棒のようになってしまった腕だが、男の力がまだ存在していた。安室ちゃんの丸いおでこを作れないように、骨は加工出来ない。だからこそ、清美の身体の中には、男の骨格と腱が残っている。筋肉は無くても男の骨格と腱を持つ清美は蓮華とはまるで違う力があった。

清美は髪を摑んだまま壁に蓮華を押し付けた。そして、何度も頭を壁に打ち付ける。鈍い音が響き、蓮華の顔に怯《おび》える表情が浮かんだ。清美の髪を摑んでいた蓮華の手の力が抜けていく。清美は摑んだ髪を大きく振って蓮華を床に向かって投げた。蓮華が倒れた。清美は素早く動き、蓮華の胴体に乗った。強く拳を握った。大きく振りかぶって拳を打ち下ろす。

「おまえが盗ったんだ！」

野太い怒鳴り声が響いた。清美は何度も拳を振り下ろした。鈍い音と蓮華の押し殺した悲鳴が続いた。

まるで男だった。理不尽な暴力を振るう男を怯えた目で見るような蓮華の視線が痛かった。身体の中から這い出してきてしまった男の部分を大いに確認させられた。清美の目から涙が溢れてきた。

男の怒号が聞こえ、店のボーイや店長たちに清美は羽交い締めにされ、引き離された。二人は店長の部屋に連れて行かれた。店長は怒りながら簡単に事情を聞いていた。

結局、店長は憮然とした表情で、喧嘩両成敗だな、と言うと、清美と蓮華に二週間の出勤停止を言い渡した。店長はしっかりと二人の言い分を聞く気もないようだった。そして、店長に言われ、二人は向き合って頭を下げる仲直りのような儀式をさせられたが、蓮華は押し黙って睨んでいるだけだった。蓮華は財布を盗ったとは絶対に言わなかった。

顔の至る所が腫れ上がってしまった。清美はベッドに寝たまま氷を当ててアイシングを続けた。

高校を卒業して、新宿二丁目のオカマバーのニューフェースとして入店して水商売の世界に入った。すぐに二丁目は女の子として生きたい清美にとって違う世界だとわかった。そして、一九歳からキャバクラで働くようになった。給料は二丁目のときの何倍にもなり、身体の加工のための貯金も出来るようになった。でも、キャバクラでの自分はやはり、ニューハーフという特異な見せ物だと痛感してしまった。蓮華との喧嘩で、男の声で怒号をあげ拳を振り上げていた自分の姿を思い出すと自己嫌悪に陥った。

出勤停止を受けた二週間、鈴蘭は毎日のように飲みに誘ってくれた。最初のうちは顔が腫れていたので、外に出なかったが、腫れが引いてからは二人で飲んで回った。鈴蘭は、毎回、飲み代を奢《おご》ってくれた。ホストに金をせびられお金が無くって困っている鈴蘭には珍しいことだった。それくらい心配されているんだ、と清美は感謝していた。

「今度はカミソリとかで顔を切ってやるってさ」

鈴蘭が蓮華の情報を教えてくれた。

「私、もう嫌だ」

清美は言った。しかし、まだまだ、蓮華はいろいろとやってくると思えた。蓮華は相当に執念深いらしい。

「よし、出来るかどうかわかんないけど、私がどうにかしてあげるよ」

鈴蘭はあっけらかんとして言った。

出勤日になった。清美は緊張していた。腫れの引いた頰骨の横には、まだ色の変わった部分があったけれど、コンシーラーを濃い目に塗って隠せば目立つことはなかった。なるべく地味めな洋服を選んで、髪の盛り方も押さえ気味にした。

二週間も店に出ていないうちに相当数のキャバ嬢が入れ替わっていた。麗奈が辞めているのは驚きで、蓮華に子分がいなくなったのは小気味のいいことだった。控え室の中に入ると蓮華がいた。蓮華は清美と違って原色を多く使った派手なプリントミニドレスで相変わらず床に刺さりそうなピンヒールを履いていた。麗奈はいないけれど他のキャバ嬢たちと楽しそうに話している姿は、さながら刑務所から出所してきた兄貴分のようだった。

「無視した方がいいよ」

鈴蘭が隣のロッカーを開けながら言った。清美は頷いて視線を外した。

一日目、二日目は、蓮華も意識しているのか一度も目を合わせてこなかった。それが何かを企んでいそうで清美には不気味に思えた。

三日目、お客の指名が重なり蓮華と同じ席に着いた。蓮華は視線を合わせてこない。清美も視線を合わせることなく何事もなかったように振舞っていた。途中で鈴蘭が心配して遠くの席からやってきて耳元で、大丈夫？と訊いてきた。

　蓮華はソファーではなく一人掛けの椅子《いす》に座っていたが、お客が呼んでソファーに移動し、清美の隣に座った。まさか、この場で顔を切ってきたりはしないだろうが、何をされるかわからない。向こうもこちらを意識しているようで清美は身体が強張《こわば》るほどに力が入っていた。

「家の犬が死んだよ……」

　蓮華の顔が急に近付き、囁《ささや》くような声で言った。

「何？　どういうこと？」

　清美は訳がわからず驚いた顔を見せていた。蓮華は反応を窺《うかが》うように黙って見ていた。

「今度、誰もいれないでサシで話をしない？」

「……でも」

「喧嘩はなしだから……約束する」

　蓮華は静かに話した。

「うん」

「じゃあ、今日、仕事が終わったら、店のトイメンの喫茶店で待ってるから、知ってるよね？」

「知ってる……」

「ばっくれないで来てね」

蓮華は言うとボーイを呼んで席を立った。仕方がないか、と清美は溜息を吐いて蓮華の後ろ姿を見送った。

何でそんな約束しちゃったの！　と鈴蘭が声をあげて驚いていたが、いつかは蓮華と話をしなければならないだろう。それなら早い方がいいと清美は思った。

店の前の喫茶店ならボーイや店の子もよく使って人の目も多いので悪くはない。鈴蘭が心配して喫茶店の入り口まで付いてきた。店内を覗くと蓮華は奥の席に一人で座っていた。清美は大きく息を吸った。そして、鈴蘭を振り返った。鈴蘭ががんばれ、という風に拳を握ってみせた。


「犬が死んだって、どういうこと？」

席に座ると清美は言った。

「……とぼけてんの？　すごいね、かなわないな」

蓮華は煙草《たばこ》に火を点《つ》けた。

「言っている意味がわかんないよ。また、喧嘩するつもりなら私は帰るよ」

「喧嘩はやらないよ。あんたに勝てないからね」

「カミソリとかで切ってきたりするんでしょう?」

「そんな汚いことはしないよ。あんたに、何されるかわかんないからね。ねえ、喧嘩は私が負けたって認めるからもう止《や》めにしない? あんなもん送りつけてめちゃくちゃじゃん、もう負けは認めるから止めてよ」

蓮華は途中から哀願するような声になった。

「あんなものって?」

清美は意味がわからず返答に困った。

「あんたが家に送ってきたヒヨコのお饅頭に決まってるじゃん。私、一回、鈴蘭の持ってたのを踏み潰したじゃない。食べ物を粗末にするとすっごく親に叩かれてたから、ちょっと後悔してたんだ」

「私が送ったって?」

「そうよ。置いといたら、私のいない間に犬が食べちゃったみたいで、泡吹いてぐったりしてたから、すぐに病院に連れてったんだけど……昨日、死んじゃった。最初、お饅頭が腐ってたのかと思って処分したんだ。でも、少し経って獣医さんからは、腐ったもの食べたんじゃなくて、ガーデニングとかで使う農薬を間違って舐めたりしませんでしたかって訊かれたんだ。あんた、あのお饅頭に何か入れたんでしょ？」

「そんな……」

鈴蘭に違いない……、清美は身体の奥底をぎゅっと摑まれるような感じがした。

「証拠がないから、もう、どうしようもないけど、もう止めてくんない。ちょっとレベルが違うよ。それに、財布も私が盗ったんじゃないんだから……本当だよ」

蓮華が弱々しく見えた。清美は何も言えないでいた。まさか、鈴蘭がそんなことをするなんて、と頭の中が混乱してしまった。

「……うん、そうか……」

混乱した頭の中で、ふと清美は思い付いた。

あの日清美の盗まれたお金は、二〇万円で、深夜までやっている美容形成外科の薬局で女性ホルモン剤を購入するために用意したものだった。保険が利かない高価な薬だが、大量購入をすると一五％オフになる。

薬を購入することを店の中で知っていたのは鈴蘭だけだった。まさか鈴蘭が、と考えてしまうと、鈴蘭に悪いけれど、疑問はじわりと膨らんでしまう。鈴蘭と多くの時間を過ごすようになってから、実は彼女の多くの嘘が目に付くようになっていたからだ。免許証を見た時、歳を三つ誤魔化《ごまか》しているのを見付け、出身地が東京というのも嘘だった。鈴蘭の免許証の住所は山形県のもので、小夜子がヒヨコのお饅頭の話をした時に怒ったのは、東北人であることを見破られそうになったからだろう。

女の子によくあるような小さな嘘だけれど、鈴蘭の嘘は日常化していた。

「本当に盗んでない？」

「私ってレディース上がりだから盗みはやらない。信じてよ、あの日、あんたがどこのロッカーを使ってたのかも知らなかったんだから」

弱音を吐いて負けを認めている蓮華が、嘘を吐いているようには見えなかった。

「うん、わかった……」

「それと私、店を変わるから、これ以上、関わらないで……お願い」

蓮華は立ち上がると伝票を摑んで逃げるようにして帰って行った。

喫茶店を出ると鈴蘭が立っていた。清美には鈴蘭が違う人間のように感じられた。

「どうだった？　何を言われたの？」

鈴蘭は楽しげで目を輝かせているようにも見えた。

「もういがみ合うのは止めようって」

「本当に？　それだけ？」

清美は顔を覗き込んでくる鈴蘭から目を背けた。

「ねえ鈴ちゃん。今日、終わったらヒヨコのお饅頭買いに行くけど一緒にどう？」

清美はカマを掛けるつもりではなかった。ヒヨコのお饅頭のことが気になって口を衝いて出てきてしまっただけだった。蓮華の言葉通りのことを鈴蘭には訊けない。自分から話をして欲しいと清美は願っていた。

「ヒヨコのお饅頭って何？」

鈴蘭は真っ直ぐに清美を見て言った。

「えっ？　ヒヨコの形したお饅頭、鈴ちゃんに前にあげたよね。蓮華が足で踏み付けてぺったんこになったけど」

「そうだったっけ？　よく憶《おぼ》えてないよ」

鈴蘭は清美から視線を外すことなく首を小さく傾げた。

「ほら、安室ちゃんと同じおでこでカワイイ……」

清美の心臓が高鳴った。鈴蘭の表情は同じままだった。

「わかった。九州の田舎のお饅頭だったっけ？　でも、清美たん、店が終わってからじゃデパートは閉まってるんじゃない？」

見え透いた嘘がだらだらと流れているように清美には思えた。

「大丈夫、東京駅か新宿駅のお店なら、まだ開いてるから……」

清美も真っ直ぐに鈴蘭を見返した。鈴蘭は、口元に固定したままの微笑みを浮かべながら、スーパーロング二枚重ねの睫毛を二回瞬かせた。まるで、鈴蘭は寝かすと目を閉じ、起こすと目を開ける人形のように見えた。しかも、過剰に装飾を施された薄気味悪い人形だ。

（自分の身体を切り刻んじゃうより、楽じゃない？　殺すんだったら自分は全然痛くないしさ……）

清美の頭の中に鈴蘭のあっけらかんとした声が響いた。たぶん、鈴蘭ならそれほど深く考えずに出来る。ヒヨコのお饅頭に劇物を入れることなど、まるで痛くもないし、心も痛まないだろう、と清美は思った。

キャバ嬢が店を頻繁に変わる理由がわかったように思えた。嘘を吐くことに慣れ切ってしまった子や、考え方や羞恥心のあり場所が根本的に違う人間たちを前にして怯え、逃げてしまうんだ。清美も蓮華のように逃げ出したいと思った。

「行こうか」

鈴蘭は言った。清美は恐くて堪らなくなって鈴蘭の笑顔から目を逸らした。

「あら、清クン、一人？　鈴蘭と喧嘩でもしたの？」

カウンターの中の小夜子が言った。早い時間で『バー寒猫』には清美しか客はいなかった。清美はカウンターに買って来たヒヨコのお饅頭を置いた。小夜子は小さな皿を二枚出し、ヒヨコのお饅頭の包装紙を取って載せた。

「ちょっとね……キャバ嬢、辞めたくなっちゃった」

清美は、そう言うと、鈴蘭の話を小夜子にし始めた。誰かに聞いてもらうことで、もやもやしたものが消える。小夜子は、うんうんと小さく頷いていた。

「千三《せんみつ》っていうのよ。千のことを話したら、そのうち三つしか本当のことはないっていう意味」

「嫌だな、千三なんて呼ばれるの」

「何言ってんのよ、清クン。あんたなんて大きな嘘をいっぱい身体に貼り付けてるじゃない。Aカップの胸を加工してBカップって偽って、エラを削って輪郭を偽って、清クンなのに清美って性別を偽ってんのよ」

「大きな嘘か……鈴蘭の小さな嘘より非道《ひど》いのか」

「清クン、大きいとか小さいとかで責めてるんじゃないよ。人間は嘘を吐いて生きてる動物なの。キャバクラの仕事なんて、嘘ありきじゃない。お客と疑似恋愛してお金貰ってるのよ。お化粧だってセットした髪だって、嘘ってことでしょう。カラオケ歌った客に手を叩くのも嘘、こいつ俺に惚れてんじゃないのか？　なんて思わせるなんてのも、嘘ありき。でもね、お客さんのつまんない日常を忘れさせてあげるいい嘘なのよ。清クンが鈴蘭のことを気味悪く思ったのは、鈴蘭は自分を飾るだけ自分をカワイク見せるための武器として嘘吐いたからなのよ。嘘を吐く部分が間違ってて、嘘が下手糞だったってこと」

「そう言われると私は鈴蘭のことを責められないな……」

「いいのよあんたは。清クンは大嘘を貼り付けてるけど、結局は本当を前面に出しているから。嘘ありきって割り切れる」

小夜子は、清美の皿に載ったヒヨコのお饅頭に長い人差し指を伸ばすと、丸いおでこの部分をぎゅっと押した。ヒヨコのお饅頭のおでこが真っ直ぐになった。

「どうしても変えられない男のおでこか……これは本当のことですよね。だから、小夜子さんは私のこと、清美じゃなくて清クンって呼ぶんですね？」

「そうよ。それでいいじゃない。変えられない本当があるからこそ、お客さんはあんたの嘘を楽しんでいられるんだから。キャバクラ辞めるなんて言わないでよ。二丁目以外で清クンの大嘘を受け入れてくれるところはそうないんだから」

「……そうですね。この格好でお昼の仕事は出来ないし」

清美は真っ直ぐになったヒヨコのお饅頭のおでこに触れた。

「まあ、いつの日にかは、清クンみたいな人間でも、昼の仕事が受け入れてくれるようになると思うわよ。女が会社で働けるようになったように」

小夜子の声が優しかった。清美は指でヒヨコのお饅頭のおでこを丸くしようとしたが、薄茶色の皮に亀裂が入った。

「いつの日にかですよね。がんばんないとな……」

「そう。マイノリティはがんばって居場所を作るのよ、清クン」

「清クンか……。ねえ、小夜子さん。もし、私が性同一性障害の認定を受けて、戸籍から性別を変えてちゃんとした女になったら、清クンって呼び方を変えてくれますか？」

「いいわよ。元清クンにしてあげる。おでこが真っ直ぐな女の子というのもいるだろうから」

小夜子は言うと、清美の皿にあるヒヨコのお饅頭に手を伸ばし、おでこが真っ直ぐの頭の部分をぱくりと食べた。小夜子は笑っている。清美は釣られるように笑って、小夜子の前にあるヒヨコのお饅頭の頭を食べた。

透明な水

深夜の赤坂の飲み屋街は、焼肉屋さんの匂いで溢れかえる。今夜はアフターをやらなかったので、私のお腹は動き出してしまった。

ダイエットを続けている身には、辛い道だ。

私は少し斜め下を見ながら歩いている。酔っ払いに客引き、スカウトにヤクザ、それとホスト……、一人で歩く時には、目を合わせたくない人間が道にわんさかといる。道で話し掛けられて良いことなど一つもない。嫌なことばかりだ。

もし、マシンガンでも持っていれば、この場に立って連射しながら三六〇度を一周させて、嫌なもんを一掃したいと思ってしまう。

私は馬鹿じゃない。そして、全てに怒っているんだ。世の中、馬鹿ばっかりで嫌になる。

酔っ払って淀《よど》んだ視線を送ってくるオヤジは、臭くて馬鹿なことしか言わない——

でも、こんな奴も店に来るとやりたいばっかりに、私を褒めたりする——こんな酔っ払いのオヤジは早いところ死んでしまえばいいと思う。

　客引きのおじさん……もう可哀想なだけで、見るのも嫌だ。

　いくら誘われたって行かないって、スカウトの兄ちゃん。道で、キャバクラで働かないか？　それとも、もっといい店で働かないか？　って声を掛けているけど、それってちゃんとした仕事なの？　たぶん、それは社会の底辺の犯罪者の仕事なんだろう。たまに、ＡＶ女優になりませんか、なんて言ってくるけど、正常な神経を持った人間には思えない。スカウトなんてやっている男は、いつの日にかとんでもない目に遭わされてしまうんだ。

　ヤクザ……もう最低だ。職業的犯罪者というらしい。犯罪で食ってるなんて、無茶苦茶だ。ヤクザは、いばって格好つけて、それで猾《ずる》い、人間として最低な場所に生きている。警察は何しているんだ。早く捕まえて、刑務所に入れてしまえばいいのに。ヤクザなんて、刑務所で辛い思いをして、いい年こいてから泣けばいいんだ。

　嗚呼《ああ》……ホスト。虫以下の存在だ。何が嫌かと言えば、不潔な臭いがするからだ。特に、下っ端。道で客になりそうな女の子に声を掛けてくるような下っ端ホストのスーツは、よれよれでクリーニングいつしたの？　って悪臭がする。その悪臭は、学校の頃に、まるでイケてない運動部の男の子とか、勉強も運動もダメなオタの銀縁眼鏡《めがね》の学生服から漂ってくる臭いと同じだった。

前に、お店に来た頭の良さそうなお客さんに、聞いたことがある。大昔の日本には徴兵制っていうものがあって、男の子は二〇歳ぐらいで兵隊に取られていたらしい。お客さんが言うには、戦争のためというのもあるけれど、もう一つの理由で、ダメな遺伝子を残さないように国が工夫したっていう説もあるそうだ。

徴兵で一旦、男の子を集めて、ゆくゆくは国の不利益になるようなダメな男の子を選別して、徹底していじめて、一番危険な戦地に送ったりして、早くに死ぬように仕向けたらしい。

お客さんは、それを淘汰《とうた》と言った。それがあったからこそ、戦争に負けてぼろぼろになった日本が、復興することが出来たと言っていた。戦争っていうきつい試験みたいなものを通過した遺伝子というのは、それなりに強いんだって……。いま日本は、馬鹿ばっかりだけど、戦争での遺伝子の淘汰をやってなかったら、もっと非道《ひど》いことになっていたって言ってた。

お客さんの話は極端だし、それで死んでしまった人たちは可哀想だと思う。でも、もし徴兵制ってのが、いまあったら、ホストとスカウトとオタ、それからひきこもりなんてのは、みんな軍隊の中でいじめ殺されちゃうんだろう。

マシンガンをいまここで連射するより、徴兵制になってくれた方が、私は生きやすくなるんだろうな。

私は、飲み屋街を進む。

あちこちから刺さってくるような視線が痛い。視線の元の人間が私に対して望んでいるのは、セックスとお金だ。私の中のセックスに対して視線を送っている男の目には、私の着ているカワイイ服は剝《は》ぎ取られ、裸と性器だけが映っている。お金なんて大して持っていないけれど、お金の部分を見ている人間は、私を商品として売り飛ばしてお金を稼ごうとしている。

嫌な視線で私の身体《からだ》が腐ってしまいそうだ。

私が行こうとしているのは、赤坂のディープな地域の中心部で、まだまだ、先は長い。

「美有《みゆ》、こっちこっち」

亜矢音《あやね》が道の暗がりから声を掛けてきた。亜矢音は、焼肉屋さんと台湾屋台料理の店の隙間に身を潜《ひそ》めるようにして立っていた。

亜矢音は私の理想のスタイルをしている。身長は一六一センチ、三八キロ前後の体重で、洋服は試着しなくてもほとんどが入る。

「早いね」

「どうして、そんなところにいたの？　変じゃない？」

私が言うと、ピンクのワンピースに髪を高く盛った亜矢音は、辺りを注意深く見回した。耳から下がったピアスが薄暗い中で光った。

「……さっき、気になる感じの奴がいたのよ。だから、ちょっと隠れてただけ」

「そうなの！　もう、道に馬鹿ばっかりで、私もここまで来るのに大変だったよ」

私は吐き捨てた。こんなディープなところも、二人でいれば、少しは安心出来る。

「お金、持ってきた？」

「うん。三万円だけだけど……」

「たったそんだけ⁉　そんなんじゃすぐ無くなっちゃうよ」

亜矢音は尖《とが》った声を出した。

「違うよ！　だって、マルキュー行ったら、新作の服が超カワイクて、いっぱい買っちゃったから」

それ以外にも、お金を借りて返済日に半分を返したところなので、三万円を捻出するのにも結構、私は苦労していた。

「私、今日は八万だよ」

「すっごい、いいな！　リッチィ！」

「電話するからね。美有、変な奴がいないか、周りを見張っといてね」

亜矢音は声を潜めて携帯を取り出した。

亜矢音と私は昼間も働いているけれど、収入が全然違う。私もフーゾクで働こうかなって思う。お金なんていくらあっても足りない。

……でも、やっぱり、フーゾクは嫌だな。私は馬鹿じゃないんだ。亜矢音も馬鹿じゃないけれど、イっちゃっている。『性感マッサージ・スリムっ娘倶楽部』なんてよく見つけてきたものだと思う。男の人は、ぽっちゃりした女の子が好き、なんてことをよく言っているけれど、痩せてスタイルのいい子が好きな男の人の方が断然多いはずだ。亜矢音は指名もたくさん貰っているらしい。

私の場合、昼間には派遣の仕事があるから、働けない。

私は、四谷にある美容専門学校に一年通って卒業した後、昼は派遣のＯＬ、夜は赤坂のキャバクラで働いている。お店のアフターが入って朝まで飲んだり、クラブでオールなんてやってしまうと、派遣の仕事は地獄のように辛くなる。トータルビューティ科を卒業しているので、ゆくゆくは、メイクのお仕事かネイルの店をやるというのが夢だ。ただ、まだまだお金は貯まりそうにない。私の学校の先輩に聞いた話では、ネイル関係の店で下働きするくらい馬鹿らしいことはないらしい。昼は堅気の仕事で夜はお水で、それで社会性を保ちつつ店を出す準備をするってのが流行《はや》りらしい。ネイルやメイクの下働きは底辺でこき使われて、結局はネイルやメイクが嫌いになるってのも聞いていた。だっさいオジサンに囲まれてOLしてても給料は微々たるものだけど、目を吊り上げたネイルサロンの女オーナーにこき使われる方が嫌なものだ。盗み取れるような技術なんて大してないだろうし、先輩の話を聞けば聞くほど、ネイルサロンのバイトなんて底辺だと思えてくる。

私はどうしても綺麗な店をオシャレな街に作りたい。メイクも出来て、ネイルもやれて、それで小物や装飾品も充実している、お客さんをトータルでカワイク出来る店、それが私の夢。

私はその夢を実現させるために、川を渡れば埼玉という北区の外れから東京の中心部にやってきた。

実家は、中流家庭の巣窟で、同じような形の建て売り住宅が延々と続いている住宅街にあった。隣の足立区の荒み具合よりは、まだましだけれど、生まれも育ちも北区です、とは自慢は出来ない。面白くも何ともない住宅街と工場しかなくて、北区で一番の繁華街の赤羽だって、東京中心部の人は埼玉県だと思っていたりする、まったく、イメージのないのが北区のイメージだとも言える。

嫌で嫌で仕方がなくて、必死にパパとママの前でいい子にして、やっとのことで、専門学校の学費と一人暮らしの生活費を出させることに成功した。

パパは川を渡った埼玉県にある印刷工場の食堂でコック長をしている。工場では、東南アジア人が多く働いていて、若い頃に銀座のフランス料理の店で修業したのが自慢のパパは、いつも、東南アジア人を味音痴だと馬鹿にしていた。食堂のテーブルに砂糖の壺と唐辛子の壜《びん》さえ置いておけば、あいつらは、文句言わずに何にでも掛けて甘辛くして食うんだ、と言うような非道い男だ。

ママは、パートでショッピングセンターの中のファミレスで働いている。このショッピングセンターも川を渡った埼玉県にある。若い女の子のバイトの場所と、おばさんのパートの場所はかぶっているので、どうしてもおばさんは、若い女の子向けの制服を着て働くことになってしまう。ぱっつんぱっつんの制服で働くママのことをパパが一度からかって、大げんかになってママは実家に帰った。それは車で三〇分も走ったら到着する、これも埼玉県で、たった三日で帰ってきた。

まったく馬鹿みたいで、そんな中流家庭の中に自分が押し込められているって考えるだけで、私は反吐《へど》が出そうだった。

赤坂の飲み屋街の道は、馬鹿ばっかりだけど、北区のおじさんたちのようなダサさはない。あの街には毛玉のついたよれたジャージ姿がうようよしていた。私の大好きなカワイイってものと正反対にあるものだ。

私のお兄ちゃんはもっと非道い。ヤンキーにもなれず、というより学校では完全なツカイッパだった。運動も勉強も出来なくて、家でゲームか漫画ばかりで、たまにゲームセンターに行くと、必ずかつあげされてしまうようないじめられっ子だった。中の下の成績で高校を卒業して、代々木のアニメの専門学校に入学したけれど、「俺のやりたいことはあの学校にはない！」なんて、どこかのテレビドラマか漫画で聞いたような台詞《せりふ》を言って、半年通っただけで逃げ帰ってきた。毎日毎日、ネットで「2ちゃんねる」三昧《ざんまい》、部屋にはロリコンのアニメが描いてあるおぞましい抱き枕があるような変態オタクで、唯一、ひきこもりになっていないのが救いだった。でも就職先がなくて、結局、ママの口利きで、ファミレスの厨房で働くようになった。厨房といっても、冷凍食品を業務用の大きな電子レンジでチンするのと、皿を洗うだけだから、一応は料理人のパパから、力一杯馬鹿にされている。私の生まれ育った北区の中流家庭の環境は、人間がつまらない人生を送るように出来ているんじゃないかと思う。

私は生まれ育った場所が大嫌いだった。

「連絡付いたから、美有、行くよ」

亜矢音が携帯を切ると辺りを窺《うかが》いながら歩き出した。私は横に並んで進む。少しどきどきしてきて、胃の辺りがきゅっと縮まるような感覚を覚える。いつものことだけど、これから起こる出来事への期待と不安が入り混じるからなんだろうな。

しばらく行くと、紺色のスーツにノーネクタイ、ベースボールキャップを頭に載せたおじさんが、自動販売機の陰から顔を出して、私たちに向かって軽く頷いた。いつものおじさんだ。

おじさんはくるりと背中を見せて歩き出し、私たちは付いていく。おじさんの足下は、革靴だと思っていたが、よく見ると黒い革のスニーカーだった。スポーティなものにサラリーマンの制服が挟まれているというファッションセンスは、どこから来ているのか私にはまったく理解できなかった。たぶん、逃げたり追いかけたりする時にスニーカーは頼りになるんだろう。

一階がチェーン店の居酒屋になっているビルの裏に入った。おじさんは、胸ポケットから薄茶の封筒を二つ取り出した。

「こっちが八万円で、こっちが三万円の痩せ薬」

私たちは、すぐにお金を出し、おじさんから封筒を受け取った。慣れた手付きで札を数え、丸めると輪ゴムの乾いた音を鳴らして留めた。亜矢音と私は封筒の中にパケ袋に収まった錠剤が入っているのを確認する。

「無くなったら、また、電話しまーす」

亜矢音がテンションの上がった声を出した。

「……なあ、ねえちゃんら、売ってる俺が言うのも変なんだけど、こんな錠剤で買うより、結晶とか粉で買って、カイキでやった方が割りがいいと思うんだけどなあ」

おじさんが、初めて長い言葉を喋って私は少し驚いた。

「カイキって注射器のことでしょう？　そんなの痛いじゃないですかぁ」

これは亜矢音のキャバクラでの営業トークの声だ。

「コツがわかりゃ、痛くも何ともないんだぜ。何だったら、射《う》ち方を教えてやっても、いいんだぜ。ねえちゃんお得意さんだから、カイキもサービスするよ。錠剤はかったるいだろう？」

おじさんの声の質が柔らかくなった。こんなおじさんに付いていったら何されるかわからない。私は不安になって亜矢音を見た。

「えー！　サービスしてくれるんですかぁ、優しい！　ありがとうございまーす。でも、やっぱしぃ、痕《あと》が残ったりすると困るからぁ。いいですよ」

さすが現役キャバ嬢だ。相手が気分を害さないように断っている。

「だったら焙《あぶ》ったりすりゃいいじゃねえか。いま、若い奴ん中じゃ、焙りって流行ってんだろう？」

おじさんは引き下がらない。

「知ってるぅ。でもあれって何かカッコ悪いですよ。ねぇ、そう思いませんかぁ？　それに、私たちって、やっぱし、痩せ薬って感じで使ってるから」

「どういうこと？」

「だいたいこれって、食べなくてもよくなるんだけど、錠剤の方が胃が焼けて、食べ物が全然いらなくなるんですよぉ。だから、注射とか焙りだと駄目なんです。いろいろ、ありがとうございました。また、電話しますから、その時は、よろしくお願いしますね」

亜矢音は頭を下げた。嫌な客に誘われた時によくやる畳み掛けるような口調で、私も一緒に、この次もお願いしまーすと明るい声を出して頭を下げた。

私たちは、急いでその場から離れていった。

「うわぁ、恐い恐い」

おじさんと遠く離れてから、亜矢音に笑いながら言った。

「カイキだって！　恐いよ！　中毒になっちゃうじゃん！　アディクトじゃん！」

私は言って笑いかけたが、思わず中毒という言葉を使ってしまってちょっと焦って、笑いが引っ込んでしまった。亜矢音のお父さんがアルコール依存症で早死にしているって聞いていたからだ。

「やらせないって！　馬鹿じゃないの、あのオヤジ。馴れ馴れしく話し掛けんじゃねーって！」

亜矢音は吐き捨て、また笑ったので、私はほっとした。

「カイキにシャブ！　ベースボールキャップにスーツだ！　カッコわりい！」

私は安心して大笑いした。実際、私も亜矢音もシャブなんて言葉は使わない。注射器なんか使うのは、絶対に嫌だ。気味悪いし、古臭いからだ。だから、私たちが使うのは「瘦せ薬」って言うようにしている。楽にダイエットが出来て、なおかつ、楽しくなれるんだから、最高だ。

亜矢音が言うには、錠剤だったら、血管に直接入れたり、肺から吸収しないから、絶対に中毒にはならないらしい。それに、中毒になる人間は、一回でもなるけど、それは薬に対して弱い人間だからで、ずっとやってて、何ともない人をいっぱい知っている、とも言っていた。

亜矢音が自販機にお金を入れ、温かいお茶を買った。パケ袋から痩せ薬を二錠取り出して、まるで、お菓子を食べるように甲高い音を鳴らして噛み砕いた。そして、温かいお茶で流し込んだ。私も一錠取り出して同じようにする。

「奢《おご》り！」

と亜矢音は私の口の中にさらに一錠、押し込んだ。亜矢音はまったくいい奴だ。私は笑顔で痩せ薬を噛み砕き、お茶で流し込んだ。

温かいお茶が痩せ薬の効きを良くする。これも亜矢音が教えてくれた。亜矢音はいろんなことを知っていて面白い。二つ年上だけど、亜矢音と友だちになって楽しいことが沢山増えた。

痩せ薬が効いてくるまで、約一五分ぐらい。「そろそろ来るか」って待つ一五分は長くて、おじさんが言うように注射だったら、即効で来るんだろうけど、やっぱし、注射は恐い。私は、身体を縮めるようにして、来るのを待った。

「美有……動かないで……」

亜矢音が声を潜め、私の後ろに視線を注いでいた。

「どうしたの？」

「さっきのオヤジのキャップが向こうの自販機のところに見えたの……。尾《つ》けてきてるのかもしれない……」

細い眉がくっと上がった亜矢音は真剣な声を出した。

「どうするの？」

私も声を最小限にした。おじさんが怒ると、若者がキレる時よりも粘着質で恐い。しかも何で怒ったのか不明の時が多い。お店でおじさんが怒って揉めてしまうことがよくあった。悪意があるのかどうかもわからない感じで、私たちのような女の子を不快にさせる。スーツにキャップを被るようなおじさんは何をするかわからない。私は恐くなった。

「ここから歩いてすぐに知ってる店があるから……この頃行ってなかったから、丁度いいよ、そこに行こう。お婆《ばあ》さんがやってる地味な店だけど、他の人がいたらあのオヤジも入って来れないだろうから……。美有、絶対に振り返ったらダメだよ」

亜矢音は冷静な声を出し、注意深く辺りを見回した。さすが亜矢音だ。亜矢音に任せておけばどうにかなる、と声を出さずに頷いた。

亜矢音がお茶を握ったまま歩き出し、私は遅れないように付いて行った。

背中に意識を集中しながら歩き、やっと店の前に着いた。路地の奥まったところにあり、看板に『バー寒猫《さむねこ》』と書いてある。変な名前……。ドアは木製で壁は真っ白だった。亜矢音がドアを開ける。私は、もう大丈夫だろうと後ろを振り返った。おじさんの姿は見えなかった。

店内は、地味というよりも、クリーム色がかった白と茶色だけのシンプルな色合いで名前の通りに寒々しく見えた。カウンターにボックス席が二つで、客は三人だった。

「亜矢音か……。あんた、まだ、赤坂近辺にいるのかい?」

背筋が伸びたお婆さんがカウンターの中から声を掛けた。白髪をひっつめにして、化粧も薄いので皺《しわ》が目立つけれど、綺麗に見えた。

「ちゃんといるよ! それにフーゾクもやってないからね、サヨコさんの予想は外れ!」

亜矢音は平気で嘘を言い、声が変わっているのも横にいる私にはわかった。

「本当かねえ……。この子もキャバクラなんだろう」

お婆さんは私に名刺を渡しながら言った。表には「小夜子」とだけ書かれたシンプルでカッコイイ名刺だ。

「そう！　親友の美有！　でもね、美有はお昼には派遣のＯＬもやってて、すっごくちゃんとしてんだよ」

「ふーん、ちゃんとしてるって、あんたが言うと信用ないけど。よろしくね、小夜子です」

真っ直ぐに私を見ながら小夜子は頭を下げた。私も名前を言って頭を下げ返した。昔はすっごくカワイかったんだろうな、と思った。

高校のときに付き合っていた彼氏が、任侠ＤＶＤが大好きで、よくレンタルしてきた。どれも私にとっては、時代劇みたいに古臭くてつまらなかったんだけれど、その中の一本に、女の人が主役で女子刑務所から脱獄して、みたいな映画があった。タイトルは、サソリがどうのこうの……よく覚えてないけど、その時の女優さんに小夜子は似ていると感じた。彼氏の借りてくる任侠ＤＶＤの女優はみんな昔風の美人だったけれど、彼女に似ている女優は、今っぽい感じもしたことを思い出す。

「何を飲むの？」

小夜子が訊いた瞬間だった。身体を強張らせて緊張しながら歩いてきたところに、ほっとして気が緩んだからなのか、どーんと私の身体の奥底で大きな太鼓《たいこ》が鳴ったような振動が響いた。胃の中の錠剤が吸収されて一気に効いてきたようだった。たぶん、その瞬間に、私の目は二割から三割ほど大きく見開かれたと思う。

「……じゃあ、ビールをください！」

声が甲高くなりそうなのを必死で押さえて私は答えた。端が猫みたいに切れ上がった小夜子の大きな目はすべてを見透かしているように感じられ、少し怖《お》じ気《け》づいた。

「私もビール！　それとお冷やも！」

亜矢音はすっごく楽しそうな声をあげた。小夜子が冷ややかな視線を送りながら、私たちの前に小瓶のビールを置いた。私たちは小瓶を握って乾杯すると、グラスに注がずに口を付けて飲んだ。

「すごいねえ……。いまどきの子は、合奏みたいだわ。並んでラッパ飲みして」

カウンターの一番奥に座っていた厚化粧のおばさんの声が聞こえた。

若い女の子ってだけで、目の敵にしてくるおばさんは多い。私はこういう時黙ってしまうけど、亜矢音はすぐに文句を言い返す。私が初めて亜矢音を見たのも、お店の控え室で喧嘩をしている時だった。口も出るけど手が出るのも早くて、キャバ嬢の盛った髪を両手で鷲摑《わしづか》みにして、頭突きを食らわせたことも何度もあった。よくそんなことが出来るね、と亜矢音に訊くと、暴力に慣れているからね、殴られ慣れると人を殴れるようになるよ、と笑って言っていた。

私は亜矢音の強さに憧れがあるんだろうな……。亜矢音には、おばさんの声は聞こえなかったのか、何も言わなかった。

「やめときなよ」

小夜子がカウンターの中から小さな声で、おばさんを窘《たしな》めた。

「でも、小夜子さん。みっともないでしょう、女なのにラッパ飲みって」

厚化粧は言った。亜矢音にも聞こえたようで、厚化粧を振り返った。亜矢音はビール瓶を握ったまま立ち上がろうとした。うわっ……すっごくまずい展開になった、と私は亜矢音の肘《ひじ》を摑んだ。その時だった。

「あんただって水商売やってんだったら、わかるんじゃないのかい？　この子たちは客を連れて来てんじゃないんだよ。客の前じゃないんだから、楽にしたっていいじゃないか。それを女はどうのってのは、あんたが、難くせ付けてるだけだよ」

小夜子は声を荒らげることもなく言ったが、ピシャリって感じだった。厚化粧のおばさんはすぐに私たちに向かって謝った。

「さっすが、小夜子さん！」

亜矢音は言った。

「あんたらも、考えないとね。若い女の甲高い声ってのに、苛《いら》つく人間ってのもいるんだってことをね」

小夜子は言うと、厚化粧のおばさんをフォローするように、新しいお酒を作って出した。

「ごめんなさい」

亜矢音も素直に頭を下げて、ビールをグラスに注いで飲みはじめた。私も謝った。

店長とかから注意されると、すっごく反発する亜矢音が、怒られて素直に謝るのは珍しいことだった。たぶん、小夜子のことを信頼しているんじゃないかと思う。

私も改めて飲みはじめようとグラスにビールを注いだ。

グラスの中で盛り上がってくる泡が、キラキラとしている。

痩せ薬を飲んで目が過剰に反応するようになっているんだろう、光る物が目に突き刺さるぐらいに眩しく感じられる。グラスの中の泡は、太陽の光を浴びて輝きながら空に向かって膨らんでいく入道雲のように見えた。

カウンターに座って、私は話もせずにビールの泡を見つめていた。

痩せ薬が効いてくると、身体の表面が熱くなり、反面、身体の奥底はすっと冷たくなる。その冷たさが気持ちがいい。亜矢音は、冷たい快楽、とカッコイイ言い方をしていた。それは、とてもよくわかる。

冷たい快楽の虜《とりこ》になってしまっている、か……。でも、いいや、と思えてしまう。痩せ薬をキメてクラブでオールで遊ぶのも、カラオケで喉が嗄《か》れるまで歌うのも、男の子と一晩中いちゃつくのも楽しい。

しかし、今夜は、少し違う感じだ。いつもだったら、頭の天辺《てっぺん》にフック状のものが出来て、そこにロープが引っ掛けられて、一気に吊り上げられて空に飛んでいく、そんな気分になる。でも、今夜は、痩せ薬を飲んだ後に、キャップ男に尾けられたり、恐いお婆さんの小夜子に怒られたりして、一気に空に飛んでいかなかった。なるべく飛ぶのを抑えようとする気持ちが働いているからなんだろう。気持ちはまだ、低い位置で昂《たかぶ》っていた。

喋ると、また、声が甲高くなりそうで、私は口を噤《つぐ》んだままだった。亜矢音も同じなのか、黙ったままビールと水を交互に飲んでいた。

店内には、古臭いジャズが小さくかかっていて、客たちもぼそぼそと静かに話している。テンションの違っていた私たちの声が、相当に違和感を覚えさせたのも頷けた。

「ピンク色の小人がさ……出たのよ」

亜矢音が私の耳元で囁《ささや》いた。

「……何？　それ。夢の話？」

私も精一杯に声のトーンを落とした。

「わかんない、夢だったような、起きてたような……。いま思い出すと、よくわかんないんだけど」

「ふーん。それで？」

「二〇センチぐらいのおじいさんなんだけど、外国人みたいに鼻が高くて耳と口がおっきいの……。山高帽みたいなの被ってスーツ着てるけど、ピンク色で……おじいさんの皮膚もピンクなの」

亜矢音と私は顔を寄せ合って話した。

「ピンク色のちっさいおじいちゃんってカワイイよね、まさか、妖精ってこと？　違うかぁ、おじいさんだもんね」

「ベッドに寝そべってると足下に現れて、私を見ながら笑うんだよね……長くていっぱい生えた歯を剝き出しにして笑うんだけど、顔中に皺がいっぱい入って、全然、カワイクないんだよ。憎たらしい笑い方で……ピンク色の肌だって、猿のお尻みたいな色で生っぽいの。私、だんだん腹が立ってきたの……」

亜矢音はいたって真剣な口調だった。

「これやってるときなら、幻覚ってこと？」

私は痩せ薬の入ったバッグを叩いた。

「それも、わかんない……。ただ、私は腹が立って、そのピンクのちっこい爺《じじい》を捕まえようって思ったの。目の前の手の届くところに立ってるからね。私は、ゆっくり身体を起こして、あんたのことなんて見てないよって、よそ見するふりしたの。それで、急に動いてピンクのちっこい爺を両手で掴んだんだ……。どうなったと思う？」

亜矢音は少し笑って私を見た。

「わかんないよ、そんなの……どうなったの？」

「ぎゅっと掴んだら、一瞬だけもがいたんだけど、ちっこい爺はさ……頭の先から一本のピンク色の毛糸になって……古いセーターを解《ほど》くじゃない？　あんな感じで、毛糸がしゅるしゅるしゅるって解けて、ちっちゃい身体が頭の上から順番に毛糸になっていくの。それで、私の 掌《てのひら》の中から逃げたの……。毛糸はさ、天井の方に登って、すぐに降りてきて私の手の届かないところに向かって、そこで、今度は、ピンク色の毛糸が、ぎゅっと塊になって足の先から、ちっちゃいピンク色の爺になっていくの……私は、また、捕まえる。でもピンクの毛糸になってしゅるしゅるって逃げてくの……ねえ、美有。これって、いい話なの？　それとも悪い話なの？」

「わかんないよ……。夢？　幻覚？　現実？　結局、いつ見たの？」

「だから……朝起きて思い出したの。前の夜に痩せ薬飲んだから、全然寝れなくて、でも、いつの間にか寝ちゃって、起きたら夜だったの。それで……、ああ、昨日、ちっちゃいピンクの爺を見たってのを、すっごく鮮明に思い出したのよ。だから、夢なのか幻覚なのか現実なのか、わかんないんだよ」

「だったら夢なんじゃないの？」

　私はそう言うしかなかった。

「たぶん、当たり。夢だと思うよ。どうしたの、美有、そんな真剣な顔して？」

　声は出ていなかったけれど、崩れるぐらいの笑い顔になった亜矢音が、私を覗き込んだ。

「非道《ひど》い！　亜矢音が頭がおかしくなったと思って、ドキドキしたじゃない！」

　思わず私は甲高い声を出してしまった。響いた声で店の中の誰もが私を振り返った。

「ごめん、ごめん。ねえ、何か今日、うまく飛べなくない？　ここもいいんだけど、場所変えようか？」

「変えるって？　クラブとか気分じゃないな……」

「うちに来ない？」

「……ピンク色のちっさい爺を見せたいの？」

「あはは、馬鹿じゃないの、夢だって。本の中の絵と同じってことだよ。たまには、ゆっくりガールズトークしながらキメようよ」

亜矢音はビールを飲み干した。亜矢音の1LDKのマンションには何度か行ったことがある。すっごくいい造りの壁も厚いマンションだ。私の港区のワンルーム六万円、浴槽なしシャワーのみの部屋とはまるで違う。フーゾクってそんなに儲かるの？　それとも誰かに援助してもらっているのか。そうじゃないとあんな部屋には住めない。

「そうだね……。変な感じになってるから、もう一回、ちゃんとやろうか」

私は同意した。

私たちは、途中でコンビニに寄って、ノンカロリーのコーラの二リットルボトルと低脂肪の牛乳、それと野菜ジュースを買った。

　マンションのドアを亜矢音は開けた。

「あれ？　こんな感じだったっけ？」

　前に来た時は、雑多な小物が玄関の靴箱の上に並んでいて、ちょっと掃除が下手な感じの室内だったけれど、今日は、モデルルームみたいに塵《ちり》一つなかった。前には無かったピンクのスリッパが重ねられていて、亜矢音はそれを私の足下に並べた。

「掃除と模様替えに目覚めたのよ」

　亜矢音は短い廊下をスリッパの音を鳴らしながら進んだ。

「うわ！　何これ？」

　廊下の奥にあるドアを開けて私は甲高い声を出していた。焦茶《こげちゃ》色のフローリングはそのままだったけれど、ＬＤＫの壁紙は全てピンクに張り替えられ、ソファーもテーブルも、ダイニングテーブルと椅子もピンク、照明の笠も観葉植物の鉢も、ピンク、ピンク、ピンクの洪水だった。

「カワイイ？」

　亜矢音は笑顔を向けた。

「すっごいじゃん。いいよ、すっごくテンションが上がる部屋になったじゃん」

「結構、がんばったんだよ」

亜矢音は嬉しそうだった。キッチンに向かいグラスに氷を入れ、お湯を沸かした。

私はピンクのビニールレザーのソファーに座った。レザーは悲鳴のような甲高い音を鳴らした。亜矢音が、リモコンでオーディオのスイッチを入れる。セッティングしてあったのか、安室奈美恵《あむろなみえ》の曲がちょっと吃驚《びっくり》するくらいの音量で流れ始める。真っピンクの部屋と安室ちゃんの声はマッチしていると思った。

亜矢音はお盆を持ってリビングに来た。氷入りのグラスを二つ、どこで見つけてきたのか、薄桃色の乳鉢と乳棒と小さなスプーン、それとローカロリーの春雨スープのカップが二つとフォーク、それらをテーブルにゆっくりと並べた。

「何か変わったものがいっぱいだね？」

「私に任せて、すっごくいいから。美有、痩せ薬を一個ちょうだい」

亜矢音はグラスにコーラを注いだ。

「はい、これ……」

私の出した痩せ薬と亜矢音の二錠を乳鉢に入れると乳棒で擂《す》り潰した。痩せ薬はあっという間に粉末状になった。そして、粉末になった痩せ薬をスプーンで一さじ掬《すく》うと開けた口に入れた。コーラのグラスに口を付け、洗い流すように二口飲んだ。そして、春雨スープを息を吹きかけながら啜《すす》った。

「こうやると、すっごく早く効くんだよ」

亜矢音は、痩せ薬を掬ったスプーンの柄《え》を私に向けた。私は亜矢音がやった動作を、同じようにやってみた。

熱い春雨スープが食道を通って胃に落ちた。胃が一瞬、弛緩《しかん》したように広がり、そして、縮んだ。

「これでいいの？」

私は身体の変化を期待したけど、何も変わりはなかった。

「もう一さじ。日本茶より美味《おい》しいでしょう。それに粉にしてると早く効くのよ」

亜矢音は、スプーンの上の痩せ薬を口の中に放り込むと、今度は、春雨スープで胃へと流し込んだ。私もならって同じことをした。

「そうなの？　いつつも一五分ぐらい掛かるけど」

「全然早いよ。それに、これって一カップ七〇キロカロリーだから心配ないし」

亜矢音は、また、春雨スープを食べた。私も同じように春雨スープに口を付けた。

また、胃が吊り上がるように動いた。

「おいしいよね、これ」

春雨スープは若い女の子の味方だ。

「ほら、来るよ」

亜矢音が呟くように言った。

「何?」

私は亜矢音の顔を覗き込んだ。

「……来るよ……来るよ……来た……来た!」

声のトーンが次第に高くなった。亜矢音の顔が歪んで見えた。

「私は、まだ、普通のままなんだけど、ねえ、亜矢音、そういうのっ……」

私にもやって来た。いきなりで、言葉が詰まった。頭の天辺に出て来たフックに引っ掛けられたのは、ロープではなくゴム状のもので、私はいつもより空高く飛び上がったようだった。

身体が浮き脳味噌がぎゅっと縮まり、焦点が合わなくなった。

「どう?」

亜矢音の上ずった声が、耳の奥に刺さるようにじんじん響いた。亜矢音の顔がぼやけるけれど、背景にあるピンク色が乱反射し、亜矢音に覆い被さって来るようだった。

「……すごい」

ようやく出た私の声は掠《かす》れていた。亜矢音が部屋中にピンク色を配した理由がわかるようだった。ピンク色は膨張し輝くんだ。ピンクのスワロフスキーが貼ってある花瓶なんて、目に痛いほどだった。私の目は見えづらくなっているんじゃない、目が大きく見開かれ過ぎて、見え過ぎるために焦点が合わないんだ。

私の頭の中は、幸せがいっぱいになった。

亜矢音が痩せ薬をやる第一の理由は、名前の通りに痩せるためだけれど、二番目の理由は、幸せがいっぱいになるからだ、と私に言ったことがあった。

亜矢音は非道い生き方をしてきたみたいだ。私だって、楽しい生き方をしてきたなんて思っていなかったけれど、ガールズトークでよくやる不幸自慢では、私は亜矢音に秒殺されてしまった。家や学校には自分の居場所なんかなくて、家出を繰り返して繁華街で暮らしているようなものだったらしい。そんな女の子が、非道い目に遭わされないはずがない。

嫌なことがだんだんと身体の中に溜まってしまって、おかしくなりそうだった時に、亜矢音は痩せ薬をやるようになった。

身体の中に溜まった嫌なことが、シャボン玉が弾けるように、ひとつひとつ消えていく。そんな気持ちになったらしい。非道い人間に無理やり下着を剝ぎ取られ、痛くて悲しい気持ちにされても、瘦せ薬はパチンとそれを弾けさせてくれる。信用していた人間に嘘を吐《つ》かれ裏切られて、大事なお金も盗《と》られて、凹《へこ》んでしまっても、瘦せ薬は消し去ってくれる。亜矢音は、魔法の薬と何度も言っていた。

私はシャワーを浴びている。亜矢音がすっごく効いている時にはシャワーが気持ちいいと勧めたからだ。本当に亜矢音の言う通りで、肌に当たるシャワーの水滴がくすぐったいほど、身体の表面は敏感になっていた。

亜矢音が用意してくれたパジャマに着替えて、私はリビングに入った。先にシャワーを浴びた亜矢音は髪をアップに束ね、乳鉢で瘦せ薬を擂っていた。錠剤を砕く乾いた音を聞いただけで、私の心臓はぎゅっと摑まれたようになった。

「次のをやる?」

亜矢音がスプーンを振ってみせた。私は大きく頷いた。亜矢音が瘦せ薬の粉末を掬い、隣に座った私の口に入れてくれた。ぬるくなったスープで胃の中に流し込む。亜矢音も一さじキメた。

二人でソファーに並んで座ったまま、冷たい快楽の瞬間を待った。ソファーの振動で、亜矢音にそれが来たのが伝わった。私はまだだった。亜矢音を振り返ると、目を大きく見開いて私を見ていた。

私の身体が揺れる……。目が大きく開かれ、ピンク色が眩しくなった。私の肩に亜矢音の手が載せられた。すぐ横に亜矢音の顔が近付いていた。私は動けないでいる。亜矢音が私のサイドの髪を手をアフロコームのように少し広げて掻き上げた。亜矢音の息が私の右耳に掛かった。

「しようよ……」

亜矢音は言うと、耳の軟骨に沿って舌を這《は》わせ、耳の穴の中に固くした舌を差し入れてきた。耳が火傷《やけど》すると思うほど亜矢音の舌は熱く感じられた。私は拒絶することも頷くこともなく身じろぎも出来なかった。亜矢音は、肩にあった手を私の胸に移動させた。大きさと柔らかさを確認するようゆっくりと掌が動いた。

固くなった舌が、また、柔らかくなり、耳から這い出すように離れた。舌は私の胸に触れている掌と連動してゆっくりと動いた。舌はエラからフェイスラインを滑る。舌の向かっている方向は私の唇なんだろう。

私は、空に向かって昇っている。しかも、亜矢音が私の身体に絡み付いたままだった。私の身体は、まだ動かない。亜矢音の掌がパジャマの釦《ボタン》と釦の隙間から中に入ってきた。私の乳房の輪郭を指先がなぞっている。舌は顎に到達した。

私は、亜矢音の指が乳首に触れることと、舌が唇の中へと入ってくることを待ち望んでいる自分に気付いた。私は亜矢音を受け入れていた。

受け入れることを教えたいけれど、私の身体は、まだ、空に昇る途中で目を開いたまま動けないでいた。そのことがわかっているのか、亜矢音の指と舌は、じらすように同じ場所を動いている。

詰めていた息をやっと吐いた。入っていた力が抜け、身体がソファーに吸い込まれていく。それを敏感に察知したのだろう、長く吐き出す私の息に合わせるように、亜矢音の指と舌が移動した。指は、乳首を転がすようにゆっくりと動いた。舌は唇の輪郭を一周した。亜矢音の力を抜いた唇が私の唇に触れた。ふわふわで温かかった。

また、舌が固くなった。私の唇を押し広げるように、亜矢音の舌が口の中に入ってきた。私の舌を探すように舌が動いている。

私の舌がやっと動き、迎え入れるように亜矢音の舌に触れた。私はやっと目を閉じた。瞼の裏に、亜矢音のぼやけた顔とピンク色の輝きが残っている。

私たちは舌を絡ませた。亜矢音の手は胸から下半身へと移動した。亜矢音の背中に私は手を回し、ぎゅっと抱いた。

「ベッドに行こうか？」

亜矢音は唇を離して囁くように言った。

「うん、いいよ……」

やっと言葉が出た。亜矢音は、乳鉢にスプーンを入れて片手に持つと、私の脇に反対側の手を入れて立ち上がらせた。私の身体はゆらゆらしそうだったけれど、亜矢音がしっかりバランスを取ってくれた。

リビングの奥の部屋にあるベッドに私は寝かされる。ベッドサイドのテーブルに乳鉢は置かれ、小さな照明が点《つ》いた。亜矢音は、リビングに戻り電気を消し、ドアを開けたまま私の横に来た。安室ちゃんの曲が遠くから流れてくる。

パジャマの釦を下から外された。私はそうしたいと思って、自分からパジャマの下を脱ぎ、下着をおろした。

「美有は、カワイイね……」

亜矢音は耳に唇を微《かす》かに触れさせて囁いた。

私には同性愛の気《け》はないけれど、亜矢音に向けて身体を開いていた。それは痩せ薬がやらせていることなのか、私にはわからなかったが、亜矢音に触れられたいと感じていた。

亜矢音が私に被さってきた。舌を這わせ、掌で触れた。私の身体のいたるところがじんじんとする。男たちの自分勝手な身体の触れ方と違って、亜矢音の触り方は、私の側に立った柔らかで心地の良いものだった。

固くなった乳首同士をゆっくりと擦り合わせることがどれほど心地よいか、お互いの性器を密着させると、少し動いただけで、思わず声が漏れてしまう。

同じものを持っている者同士でしか出来ないことが沢山あった。亜矢音は、それを私の身体に教えた。

毎日のように亜矢音と一緒に過ごすようになって、一ヵ月が経つ。私は亜矢音が大好きになっていた。

初めてのことが新鮮で、何か夢の中にいるような、空に飛び上がって漂ったままという感じだった。痩せ薬の量も増えているので、そのせいかもしれないけれど、すっごく優しい彼氏が出来て有頂天になっていた時よりも、もっと幸せな気持ちだった。

亜矢音は、自分はビアンであるとＤＮＡに書かれている真性だと打ち明けてくれた。でも、性同一性障害とかのように、自分の戸籍上の女という性に違和感を持っているのではなく、亜矢音はあくまで女の子で、フェミニンな格好やカワイイものが好きだった。それで、性的な嗜好が女に向かっていて、私のようなビアンの気のないノンケと呼ばれる女の子をビアンの世界に引きずり込むのが楽しいらしい。

私は、レズが蔑称で彼女たちがビアンと言いたがることなんて知らないし、ビアンの世界にいるってのも実感はない。ただ、私は、亜矢音に触れられているのが好きだった。

お互いのメイクをしたり、洋服を交換したり、いちゃついていると、安心出来た。私がいままで付き合った人間の中で、最も私の気持ちを理解してくれるのが亜矢音だ。ビアンの世界に引きずり込まれたというより、亜矢音の作ったピンク色の空間の住人になった、という感じの方がしっくり来る。

たまに、小夜子の名前が、亜矢音から聞かれることがある。もしかすると二人はって、私は感じてしまう。だけど、亜矢音にそのことを訊くのが嫌だった。いまは、私を優しく触ってくれている亜矢音の手が、以前は他の人を同じように触っていた。そう考えると亜矢音の手が嫌いになってしまいそうだった。

私と亜矢音は昼の仕事を休み、マルキューでショッピングデートしている。昨日から一睡もしていない。痩せ薬が、まだ、身体の中に残っていて、神経を昂らせているのだろう。醒め際《ぎわ》はだるくて嫌な気分になるので、精一杯楽しいことをしようと、渋谷の街に来た。二人で洋服を選ぶのはすごく楽しいんだけど、今日は、さすがに身体がだるかった。

「ねえ、亜矢音。少し眠れそうだから、お茶だけして帰らない？」

声を掛けたけど、亜矢音は聞こえていないみたいで振り返らない。私はもう一度、言った。やっと亜矢音はこっちを向いた。マルキューの店内の照明は蛍光灯が多く、亜矢音の顔がパサついて見えた。

「……そうだね。お茶しようか」

亜矢音も相当に疲れているらしく、声に元気はなかった。私たちは、マルキューを出て路面店のコーヒー屋に入った。亜矢音がミルクがシェイクされた甘いコーヒーを買い、席を確保している私の前に置いた。

向かい合って座った亜矢音は、私の背にある窓の方を見つめている。

「ねえ、何か、食べたりする？」

私は訊いた。でも、亜矢音の視線は窓に向いたままだった。私は彼女の肘に手を伸ばして引っ張ったが、その腕は力んで硬くなっていた。

「……何？　どうしたの」

亜矢音が驚いたような顔をした。

「窓の外になんかあるの？」

私が後ろを振り返ろうとした瞬間、亜矢音が手で制した。

「振り返るなら、ゆっくり、自然に振り返って」

私は身体をほぐすように後ろを振り返った。太陽の光を真上から浴びた人たちが行き交っている。よくある日常の光景だけど、ガラス越しなので、どこかテレビでも見ているような気になった。

「何にもないよ」

「スーツにキャップの男よ……。さっき、キャップのツバが道路の向こうの角に見えたの……」

「嘘！　あのおじさんが？」

私は、もう一度振り返った。人や車が多くて、よくわからなかった。

「いま、いなくなったよ……」

「見間違いじゃないの？」

「ううん、違う。言わなかったけど、お店の近くとかで、何度か見たのよ、あのキャップの男」

「ストーカーってこと？　だったら、今度、痩せ薬買うとき、文句言えばいいじゃん」

「そうだね……。ねえ、もう、帰ろう」

亜矢音は言うと、立ち上がった。私は、窓の外を振り返りながら立って目を凝らしたけれど、キャップの男の姿は見つからなかった。

真っ直ぐに向かった昼間の地下鉄のホームは閑散としていた。私は亜矢音のことをチラ見していたが、彼女は何度もホームの柱とか階段の方に目をやっていた。人が少ない空間だから、キャップの男がいたらすぐわかるだろう。私もホームを見回したけれど、姿は見えなかった。

電車が来ることを知らせる電光掲示板が点滅する。電車がトンネルの空気を押し出してホームに風が吹き始めた。

亜矢音の手が私の肩に掛かり強く摑んだ。振り返ると亜矢音はじっと私を見ている。

「どうしたの？」

電車が近付く音が大きくなった。私は肩を摑んだ亜矢音の手が、少し震えているのを感じた。

「…………」

亜矢音は、何かを喋ったけれど、目の前を通る電車の音が亜矢音の言葉を掻き消した。

「キャップの男がいたの？」

電車が止まって静かになり、私の声が響いた。

「何でもない……早く帰ろう」

亜矢音は、私の肩から手を外して電車に乗り込んだ。


家に戻ると、亜矢音はすぐに痩せ薬を乳鉢で擂り潰し出した。

「また、やるの？　夜、仕事に行けなくなっちゃうよ」

「今夜は、休む。ねえ、美有、お湯を沸かしてくれない。白湯《さゆ》にして飲むからぬるくていい」

乳棒と乳鉢が荒い音を立てていた。私は、ヤカンに水を入れて火に掛けた。

「どうしたの、亜矢音？」

「……ちょっと黙ってて」

亜矢音は苛ついた声を出した。私は黙ってキッチンに戻った。白湯を作ってコーヒーカップに注いだ。

亜矢音は、痩せ薬をスプーンに山盛りにしていた。私がコーヒーカップを渡すと、痩せ薬を一気に口に含んで白湯で飲み下した。そして、私に乳鉢とスプーンを渡した。私は、スプーンに少しだけ痩せ薬を盛って、白湯で飲んだ。亜矢音はソファーに座ったまま動かなかった。私も隣に座ってじっとしていた。

亜矢音の身体が動く振動がソファーを伝わって感じられた。私も身体がだるかったのが、すっと消えていった。

「……なんか、私、変になっちゃったのかもしれない」

尖った声ではなく、亜矢音は楽しそうな声だった。

「変って？」

「さっき、帰る時、また、キャップの男を見たのよ」

「どこで？」

「家に入る時、マンションの廊下で」

「ええ！　私はわかんなかったよ」

「うん。おかしいんだよね。だって、廊下の胸まである壁の向こう側に立ってたんだもん」

亜矢音は、急に怯えた表情になって首を捻った。亜矢音のマンションの廊下は開放型で、外が見える。壁の外側に人が立てるスペースなどないし、部屋は五階だった。

「……それって、もしかすると……亜矢音にしか見えてないんじゃないの？」

私は恐くなった。

「幻覚かな……」

亜矢音が両手で身体を抱え込んで震え出した。

「いまも、見えるの？」

「見えない……。私、変になっちゃったのかな？　さっきまではすっごく見えてたし、変な声も聞こえてた……」

亜矢音はきょろきょろと部屋の中を見回した。

「何それ、変な声って、何？」

私が訊くと亜矢音は落ち着こうとするかのように、スプーンで痩せ薬を飲んだ。

「駅のホームで聞こえたの……、すごく恐いこと……」

口の端には痩せ薬の粉が付いたままだった。

「何？　恐いことって、何なの？」

私の声は悲鳴に近くなっていた。亜矢音が私をじっと見ている。

「電車が入ってきたら、目の前の女をホームに突き落とせって、男の声でそう言ってた……」

亜矢音の目が真ん丸になって、黒目が小さくなったように見えた。

「何で……。私を殺そうとしたってこと？」

「そんなこと、したくないに決まってんじゃん。でも、その声で身体が動きそうになるのを、必死に止めたの……。何なんだろう？　私、おかしくなっちゃったみたい」

亜矢音は、また、スプーンを手に取った。

「もう、やめよう！」

私はスプーンを握った亜矢音の手を摑んだ。亜矢音は抵抗せず手の力を抜いた。

「うん、やめないと、駄目だよね」

亜矢音は力なく言った。

「病院行こうよ。このままだったら、本当におかしくなっちゃうよ。無理やり連れていくからね」

私は乳鉢を持つとキッチンへ向かい、乳鉢の中の痩せ薬を水道の水で流した。亜矢音はリビングの床に座り込んだ。

「……だったら、小夜子さんを呼んで……私、暴れるかもしれないから、美有だけじゃ無理だよ」

小さな声になった亜矢音が携帯を差し出して、小夜子の電話番号を見せた。

「わかった。呼べばいいのね……」

自分の携帯を取り出して、小夜子の携帯番号を押した。でも、私は咄嗟《とっさ》に通話ボタンを押さずに、電話をする振りをしてしまった。ぐったりして目を伏せた亜矢音は気付いていない。

「でた？」

すがるような目を私に向けたけれど、それは私にではなくて、電話の向こうにいるであろう小夜子に対してだ。私は亜矢音を見下ろしながら、電話を切る振りをした。

「出ないみたい……。留守電にもならないよ。ねえ、亜矢音、私がやめさせるからね……」

猛烈に嫉妬している自分に気付いた。

それから一ヵ月で、亜矢音は、さらに壊れていった。ちょっとずつ量を減らせば、やめられる、と言い張っていたけれど、そんな素人のやり方ではどうすることも出来なかった。

私が怒るから、目の前では、量を減らしている振りをしていただけで、陰でこっそりやっていたようだった。亜矢音の目の下には真っ黒なクマが出来て取れなくなった。

幻覚が出始めたことを一回認めてしまうと、それは日常的に出てきてしまうようだ。亜矢音にとって瘦せ薬は、瘦せるためでも、気持ち良くなるためでもなくなった。幻覚を抑えるためのものになってしまった。瘦せ薬が効いている時には、それは姿を消すらしい。

瘦せ薬が切れてくると、必ずといっていいほどキャップの男が現れるようだった。キャップの男は、家の中にまで現れると、亜矢音は怯えた声を出した。大きさも変化し、冷蔵庫の陰から、小さなキャップの男が何人も覗いていたり、トイレットペーパーのホルダーの隙間から半分だけ顔を出していたりするらしい。

私は、どうすることも出来なかった。でも、亜矢音をおいて逃げようとは思えなかった。いつかまた、亜矢音との楽しい時間が戻ってくる、そう信じていたからだ。

でも、そんなことは、ありうるはずもない……。亜矢音は、日を増すごとに壊れていく。それを止める手段は、私には何もなく、事が事だけに相談する相手もいなかった。

最後の手段として、警察に捕まえてもらおう、と考えてはいた。でも、私自身も、完全に痩せ薬をやめてはいなかったので、警察に行くのが恐かった。

「ねえ、亜矢音。本当に病院に行こうよ……」

私は、痩せ薬が切れ、ぐったりとしてベッドから降りてこない亜矢音に訊いた。亜矢音は、無表情なまま、私を見ている。喋るのさえ、億劫なようだった。

「……小夜子さんは？　小夜子さんを呼んでよ。美有、ちゃんと電話してよ……」

眠れない日が続いて、亜矢音の目の下のクマには、縦の皺がいくつも入っていた。

亜矢音のすがるような声が腹立たしく聞こえた。

「……だったら、本当のこと言うよ。前に電話して小夜子さんと話したの」

「だったら、何で来てくれないの？」

「勝手にしなさいって……。やめた方がいいよ、あの人」

嘘が私の口からスルスルと出た。亜矢音は、私の嘘を聞いて、まるで小さな子供のような泣き声をあげた。

「私には美有だけだな……一緒にいてよね」

亜矢音が私に向かって手を出した。私はその手を握った。この手は私だけのものだ……。

「やっぱり、病院に行こうよ。お願い……。鏡で自分のこと見てる？　幽霊みたいになっちゃってるよ。ちゃんと、病院行って治そうよ」

私は涙声になってしまった。

「うん……そうだね……。私だって治したい……。もう、病院に行くしかないみたい……通報されて、警察に捕まってもいいや……」

亜矢音は力なく笑った。

「明日、行こう。約束だからね」

私は亜矢音の手を握った。

「うん、明日、行くことにする……。でもね、私、痩せ薬が切れちゃって動くことが出来ないから、栄養ドリンクみたいなのを買ってきてくれない……。それと、何か食べるから、料理作ってよ」

数日前に、私は亜矢音と喧嘩して、一緒にやめようって痩せ薬を全部捨てた。それ以来、亜矢音は、まったく、ベッドから離れられなくなっていた。

「……わかった。そうだね、栄養つけないとね。明日はちゃんと病院行こうね」

「行く……。ごめん……美有、本当にごめんね」

ガリガリに痩せた手を合わせる亜矢音は、おばあさんのように見えた。


私は薬局で栄養ドリンクを沢山買って帰った。ドアを開けると、部屋の奥から金属を溶かしたようないがらっぽい臭いが、漂ってきていた。

私は嫌な予感がして、サンダルを脱ぎ捨ててリビングの中に入った。

「亜矢音!」

床の上に亜矢音は倒れていた。

私は駆け寄って亜矢音を揺する。大きく目を見開いたままで、亜矢音は息をしていなかった。片手にライターをぎゅっと握り、床には焦げた茶色い染みがあるアルミホイルとアルミホイルを先端に巻いたストローが落ちていた。

まだ隠し持ってたんだ。私のいない間に、亜矢音は焙りをやっていた。

「亜矢音!　亜矢音!」

私は何度も呼んだ。亜矢音は失禁し、身体はグニャグニャになっていた。胸に耳を当てると、心臓は動いていなかった。

私はどうすることもできなくて、亜矢音の横に座り込んだ。

「若いとすぐ死ぬね……。オーバードースだなんて、まったく馬鹿な死に方だよ」

小夜子はカウンターに座った私に向かって、吐き捨てるように言った。

亜矢音が死んだ時、どうしたらいいのかわからなくなって、前に番号をこっそり登録しておいた小夜子に電話をした。小夜子は、すぐにやって来て、いろいろと処理をしてくれた。同じビアンの世界の住人の末路だから、助けてやるよ、と言いながら。

恐い顔で私に、尿検査されたら、あんたは、一発アウトなのかい？　と訊いて、私が頷くと、荷物をまとめさせて、私を家に帰した。

「すいません……。あの時は、いろいろ、ありがとうございました」

私は、何度も頭を下げた。警察では、小夜子が第一発見者となっている。

「一時期は、私のところに住んでた子だから……そのくらいしてあげないとね」

「やっぱり、以前は恋人同士だったんですね」

「恋人……そんな言い方も出来るね。世話ばっかり焼かされて、最後もそうだった。いい子で大好きだったんだけど……。薬になんて手を出して馬鹿なんだよ、あんたも含めてね」

　小夜子は吐き捨てた。

「そうですね、馬鹿だったんだろうな」

　私が言うと、小夜子は薄い水割りを作ってカウンターに置いた。

「しょうがないのかねえ……。いまどきの子は、一番最初のハードルを何も考えずに、越えてしまうんだからね」

「最初のハードル？」

「これのことだよ」

　小夜子は水割りを指差した。

「お酒のことですか？」

「水商売の水ってことさ。これをあんたら、いくらで売ってると思ってんだい。原価の何倍、何十倍もの値段を付けて売ってんだよ」

　小夜子は吐き捨てるように言った。

「そうですね……」

「そうですねじゃないよ。あんたらは、何もわかってないんだよ、水商売ってのを。イカれた透明な水を売ってんだよ、非道い商売だってことをわかってない」

「イカれた透明な水か、そんなのを売ってたんですね、私」

「だから、それだけリスクも背負うんだよ。でも、あんたたちみたいなキャバクラの子は何も考えないで、ハードルを飛び越えて水商売の世界に入り込んできてしまう。だから、薬なんてのに手を出すのも、簡単なことになってるのかもしれないね」

「そんなこと、何も考えてなかったな……。私も亜矢音も……」

「あんたノンケだろう?」

「はい……」

「亜矢音がキャバクラの子を狙うのもわかるね。ビアンってのは日陰の世界なんだけど、あんたは、透明な水を売るってハードルを考えもせずに越えられたから、ビアンの世界のハードルもすんなりと越えさせられたってことだよ」

小夜子は、グラスを握った。固い氷の音が鳴った。

「そうみたいですね……。でも、私は亜矢音のこと本当に好きでした」

「あんた、一生、水商売やれるかい? いまは若いから乗せられてイカれた透明な水を売る手伝いさせられているだけだけど、婆さんになっても水商売やれるってのかい? 出来ないだろう? それと同じだよ。亜矢音のこと好きだなんて、薬やっておかしくされちまったから言えるだけで、ノンケの人間が一生、ビアンの世界にはいられないんだよ」

　恐い顔で小夜子は言った。

「……でも」

「いいから、もう、帰りなよ、自分のいたところにね……いまなら、まだ、どうにか戻れるんだよ」

「はい……わかりました」

　私はそれしか言えなかった。小夜子が言ったことは正解なんだろう。亜矢音が死んでから、繁華街が色褪《いろあ》せて見えるようになっていた。それは興味が無くなったからじゃなくて、恐くなってきたからなんだろう。キャバクラで働いていると、いろんな目に遭わされる子の話を聞く。だけど、それは自分とは無関係なことだと思っていた。でも、私は危険な場所を何も考えずに歩いて、たまたま大きな穴ぼこに落ちなかっただけなんだ。今回のことで、私は十分にそのことを思い知らされた。

　亜矢音のことは、何と言われようといまでも好きだけれど、亜矢音は私にとって、大きな穴ぼこだったんだろうな……。

「亜矢音も……もう少し、長生き出来たんじゃないかねえ……」

　小夜子は私を見た。咎めるような目ではなかったけれど、私は少し恐いと感じた。

亜矢音にとっても、私は穴ぼこだったんだと思う。

亜矢音を渡したくなくて殺してしまった私のことを、小夜子は見透かしているように思った。

さよならマルキュー

私は死ぬことにした。

もう面倒臭くて、腹が立って、何にもする気がしないからだ。ソープに堕《お》ちるくらいなら、死んでやる。こんな世の中……。

考えるよりも私は行動する方が似合ってると思った。だから思い切って死ぬんだ。

＊

昼過ぎに起きて、コンビニに行こうと玄関のドアを開けようとすると、何かがドアの向こうにあって引っ掛かった。

私は嫌な予感がした。むっとした臭いが僅《わず》かに漂《ただよ》ってきた。ゴンゴンと強く押して私はドアを開けた。

やっぱり、嫌な予感が的中した。ドアの外にあったのはゴミ袋だった。

また、一階のババアだ……。

ゴミ袋を玄関の中に入れると、ゴミのもわっとした臭いが漂った。私の出したゴミだからだ。うちのマンションは分譲だから、共有部分に関する取り決めが厳しい。リサイクルに出すトレイやプラスチックの容器はキレイに洗わないといけない。納豆のパックに入ったタレやカラシの袋まで洗わないといけない、とマンションのゴミ置き場に貼り紙がしてある。

ビニールやプラスチックも燃やせるゴミに出していいようになったんだけど、燃やせるゴミにリサイクルに出せるものを入れてしまっていないかどうかまでチェックしている。さらに最近は、ゴミの出し方が悪いから、ゴミ袋に名前と部屋番号、そして、ゴミを出した時間を書かないといけなくなった。チェックに不合格だったらドアの前にゴミ袋が置かれることになる。

他の人だけれど、ドアの前にゴミ袋を置かれているのを見たことがある。

すっごく情けない感じになる。まるで、鼻の上に変な色の食べ物をくっ付けられたことを知らずにいるみたいで、他人から見ると、あ〜あ、残念って思ってしまう。

私はいままでに四回やられた。

五回目になっても、全然、慣れることはない。恥ずかしくて情けない状態が長い間、誰かの目に晒《さら》されていたことにげんなりしてしまう。

一階のババアにすごく腹が立ってきた。これは嫌がらせなんだと思う。

この面倒臭いゴミのルールは、分譲の人間だけが集まった住民の会の作った取り決めだ。確かにうちのマンションは分譲だけど、持ち主が賃貸に出している部屋も多い。だから雑多な人間が住んでいるし、キャバ嬢の私でも審査に弾かれることもなかったのに。

もちろん、私はそんなこと関係ないって思い、名前を書かずにゴミを出した。だって、面倒臭いし、半透明のポリエチレンから私の生活が透けて見えるのなんて我慢出来ない。私は、個人情報の保護ってことがあるんだと思う。住民の会の人間たちって、そんなことも考えないの？　それとも知らないの？　馬鹿みたい、ゴミに名前書くなんて。

でも、何回か名前を書かないで出していたら、バレちゃって、ドアの前にゴミ袋を置かれてしまった。ゴミ袋を開けて、中のゴミを漁《あさ》って私だとわかるものを見つけだしたんだ。最低だな、人のゴミを漁るなんて、私は絶対にやりたくない。

一階のババアは私を目の敵にしている。いや、分譲のババアは賃貸の私を差別しているんだ。

メモが貼り付けてある。私はそれを剝《は》いだ。

（また、分別が出来ていないようです。トレイ等の洗浄が悪くて虫が湧いています。気を付けてください。　住民の会）

私はメモをびりびりに破いた。ゴミ袋を開けてメモを投げ入れた。臭いと一緒に小蠅が一匹飛び私の頰を掠《かす》めた。新しいゴミ袋を持ってきて古いゴミ袋を中に押し込んで、きつく口を縛った。

このゴミは、夜帰ってきてから、隣のマンションのゴミ置き場に捨てに行くことにする。こっそりと行って置いてこなきゃならないから、結構、緊張する。面倒臭いことが一つ増えてしまった。

「最低！」

私は怒鳴ってしまった。嫌な気分だ。何かこの頃、全然ついてないみたい。怒鳴っても全然、気持ちなんて晴れやしない。

夕方近くになって私は、ＴＶのボリュームを上げた。仕事のためのメイクと洋服を選ぶからだ。TVに映っているのは、録画しておいた安室《あむろ》ちゃんのPV《プロモーションビデオ》だ。

気分を入れ替え、何事かをやろうとする時は、私は安室ちゃんの歌声を聴く。勇気を貰う必要があるんだと思う。

1LDKの部屋中に安室ちゃんの声が響き渡った。安室ちゃんは、曲も歌が上手《うま》いのも大好きだけど、やっぱり容姿が一番にいい。

ちっちゃい真ん丸の頭にきゅっと縮まった顔。付け睫毛《まつげ》二枚重ねて、こてこてにマスカラを塗るなんてことしなくても、目はびっくりするくらい大きい。あの顔はキャバ嬢の理想型だ。メイクのお金なんて全然掛からないんじゃないかな。

細くて長い手足に、ぺったんこのお腹の身体は、夢のアンダーフォーティの三八キロに違いない。何をとっても羨《うらや》ましくて仕方がない。

二〇歳で電撃的に結婚して、すぐに子供を産んで、いまいちだったいらない旦那さんを鮮やかに捨て去り、キッチリと自立するなんて、すっごくカッコイイ。女の子一人で食っていく苦労は私も知ってるから、余計にすごいと感じる。キャバ嬢だけじゃなくて女の子の理想だと私は思う。

現世では、どんなことをやっても無理なんだけど、私は生まれ変わったら安室ちゃんになりたい。

私は安室ちゃんの声が大きく響くようにボリュームを上げた。

お店に音楽業界の人が来たことがあった。格好ばっかり付けているチンピラの音楽業界の人はよくお店に来るけど、そんな奴は、大した仕事をしていない下っ端で、女の子を喰いに来てるだけだ。

でも、その人はちょっと違っていた。何人かで来てたけど、その人だけは何か面倒臭そうで、たぶん、連れてこられただけで面白くないんだろうな、と思った。面白くなさそうなんだけど、それががっついてない感じで好感が持てた。一緒に来ていた人間よりも位《くらい》が上みたいで、周りも気を遣っていた。その人は名刺をくれて、自分のことを片岡と名乗った。

私が安室ちゃんが好きだと言うと、片岡は少し笑った。

（それで奈美華《なみか》って名前なんだね）

と言った。私のお店での名前は奈美華で、もちろん、奈美恵《なみえ》の奈美に、キャバ嬢が最も大事にしている漢字の華をくっ付けて作ったものだ。

（あの子は、本当にすごいんだよ。でも、奈美華ちゃんはどこが好きなんだろう？）

と訊かれたので、私はいろいろと安室ちゃんを好きな理由を話した。

（とびきりのファンなんだね、奈美華ちゃんは。でもね、あの子が本当に優れているのは、容姿や歌の上手さだけじゃないんだよ。あの子は、時代を切り裂いたんだ。そこがすごいところだね）

変わった言い回しで私は驚いて、理由を訊いた。

（安室の前に安室なしってことさ。安室が時代を切り裂かなければ、浜崎だって宇多田だっていないんだよ。あの子が出てきてから女の子のフロントマンは完全に様変わりしてしまったんだ）

へーそうなんだ、と私はすごく感心し、そんなことを言う片岡を尊敬した。さすが安室ちゃん、プロの偉い人からも評判がいい。私は嬉しくなった。

でもフロントマンって何だろう。わからない。そんなことを訊くと笑われそうな気がしたけれど、どうしても知りたくて堪《たま》らなくなって、私は、フロントマンの意味を訊いた。片岡は一瞬、驚いたような表情をしたけれど、薄めに作った水割りを飲んで答えてくれた。

（元々の意味はオーケストラの指揮者ってことだけど、僕たちの中では、ソロのシンガーって意味合いになるね。たった一人で観衆に対して受けて立つことの出来る人間ということ。簡単に言うと舞台の中心に立つ人間ってことだね、だから、フロントマ

ンだよ。でも、フロントマンなんて言わないよね。これはただの業界用語だったな）

片岡はちょっと恥ずかしそうに言った。そうなんすか……と私はカッコ悪い言い方で答えてしまった。でもそれは、片岡があまりにもさっぱりした話し方で質問に答えてくれたので驚いてしまったからだった。

ほとんどのお客さんは、知らないと言うと、すぐに、だからキャバ嬢は馬鹿なんだと言って笑う。そして次は、目を輝かせて教えてくれるんだ。

まったく私が興味がない話でも、楽しそうに教えてくれるのだけど、それが長々と続くから退屈でしょうがない。仕事だからしょうがないけど、笑顔で聞いているのはとても苦痛だ。

でも、片岡の話はあっさりさっぱりですごくよかった。

片岡は四〇代前半ぐらいに見えた。歳をとっているのに長髪にしたりダメージジーンズ穿《は》いたりして若者っぽく見せようとするおじさんが多いけれど、片岡は違ってすっきりとしたスーツにグレイのシャツで、ギラギラした装飾なんて何もなかった。

毎日のようにやってくる、お金をいっぱい稼いでいるのがうれしくて堪らない男の人たちと、片岡は違った。

私が言うのは何なんだけれど、キャバクラにお金を払う男の人たちの気が知れない。

私たちなんて普通の女の子で、そんな子たちとお店でお酒を飲むだけで、すっごい金額を払っている。

やりに来てるんだろうけど、私は、簡単にやらせない。だって風俗じゃないんだから。でも、簡単にやらせる子も沢山《たくさん》いて、だから人気なんだろうけど……。やりたいなら、風俗の方が簡単でいいんじゃないのか、と思う。

（フロントマンとして安室ちゃんは、時代を切り裂いて、次の世代に新しい道を造ったってことだな）

片岡は、ちょっと微笑《ほほえ》みながら、私の真似をして安室に「ちゃん」を付けて言った。

私は楽しくなって、安室ちゃんはどんなカワイイ服を着てもすごく似合ってて、そこもいいんです、とちょっと大きめの声を出したら、片岡は、また、ちょっと笑った。

ドアが強い力で叩かれ、ものすごく大きな音を鳴らしているのが、安室ちゃんの歌声の後ろの方で聞こえる。

嫌な感じ……。

まだメイクは終わっていないから、出たくない。ここのマンションはオートロックなので直接ドアの前に来られるのは住人しかいない。私は音を少し絞ってドアに近付いた。

「はい……」

ドアスコープを覗くと、隣の角部屋に住んでいる市田《いちだ》の顔があった。市田は三〇代後半の専業主婦。旦那はサラリーマンのようで、土日にしか見かけない。子供の姿は見えないので、二人暮しなんだろう。

「ちょっと、うるさいんですけど、TVのボリュームを下げてくれませんか？」

市田は尖《とが》った声を出してドアノブをがちゃがちゃと鳴らし、ドアを開けようとした。

いつもドアチェーンを掛け、鍵もかけているのでドアは開かなかったが、いきなり来訪者側からドアを開けようとする神経が私には信じられず、ザラっとする嫌な気分にさせられた。

「うるさいですか？」

うるさいはずはない、と私は思っていた。このマンションはすっごく壁が厚くて、隣の物音なんて全然聞こえない。

「うるさいですよ。迷惑ですから、静かにしてください」

市田はドアノブをまた回した。

「……はあ、気を付けます」

私は声は神妙に出したけど、どうせ、向こうからは見えないので舌を出してやった。

「お願いしますよ、みなさんが迷惑してるんですから」

市田は念を押すようにドアを二度叩いた。ドアスコープを覗くと市田の姿はなくなり、ドアが強く閉められる音が聞こえた。

みなさんって誰なんだよ。あんただけじゃん。

市田の反対隣の荒木《あらき》は、何も言ってこない。荒木は地味で無口な女で、廊下で会ったときは頭を軽く下げるくらいの関係でしかないけれど、すごく良い人そうに見える。

荒木の家からは何の音もしないし、うるさいとも言ってこない。市田の奴が一人で騒いでるだけだ。もしかしたら、幻聴とかが聞こえてんじゃないの、って思ってしまう。

市田は分譲で、荒木は分譲賃貸ってことで差があるのかな……もしそうだったら、完全に分譲の人間が賃貸の人間を差別して嫌がらせしているってことだ。

私は部屋に戻って、メイクを始めた。音量は、三、四十分ぐらいしたら、また元に戻すことにしよう。

近所とのいざこざは、キャバ嬢には付きものなのかもしれない。結構苦労しているキャバの友だちも多い。友だちの一人が言ってた。その子が言うには、物音がうるさいとか文句を言ってくる人間の方が、実際はうるさい音を沢山出していることが多いらしい。頷けることだ。だけど、市田の家からうるさい音は、ほとんどしない。洗濯機の振動音もＴＶやオーディオの音も聞こえてこない。やっぱり、これは市田の嫌がらせに違いない。

嫌な気分なので、私はメイクをもっともっとカワイイものにすることにした。まずは、カラーコンタクトは小悪魔ブラックで目力《めぢから》をアップさせる。今日はカワイイデカ目にするんだ。

ペンシル型のアイライナーを取り出し、私はハリウッドミラーに顔を近付けた。二重瞼《ふたえまぶた》の、いたって普通の目が大きく鏡に映る。小悪魔ブラックになった瞳に、鏡面のまわりに付いた照明がいくつも映り込んでいる。

まずは、上睫毛の生え際のピンク色に濡れた粘膜のところに、アイライナーの先を当てた。初めて粘膜を触ったときは、敏感でむず痒《がゆ》いように感じたけれど、いまは慣れてしまって何も感じなくなった。

左手の人指し指で、瞼の上を引き上げると粘膜の部分が広く現れる。アイライナーを慎重に動かして粘膜のラインを真っ黒になるまで塗りあげる。下瞼の部分も同じように粘膜を黒く塗りつぶした。

粘膜塗りが出来なかったらカワイイ女の子失格だ。カワイクなるためなら何でもしないといけない。

ジェルライナーで上下の瞼の際《きわ》から外に向け、目尻は長めに描き、そして、リキッドライナーで瞼の際と粘膜部分を繋《つな》ぐように描いた。

鏡の中の目はどんどん大きくなっていく。それを見ているだけで私は楽しくて仕方がなくなってくる。

どんどんカワイクなれっ、と私は念じながらメイクをするようにしている。思えば思うほどカワイイ顔になるんだ。

ラメライナーの白を下瞼の目頭から瞳の真ん中ぐらいまで引いた。白い線を入れると目元がパッと明るくなる。

一〇〇円《ヒャッキン》ショップで買ったスーパーロングの付け睫毛を、目の幅に合わせて長さをカットして慎重に貼る。今日は流行《はや》りのタレ気味にするために下の付け睫毛の方は目頭の部分を二束分カットした。上瞼の付け睫毛の目尻には、三束分カットしたものをさらに上から重ねて貼る。

マスカラで付け睫毛と自分の睫毛を合わせるようにして固定させ、リキッドライナーで、隙間がないように粘膜をもう一度塗った。

うん、すっごくカワイイ。自分のデカ目に満足してすっかり気分が良くなり、私はTVの音量を大きくした。

やっぱり、カワイイことはいいことだ。私は鏡の中の自分に言った。

カワイクなるために、カワイイことが溢れている渋谷区に文京区からわざわざやって来たんだ。文京区だって街中に行けば、カワイイものはあるけれどマルキューはない。やっぱり渋谷区はまったく違う。

カワイイ空間、カワイイ私、そして、カワイイ街が私の最も望んでいることだ。

この家だってカワイイ装飾で飾り立て、地下鉄に乗れば一〇分でカワイイの聖地であるマルキューに買い物に行くことができる。

文京区の自分の部屋もカワイイ部屋にしていたけれど、一旦家を出ると、垢抜けない教育ママの巣窟で、お受験とか公園デビューとか、嫌みな世界が広がっている。見るからにストレス溜まってそうなサラリーマンって感じのおじさんは、カワイイ格好の私を横目で凝視する。

小学校の同級生だった人間たちは、親の言いなりでお受験三昧になってしまった。男の子のほとんどはいけてないパーカーにジーンズ、それに眼鏡だ。つまんなく生きてるって感じがして見ていてこっちが辛くなる。

女の子は特に、垢抜けないくせに変にプライドが高くて嫌な奴ばっかりだった。ピアノやバイオリンを弾けることを自慢して、自分の学校の制服を見せびらかして、父親が働いている会社が一流だと鼻にかける、そんなお受験馬鹿のママの遺伝子をたっぷりと注がれたような女の子はまったくカワイクなかった。

カワイイモノを全身に纏った私は浮きまくりで、早く文京区から出たくてしょうがなかった。

そして、私は家出して——短い家出は何回もあったけれど——文京区を飛び出しマルキューのある渋谷区に住むようなった。だっさい歌の歌詞のように、死にたいくらい憧れたカワイイの都、渋谷区ってことだ。私は憧れを実現している。だから、一階のババアや隣の市田の分譲組が嫌がらせをしてきたとしても、私はここを引っ越したりしない。

白いラブチェアに、ピンクに赤のハート柄の入ったダイニングテーブル、レモンイエローの冷蔵庫に、選び抜いた小物たち……、がんばって作り上げたカワイイこの空間を手放すことなんて考えられない。

私はメイクをがんばった。カワイイ顔でカワイイ服を着てお店に行くんだ。おばさんが腹を立て、同年代のＯＬや女子大生が嫉妬の痛い視線を送り、おじさんが涎《よだれ》を垂《た》らして若い頃を思い出し、若い男みんなが振り返ってイタリアの男のように声を掛けたくて堪らなくなるほど、カワイク着飾ってお店に行くんだ。

だって、今夜は、片岡が店に来て、その後、アフターすることになっている。それだけが、私の救いだ。

がんばるぞ、と私は唇のメイクに取り掛かった。

「奈美華……いけしゃあしゃあとよく顔見せられるよな。信じらんねえ……おまえの携帯止まってんだろう？　店にいっぱい電話掛かってきたぞ、確か後藤って言ってたな」

店長の梅原が呆《あき》れた顔を向けた。後藤か……、年を取ってるのか若いのかよくわからない、妙に覇気《はき》のない金貸しだ。

「はあ……。口座引き落としで家の電話が携帯料金より先に落ちちゃったみたい」

今日は一段とカワイイ格好しているのに、そのことに気付かない梅原はキャバクラの店長として失格だ、と私は思った。

「冗談だろう？　一日五〇件目標で客にメール打つってのが、キャバ嬢の最低条件だぞ。やる気あんのか？」

「ありますよ。今日だってすっごくカワイクしてきたし」

「あーあ、何にも感じねえのか？　おまえの頭の中を覗《のぞ》いてみたいね、まったく。どっか、大事な部分が欠落してっか、バッサバサになって何も感じなくなってるよ、たぶん」

「えー、どういう意味ですかぁ？　バッサバサって、変なの」

「笑ってんじゃねえよ。奈美華、おまえ、いま、借金いくらになってんだ？　うちからのバンスも随分溜まっててんぞ」

梅原は眉間に皺を寄せた。

「ちゃんと計算してないから、わかんないけど、四〇〇万ぐらいじゃないですかぁ」

「店に掛けてきた電話の奴、ヤー様か取り立て屋かわかんねえけど、訊いたら六〇〇万ぐらいあるんじゃないかって言ってたぞ。あいつら、横の情報はしっかりしてっから正しい数字だと思うぜ」

「そんなになってないよ……。だって、そんな話聞いてないもん」

「いま、取り立て関係は問題になってるから、激しく家に取り立てには来ないんだよ。だから、おまえが知らないだけじゃないのか？　それでおまえ調子に乗って、何だっけ？　何たらプードルっていうのを買うからって、また、金借りたらしいな」

「ティーカッププードル！　知らないの、ティーカップに入るほど小さくてカワイイ犬なのよ。まだ届いてないけど、名前もベティって付けちゃったのに！」

「知らねぇよ、そんなの。いい加減にしないと、吉原《よしわら》のソープに沈められるぞ、おまえ」

「えー！　そんなの絶対嫌だ。そんなことになるなら、死んだ方がましだよ」

「あのなあ、身体で払えるって保証っていうか担保があるから、あいつらはおまえに金貸してくれてんだぞ。俺なんか、身体で払える保証なんてないから三〇万がやっとだ」

「……でも、吉原なんて絶対嫌だ。あそこって東京じゃないし、ソープなんて全然カワイクない」

私が言った。

「東京だよ、吉原は。東京生まれのくせして知らねえのか、江戸時代からある繁華街なんだけどな」

梅原は呆れたままの顔で言った。

面倒臭い……面倒臭い……せっかく、上げた気分が、また嫌な気分に下がってしまった。


いつものように私は店で働いていた。

隣に座っている代理店の営業の男は、かれこれ二〇分は仕事の自慢話を続けている。

芸能人の名前がぽんぽんと飛び出す。私はそれにいちいち反応して声をあげなきゃならない。つまらなくて仕方がないけど、仕事だから……。

まったく、キャバクラに来る男は、馬鹿ばっかりだ。げんなりした気分の時は、余計にそう思ってしまう。そんなに簡単にやらせないって、おじさん。疑似恋愛が売りのキャバクラだけど、そんなにやりたいなら風俗に行ってくれ。同じぐらいの値段で機械的にやらせてくれるのに……。男の征服欲？　馬鹿みたい、征服なんてされないし、疑似恋愛なんだから。

　こんな時は、目の前のお客に本当のことを言ってしまいそうになる。あんたがいくらお金を使ったとしてもやらせないからって。

　そんなことを考えてしまっていたせいか、代理店の男は怪訝《けげん》な顔で「聞いてる？」と言ってきた。あんたの会社での自慢話なんて聞いたって、全然、好きになったりしないよ、馬鹿、と思いながら、私は笑顔で「聞いてますよ。すっごく、面白いから吃《びっ》驚《くり》した」と答えた。反吐《へど》が出そうだった。

　こんな奴こそ風俗に行ってすっきりしてきて欲しい。自慢話は欲求不満の塊ってことだ。

　でも、どうしてこんなに借金が増えたんだろう。食費だってダイエットしてるから切り詰めてるのに……。マルキューには行きつけの店が五軒ある。春夏秋冬、それぞれに新作が発表されるから、それは必ず押さえておかなきゃならない。でも、マルキューの一点一点はそんなに高くはない。お正月に、もっと安い福袋なんかも利用しているから、安いはずだ。ブランドのバッグだって、大黒屋で中古品を買うことだってある。化粧品は？　これも年に四回の新色は欠かさないようにしているけど、ここはすごく大事だから出費は嵩《かさ》んでいるのかな……。一年でどれくらい何に使っているか計算したことがないから、よくわからないけれど、やっぱり、新しく出たカワイイ物は絶対に欲しい。そんなときにお金を貸してくれるっていうなら、借りちゃうしかない。

そうだ、片岡に相談しよう、と私はふと思った。

もう、二回もやらせてあげてるし、私のことを彼女って言ってくれている。お金を貸してとは、恥ずかしくて言えないけれど、大人の上手い解決法を教えてくれるに違いない。

よし、そうしよう。そう考えると私の気分は上がった。

片岡は相変わらずさっぱりとした服装でやって来た。閉店一時間前だった。私は片岡に無駄なお金を使わせたくなかったから、時間を指定しておいた。

アフターでよく行く『バー寒猫《さむねこ》』のママの小夜子《さよこ》さんは（使える客は、寝てでもキープしなきゃいけないのよ。それが水商売なの、憶《おぼ》えてなさい）といつも私たちキャバ嬢に言っていた。

最初は、うえ、グロな水商売の話だって受け流していたけれど、それも今夜は頷ける。

片岡はスマートに酒を飲みながら、席に付いた他のキャバ嬢とゆったりとした雰囲気で話している。うん、大人だ。これなら大丈夫だ、どうにかする方法を絶対に持っているはずだ、と私は片岡を見ていた。

いまは他の子がいるからプライベートな話は出来ないけれど、アフターで『バー寒猫』に行って二人っきりになったら、相談を持ちかけよう。早く時間が過ぎないかな、と私は腕時計を何べんも見ていた。


メイクを直して私は店の外に出た。店の前の道には、アフターで出てくるキャバ嬢を待っているお客さんが何人かいた。私は見渡して、端の方に片岡の姿を確認した。私は足早に片岡に近付いた。

「お待たせ！」

私が言うと、片岡は振り返った。笑顔を返してくれるかと思ったら、私に怪訝な顔を向けた。その視線は私を通り越して後ろに注《そそ》がれている。

私が振り返ると、金貸しの後藤がうすら笑いを浮かべて立っていた。後藤は携帯を取り出すと私に向けてフラッシュを光らせた。

「奈美華ちゃん、連絡つかないから困ってたよ」

後藤の横には、大きな男がむすっとして立っている。男は坊主で、頭に焼けたベーコンを一枚載せたようなでこぼこの大きな傷があった。

「何で写真撮るんですか？」

「逃げたときのためにだよ。んー、そっちはお客さんかな？」

後藤は粘り着くような視線を片岡に向けた。

「いや、俺は何にも……」

片岡は慌てて言った。

「いいって、あんたも写真に一緒に写ったんだからちょっと一緒に来なよ」

後藤が言うと大きな男が片岡の腕をさっと摑《つか》んだ。

「やめろ」

片岡は言ったが、大男に腕を逆さに捩《ね》じ上げられ静かになった。

「話し合うだけだから、取り敢《あ》えずこっちに来てな」

後藤は私の腕を摑んで、駐《と》めてあった車を指差した。

「俺はこんな女とは、何にも関係ないって！」

ド痛《いた》だ……片岡は、事務所に入ってからは何度もこう叫んでいた。最低だ。しかも、最初に殴られて大きく仰《の》け反《ぞ》って倒れてからは、女の子みたいに片岡は悲鳴を上げていた。

片岡は、運転免許証を出させられコピー機に掛けられ、会社の名刺を取られてしまってからは、むすっと拗《す》ねたように黙りこくった。

「あんた、知り合いだろう？　喰っちゃったんだろう？　助けてやんなよ」

後藤が言っても、片岡は力なく「こんな女は関係ない」と言うばかりだった。

「まあ、しょうがねえか……。キャバクラのネエちゃんを助ける義理なんて、何もないもんな」

後藤は笑っていた。

「こんな馬鹿女、俺とは何も関係ないよ……」

「まあ、いいか。片岡さん、ここで解放してやるけど警察になんて行かないでくれよ。このネエちゃんと一緒にいる写真も持ってるからね、嫌な目に遭うのはあんただから」

後藤が言うと、片岡は私のことを見もしないで逃げるように事務所を出て行った。

私は、全ての借金を後藤の所に一本化させられ、改めて借用書を書かされた。用意の良いことに私の苗字の判子まで買ってあった。

「さて、奈美華ちゃん。期限は一週間だ。払えるか？」

後藤が差し出した借用書の金額はよくわからない利子とかの数字が並べられ、総額は七二〇万を超えていた。

「払えないよ、こんなの」

「親は金持ちか？　離婚してないか？」

「普通だし、パパはサラリーマンだから。こんなお金絶対に払えないよ」

「じゃあ、吉原しかないな。一年も泡まみれになれば貯金ぐらい出来るようになる」

後藤は借用書を指で弾いた。

「絶対に嫌です。許してください」

涙が出てきた。

「嫌って言ったって、それしか返す方法はねえんだぞ！　手荒な真似はしたくないけど、やるしかないな。奈美華ちゃん、どんな方法かわかるか？」

「……やめて下さい」

次々に涙がこぼれた。

「太いのやら細いのやら、年取ったのやら若いのやらって、男を一〇人ぐらい集めて、三日間、朝から晩までおまえを輪姦《まわ》すんだよ。もう、何にも考えられなくなって、拒絶することも出来なくなる。この方法で沈まなかったネエちゃんは一人もいなかったな」

後藤が言うと、大男が初めて低い声で笑った。あの大男が一番最初に襲ってくるんだ、と私は思った。気味悪くて恐くて私の身体は震えた。

一週間の期限を付けられ、解放されて家に戻ったけれど、私にはどうすることも出来なかった。

自己破産する方法もよくわからなかった。朝から電話が何回も鳴った。電話は後藤からのもので、私が家にいることを確認するためと、お金をどう工面しようとしているかを訊いてきた。

二二歳のキャバ嬢に何が出来ると言うんだ。親は当てに出来ない……だってパパはリストラ寸前って言ってたし……、散々お金は借りたし、もう無理に決まっている。

それにママが絶対にダメと言うだろう。ママは、お受験に有利になるって理由でわざわざ文京区にマンションを買って引っ越したのに、私がお受験の波に全然乗れなかったのを怒っていて、近所に恥ずかしいといつも言っていた。それに、マンションのローンが大変なのを私のせいにしている。私がお金のことで逃げ帰っても、ママはドアを開けてくれないだろう。

大金を返すには身体を使うしかないの？　それしかないのだろうか……。それにしても、片岡のダメさ加減に呆れてしまう。好きな女の子を助けられないって最低だと思う。ＴＶのドラマみたいにすっきりと解決することなんて出来ないんだな。でも、それが今の日本の男の人の現実なのかなとも思う。その現実が余計に私を凹《へこ》ませてしまった。私は一歩も家を出ることなく、げんなりとして考え続けた。

私は死ぬことにした。

もう面倒臭くて、腹が立って、何にもする気がしないからだ。ソープに行くくらいなら、死んでやる。こんな世の中、面白くも何ともない。だから、私は見切りを付けることにした。逃げたって絶対に捕まるだろうし、もっと嫌な状況になるのが目に見えている。

いっぱいいっぱい考えて、私は死ぬ決心をした。だって死ねば何にもなくなるんだし、これが一番楽な方法だという結論になった。簡単に決めたんじゃない。頭が痛くなるくらい考えたんだ。子供の頃から、私は思い切ったことをやる子だと言われてきた。小六の時に、ダメ元で思い切って告白した時も良い結果だったし、親元を離れる時も、周りから反対されたけど、思い切って家を出た。考えるよりも私は行動する方が似合ってると思った。だから思い切って死ぬんだ。

でも、どうやって死ぬの？　痛いのは嫌だな。しかも、失敗して半死半生で助かって、身体が変になっちゃったら最悪だ。

私はＰＣを開いてネットに繋いだ。いままではネットショッピングで安い化粧品や洋服を探すことしかしていなかったけれど、今日初めていろんなサイトを探してみた。

自殺サイトなんて、検索を掛けると二七万七〇〇〇件もヒットした。

死にたい人って、世の中に沢山いることを私は知った。そして、死ぬ方法をみんなが必死に教えたがっている。

サイトを巡っていると、まるで淀《よど》んだ沼の中からにゅっと手がいっぱい出てきて、沼の奥底へ引き摺り込まれそうだ。

死にたい、死にたい、死にたいって大合唱してるみたいで、何か現実感がない。死ぬなら一人で死ねばいいのに。私はよく知らない人と一緒になんて、まったく考えられない。

潔く一気に死んで、あとは何にもなくなるだけでいい。

地獄や天国なんてないに決まってるし、死んだ後に、また、ごちゃごちゃ考えたりするのなんてすっごくうざいことだ。

ただ、美しく死ねる方法はちょっと読んでしまった。

車の排気ガスを車内に引き込んで、というのは、車も免許も持っていないからダメ。練炭《れんたん》による一酸化炭素中毒というのなら、家の中でも出来そうだけど……、何か練炭って響きが嫌だな。皺《しわ》だらけのおじいちゃんを想像してしまってカワイクない。

それに、自宅で練炭を燃やすのに部屋の広さに合わせて、練炭の数を考えるのも面倒臭い。しかも、自宅で死んだら誰も発見してくれないじゃん。発見されなくて、部屋で腐っちゃうのは気が引ける。死んじゃった後に、ぐしゃぐしゃになろうが、腐ろうが、何も構わないんだけど、ずっと発見されないのは、ちょっと寂しい。

誰かに手紙出して発見してくれるように頼むの？　そんなの変だ。早く手紙が届いて引き止められたりするかもしれないし……いや、そんな手紙を送る人間を私は持っていない。母親も弟も絶対に嫌だ。友だちや知り合いは全部嫌いだから、そんな奴らに手紙なんか出したくない。

混ぜるな危険って表示してある洗剤を混ぜて、硫化水素《りゅうかすいそ》を発生させるってのもある。これは練炭よりイメージは少しはいい。だけど、やっぱり自宅だし、お風呂場を完全密封するために目貼りしてというのもくたびれるし、発見もされにくいからダメだな。

私は硫化水素自殺で最もダメな特徴を見つけてしまった。

(硫化水素は、硫黄《いおう》と水素から成る無機化合物で空気より重い無色の気体なんだけどさ。刺激臭があるんだよね。卵が腐った臭い、いわゆる、腐卵臭ってことだけど。もっと簡単なことで言うと、すげえくさいオナラの臭いってこと、硫黄っぺってあるよな、くっせえのが!)

絶対に嫌だ、オナラの臭いを嗅がされながら死ぬなんて。

最低な気分だから死ぬのに、すっごく最低な臭いを嗅がされて意識が無くなるなんて考えたくもない。どうせ死ぬんだし花の香りの中で、なんてことは言わないけれど、最後に吸う空気がオナラ風味だなんて、それこそ死にたくなってしまう。

とすれば、外がいい、やっぱり。電車に飛び込む？……いまいちだな。

一回、どこかの馬鹿が電車に飛び込んでダイヤが乱れまくって、お店に遅刻したことがあった。死ぬなら他人に迷惑かけないで死んでくれよと思う。それにホームから落っこちて電車が来たけれど助かった人のニュースもたまに見る。確実じゃないんだろうな。

富士の樹海は、一〇〇％無理だなこれは。だって深い森なんだから、虫が沢山いるってこと。虫だらけの中って気味悪いじゃん。顔の上を虫が這ったりする可能性だって大いにある。そもそも自然なんか大嫌いだし、私はずっと東京で育ってきたんだ。いまさら、大自然へ行くなんて……。

大好きな場所で死にたい。マルキューで死にたい、と思うけど、どうやって？マルキューの屋上には結構人がいるから、飛び下りようとしても阻止されるに違いない。踊り場で首を吊るのも見つかっちゃうな。

やっぱり、自宅がいいけど……と考えているうちに、私ははたと膝《ひざ》を打った。どうして、思い付かなかったんだろう。至極簡単で潔く、自分の大好きな場所で、他人にも迷惑をかけない。

このマンションの屋上から飛び下りよう。

マンションは八階建て、高さは十分にある。屋上は洗濯物を干すスペースがあるけれど、めったに人は来ない。

いいじゃん、ポーンと飛び下りるのは気持ちがいいかもしれない。だって、断然潔いし、確実に死ねる。

私はそうと決めると、下見をするために屋上へと向かった。

頭の上を遮るものがないのは気持ちのいいことだった。私の上には真っ青な空しかない。視界が三六〇度ひらけ、秋風が爽快《そうかい》で申し分のない場所だった。

私は屋上を歩き回り、飛び下りられそうな場所を探した。

壁は高くて簡単には登れないけれど、下を覗き込むことは出来た。マンションの最上階の部屋には斜めの屋根が付いているので、そこに落ちてしまうとその住居のベランダに滑り落ちる可能性のある場所がいくつもあった。

いろいろと探しているうちに一箇所だけ、ここしかないって場所を見つけた。屋上には洗濯物を干す空間がある。そこは洗濯物が飛んでいかないように四角い箱形に金網で覆われていて鳥籠のようになっている。その金網は、壁とくっ付いているから、壁の上に登って、金網を背にしながら壁を移動すると、最上階の住居のベランダに落ちることなく地面に直接落下出来る場所に到達する。私は壁から頭を出して、上手く落下出来る位置を確認した。ここなら大丈夫、必要なものは壁を登るための椅子と飛び下りる決意だけだ。

一日ゆっくりと考えたけれど、決心は変わらない。

飛び下りさえすれば楽になるんだ。そう思うとわくわくする気持ちさえ湧いてきた。

私はゆっくりとお風呂に入って隅々まで身体を洗い、一番高い新品の勝負下着を身に着けた。

最もカワイイ洋服を選び始める。ドレッサーからあれやこれやと取り出し、全身鏡の前で身体にあてがった。

やっぱりワンピだな。飛び下りた後、ワンピの裾が捲《まく》れてパンツ丸出しになる危険はあるけれど、死んで無になるんだから、そんなことは関係ない。飛び下りる前の自分の姿が大事なんだから、と私はこの世の中で一番女の子をカワイク見せるワンピを着ることにした。

ドレッサーの中のワンピを全て取り出し、ベッドの上に置いた。一着ずつ身体にあてがい検討する。あてがっているうちに、いろんなことが思い出されていく。このワンピはどこに着て行ったものであるとか、このワンピを着ていた時に、誰が横にいたとか……。

女の子はワンピの数だけ思い出を持っているということだ。いい思い出もそうでないものも沢山あった。

いろいろ悩んで私は、一人で住み始めて最初に買ったワンピに決めた。ピンク色の総レース仕上げで、大きくあいた胸元の下のところにレースと同じ色のリボンが付いている。ウェストの高い位置がぎゅっとすぼまって裾にいくと大きく広がる。歩く度に裾がひらひらとゆれてすっごくカワイイワンピだ。さらにこのワンピには男の人の思い出はくっ付いていない、私だけの思い出だ。だから、私はこれに決めた。

うん、いいじゃない。久しぶりに袖を通したワンピは私を鮮やかに彩《いろど》って見せてくれた。そして私はメイクに取り掛かった。

死化粧ってことだけど、あっさりとかではなくて、ばっちり最高にカワイク仕上げよう。それと一つだけ残念なことは、ティーカッププードルが届いてないことだ。届いていて、掌に載るようなカワイイ犬を抱いて飛び下りれば、さらにカワイイはずだった。まあ、仕方がないか……。

ドアスコープを覗いて廊下に人がいないことを確かめた。ドアをそっと開けて廊下に出る。手には壁を登る為のダイニングチェアを持っている。レモンイエローに小さなピンクのドット柄が入っているものだ。

エレベータに乗って屋上のボタンを押した。エレベータの天井部分には防犯カメラが付いている。私は少し背伸びをしてカメラに顔を近付けた。最後の撮影だと思って、思いっ切りの笑顔を向けた。録画された映像を誰かが観るかもしれない。いまの私は最高のメイクですっごくカワイイ顔をしているんだから、キレイに残しておきたかった。

幸い、誰もエレベータに乗り込んでくることはなかった。

屋上に出ると、ちょっと冷たくなった風が吹いていた。秋晴れの空は雲一つなく、頭の上が何もなくてすっきりする。太陽は真上にあって、私が凝縮された小さな影が足下《あしもと》に映った。

さあ行くぞ。私は気合いを入れた。

屋上の壁に近付くとダイニングチェアを壁に向けて置いた。レモンイエローにピンクのドット柄の椅子は太陽の光に晒《さら》され輝いて見える。それは、私が一歩、踏み出すための大切な道具のようだった。

一歩、進んで椅子の上に乗った。身体が壁から出て風を感じた。洗濯干場の金網に摑まって壁の上に立った。

より強く風を感じた。壁の上を横に移動する。眼下の遥か遠くには駐車場があり、車が並んでいるのが見えた。昨日確認したときは、壁があまりにも高く、しっかり下を覗き込めなかったので、車が駐車してあることを見落としていた。

どうしよう……、でも、もう引き返すのは嫌だ。私は壁の上を横移動して最上階のベランダが途切れる部分まで辿《たど》り着いた。

空がもっと近くなった。視界は大きく開け、渋谷のビル群が霞《かす》んで見えている。案外、近いところにあったんだな……、あれ？　あそこにちょこっとだけ見えるのは、マルキューのビルだ。ああ、マルキューに全てを注ぎ込んでたなあ、と思った。もうマルキューに行けないのは寂しいけれど、マルキューを遠くにだけど眺めながら死ねるならいい、って思える。マルキューの建物の円柱のてっぺんに私は勇気を貰った。

空を見上げ、マルキューを見て、そして真下を見た。すっごく、地面が遠く見えた。

急にピンヒールの踵《かかと》が心もとなく震え、カタカタと音が鳴り始めた。すっごく恐くなってきた。突然の恐怖だった。私は背中側にある金網をぎゅっと握って止まった。ワンピの裾が風で捲られるけれど、金網から手を離せないから押さえることも出来ない。

風を切る音が耳に響いている。私は携帯音楽プレイヤーを持ってくれば良かったと後悔した。安室ちゃんの曲を大音量で聞きたいと思った。いまさら飛び下りるのが恐くなってきた。勇気が欲しい、安室ちゃんの曲が聞きたい。でも、いまは、下半身が震えて身体が硬直してしまっている。壁を移動して引き返すことも出来ない。

いまの恐怖は、単純に高さの恐怖なんだ。バンジージャンプで命綱があるから大丈夫だとわかっていても簡単に飛べないのと同じだ。

死ぬのが恐いわけじゃないはずだ……。

がんばれ、がんばれ、がんばれ、私は自分に言い聞かせた。本当にがんばろうと思ったのは生まれて初めてかもしれない。戻るよりも先に進むしかないんだ。

後ろ手で握っている金網を離し、一歩前に歩き出せば、全てが終わるんだ。玄関のドアを開けて、外に出る時のように、何も考えずに一歩踏み出せばいい。

昼間の住宅街は静かで、風に乗って駅の雑踏音が僅《わず》かに聞こえてくる。たった一人で、こんな場所に立って、必死に自分を鼓舞しているのが、妙に変でちょっと笑えてきてしまった。私はマルキューのてっぺんに視線を合わせた。

決めたことなんだ、死ぬって……。もう見切りを付けたんだ。

よし、行こう。私は金網を握っていた手の力をゆっくりと抜いた。相当に強く握っていたので、指が麻痺したように上手く動かなかったけれど、手は金網から離れた。

風で身体が少し揺れた。

「さよならマルキュー」

私はそう呟いた。一歩前に出るだけ……。私は目を瞑って足を出した。

ヒャーーー、あっという間に身体が傾き、すごい勢いで落ちていく。

悲鳴が自然とあがったと思った瞬間、ものすごい爆発音のような音が鳴り、それと共に全身に衝撃が走った。目を大きく見開いたけど、すぐに目の前が真っ暗になった。

……あれ？　目が醒めた……。何か妙な感じだ。目を凝《こ》らす……。視界の色彩が無くなってモノクロームになっている。

私の足下に何人かしゃがんで忙しく動いている。救急車の人たちみたいだ。地面に寝た女の子に跨《また》がり胸を何度も押している。

えっ、私？　視界がモノクロームになっているから、ピンクのワンピが灰色に見えるけれど、確かに私だ。えっ、死んだの？　救急隊員が強い力で心臓マッサージをしているけど、地面に寝ている私は、その動きに合わせて人形のように揺れているだけだった。

警察官も来ていて野次馬の整理をしている。マンションを見上げると角部屋の市田が窓を開け目を真ん丸にして、人形のようになった私を見つめていた。

私は一回、自動車のボンネットの上に落ちたようで、さっき聞いた爆発音はその時の音だったようだ。ボンネットは私の身体の形を写し取ったように凹んでいる。横向きに落ちたみたいで、膝の部分と肩が当たったところが大きく凹み、ピンヒールの踵で引っ掻いた傷も二本入っていた。

アスファルトの地面ではなく、ボンネットに落ちてワンクッションしたせいか、揺らされている私の顔は、どこにも傷は無く、口や鼻から血も出ていなかった。

表面は無傷なので、気を失っているだけのように見えるし、跨って胸を押している救急隊員が薬を飲ませて昏睡した私を暴行しているような感じだった。ワンピの裾は少しだけ捲れて太腿《ふともも》が露《あらわ》になっているけど下着は覗いてはなかった。

しばらくして救急隊員は、警察官に向けて首を小さく横に振り、「ほとんど即死ですけれど、一応、病院へ搬送します」と言った。そして、心臓マッサージの手を休めた。死んじゃったんだ……私。死んだような気がしない。

でも、死んじゃったんだ。だって、私、半透明になって飛び出てきてしまっている。

救急隊員は私を担架《たんか》に乗せ救急車に入れる。救急車がエンジンを掛けサイレンを鳴らした。警察官が誘導棒を振って道を開けさせ、救急車が動き出した。私はその後を付いて行こうと歩いた。それほど力も入れずに身体はスムーズに動いた。

あれ……。しばらくすると、歩くぐらいに遅いスピードの救急車の後ろが薄く見え始めた。いや、救急車だけじゃなく背景も薄くなった。道路の角まで来ると、目が見えなくなりそうで、恐くなって私の死体が乗せられている救急車の後を追いかけるのを諦めた。

救急車が去って行くと、野次馬たちも面白くなくなって、潮が引くようにすぐにいなくなった。私は、残って私が落ちた現場を調べている警官に近寄った。全然、見えていない。私は半透明になっちゃったんだ。

警官は黄色いテープを現場に張ることも、チョークで地面に人の形を描くこともなく、さらっと確認するだけで帰って行った。

私は現場にぼんやりと立っている。真上からの太陽の光は私を透かして影も作らなかった。私はここで死んだんだな……。無になるんじゃないの？　何なのこれ……。住宅街は少しの間だけ、ざわついていたけれど、すぐ元に戻って静かになった。私が死んだことなんてどうでもいいんだろうな。

私は死んだ時と同じ格好、半透明の灰色にしか見えないけれどピンクのワンピにピンヒール、がっつりメイクのまま、その場に立ち尽くした。


日が暮れてきて私は部屋に戻った。エレベータは乗れるのかどうか確信がないので階段を使った。ドアは開けなくても半透明の私はすり抜けることが出来た。

モノクロームの視界でしか見ることの出来ない私の部屋は、寂しげだ。

これが死ぬってこと？　納得がいかない。ということは、いまの私は幽霊？　でも誰にも見えないみたい。霊感がある人には見えるの？　そうだ、隣の地味な荒木のところに行ってみよう。あの人には、霊感とかありそうだ、と私は一旦廊下に出て、荒木の部屋の前に立った。人んちに勝手に入るのはちょっと気が咎《とが》めるけれど、えいやっとドアを通り抜けた。

荒木は、ソファーに座ってポテトチップスを食べながらＴＶを観ていた。私は目の前に立った。荒木は、まるで表情を変えなかった。

「ねえ、見えないの？」

声なんかかけても無反応だった。無視されているようで何か空しい。そのとき、荒木が携帯を取り出して話し始めた。

「すっごいことが起こったのよ！　隣のキャバの女が飛び下りたの、すっごくない？　そう、あのこないだ話した馬鹿みたいな格好した女。飛び下り自殺ってすごくない？……そう、気味悪くてしょうがないから引っ越そうかなって。だって、私って見えるタイプじゃない。霊感が強いのって面倒だよね、嫌なもん見たくないし。……何で自殺って？　キャバなんだし失恋とかくだらない理由じゃないの？　あはは、あんまりこんなこと言ってると、祟《たた》られるかもしれないから、やめといた方がいいかもね。でも、やっぱ、すっごくない？」

非道《ひど》い……、荒木は何度も笑っていた。

目の前に私がいるのに、全然、見えてないじゃん、嘘つき女。結構、いい人だと思ってたけど、ショックだな。祟ってやろうか、と思うけど方法もわからない。荒木の話は終わらない。耳を覆いたくなるような話が続いている。私は、逃げるようにその場を離れた。

部屋に戻ったけれど、電気も点《つ》けられなければ、オーディオのスイッチも入れられない。私は床に座るしかなかった。静かにしていると、市田の部屋からクラシックの曲が聞こえてきた。少しは聞こえるんだな。僅かに怒号のようなものも聞こえてきた。

私は音に釣られるように部屋を出て市田の部屋のドアをすり抜けた。

市田家では、夫婦喧嘩の真っ最中だった。

クラシックの大音響の中で、旦那の方が一方的に市田に詰《なじ》られていた。私は部屋の隅に立って傍観している。

市田が尖った声で話している内容を聞くと、旦那はリストラされていたみたいだった。穀潰しとか、情けないとか、ダメ男とか、チンケとか、私が使わないような罵倒語が次々と出てきていた。このままじゃローンが払えなくて、部屋を出ていかなくてはならないようだ。

旦那はまったく口答えすることなく市田の罵倒を聞いていて可哀想《かわいそう》だった。リストラされている男にお金のことで言い返す言葉はまるでないんだろう。市田が苛立って私のところに文句を言ってくるのは、この家に問題があったんだ、と私は納得した。

だって、さっき市田の部屋から音は聞こえたけれど、ほんとに僅かだった。

隣の芝生は青い、って諺《ことわざ》ぐらい私だって知っている。

市田の部屋は分譲だから、お金はあると思っていたけれど、そうでもなかったんだ。いまの私の視界はモノクロームだから青くないんだけれど、市田の部屋の中はもっと豪華でお金が掛かっていると思っていた。現実は違うものだ。見る限りでは質素で慎ましく暮らしているようだった。

どこの家も大変なんだな……。

聞いているだけで辛くなってしまうので、私は市田の部屋を出た。

(彼氏の携帯の中には、あんたの幸せはないよ)

これも小夜子さんの格言だ。

この格言は大いに気に入って守るようにしていたけれど、他人の家の中を覗き見ても私の幸せなんか何もないことがわかった。それどころか、心が冷えていくばかりだった。

ああ、そうだ、小夜子さんに相談すればよかったんだ、と私はいまさらながらに思った。あの時、ソープの話が出てて、それが恐くて何にも考えられなかった。

小夜子さんのお店に行ってみようか、と私は思った。エレベータのように電車に乗るのは不安でも、歩いて行けばどうにかなる。電気も点けられない真っ暗な自分の部屋にいるのよりましだ。私はマンションを出て道を移動した。

奇妙な感じだ。モノクロームの視界のままだが、道を進んで行くとだんだんと街灯の光やビルの窓の光が薄くなっていく。別の道だったが昼間に救急車の後ろを付いていった時と同じだった。私は道を引き返して他の道を進んだ。すると、また、同じように視界が消えていく。私は何度もいろいろな道を試してみたけれど、どの道を通ってもしばらくすると視界は薄《うっす》らと消えそうになる。

私は落ちた場所に立った。辺りを見回した。もしかしたら、私の死んだ地点を中心にして丸く視界の途切れる場所があるんじゃないか、と思った。

いや、視界が無くなるんじゃなくて、目が見えなくなるんじゃないのか……、だって、視界がぼやけてきても前には進めるし、この場所からなら遠くの風景も見えるのだから。

何か全然意味がわかんない……。何か丸い境界線が出来て、その中に閉じ込められてしまったみたいだった。

私は小夜子さんのお店に行くのは諦めて部屋に戻った。

朝になった。私は床に座ったままで夜を明かした。眠たくもなければ、お腹も空かない。ずっと座っていてもお尻さえ痛くならなかった。私は、そのままの姿勢でいろんなことを考え続けた。もしかしたら、私は地獄に堕とされたのかな？　このまま、じっと丸い円の内側に何をすることもなく居続けなければいけないのかな？

私は外に出た。そして、落ちた場所に、また、行った。ボンネットの凹んだ車は、まだ置いてあった。そこから、道に出て進んだ。

視界が霞んだ。しかも、昨日よりもそれは落ちた地点から近い位置だった。私は焦って他の道も試してみたけれど、どこも距離が短くなっていた。

丸い境界線が縮んでいた……。

非道い、私の動ける範囲は次第に狭まっている。どうしたらいいのか、何も方法は考えられない。私は死んでいるけれど、死にたくなった。やっぱり、地獄なんだろうか、ここは、と思った。

私が飛び下りてから三日後、部屋の鍵が開き、たまにしか来ない管理人と、知らないおじさんと若い男が部屋に入って来た。そして、その後ろに小夜子さんの顔が見えた。どうして？　たぶん梅原から連絡を受けて、来てくれたんだ……。小夜子さんは部屋を見回しているけれど、やはり、私のことに気付きもしない。

あっ、ティーカッププードルを管理人さんが抱いている。やっと届いたんだ。犬は私に向かってキャンキャン吠えているけど、もう遅い。抱くことも出来ない。

「こんなもん預けられても困るんですよね」

管理人は犬をポイっと床に投げた。犬は真っ先に私に向かって来たけれど、足下《あしもと》を素通りした。

「まだ、小さいから売れないこともないですね」

ずかずかと入って来た知らないおじさんが犬を捕まえようとした。若い男が部屋の中を物色し始めた。引き出しを開けたりファンシーケースを開けたりした。下着の入っている引き出しを開けて若い男が笑った。

「派手なネエちゃんだったみたいっすね」

と言うとおじさんも、私の下着を見ながら笑った。もう、そんなことを悔しいとか恥ずかしいとかあまり思わなくなった。好きにしてくれって感じだった。二人はリサイクル屋のようで、私の部屋の整理を頼まれたみたいだった。小夜子さんは、黙ったまま部屋の隅に立って事の成り行きを見ていた。

おじさんは私の母親と携帯で話して、値段は三万円と決まったようだった。三万円で部屋の物が売れたのではない。三万円をリサイクル屋が受け取ってゴミとして私の持ち物を処分するのだ。

部屋を埋め尽くしているのは私が一生懸命に集めたカワイイ品々だった。ブランド品もあれば、人気のアイテムもある。ソファーだって冷蔵庫だってカワイクて買い手はいくらでもいるはずだ。

さすがにこれには腹が立った。整理に来ない親も非道ければ、ゴミとして処分すると金を貰う交渉をしておきながら、これはいくらぐらいになると、二人で値踏みしているリサイクル屋もインチキな人たちだ。格安とはいえ四〇万もしたティーカッププードルはタダで持って行かれる。

男たちはテキパキと働き、売れる物と捨てる物を仕分けし始めた。

その時、また玄関のドアが開いた。顔を見せたのは後藤と金髪っぽい頭——モノクロだけどたぶん金髪——の男だった。

「おい、墓場荒らし、ちょっとどけ。死んだネエちゃんの債権者だ。ここのネエちゃんは、うちで一千万近く摘《つま》んでんだ。おめえらは俺たちの残りもんでも喰ってろ」

後藤は横柄《おうへい》に言うと借用書の写しを広げて見せた。リサイクル屋は、怯《おび》えてすぐに部屋の隅へと移動した。後藤は金髪に指図して、リサイクル屋の持って来た段ボールを奪うと、ブランドのバッグや貴金属、時計などの売れそうな物を中に詰めさせた。犬が吠えて走り回るのを後藤が足で蹴って追いやった。

「ここにある残りの家財道具をおまえんところに売ったら、いくらぐらいになるんだ?」

後藤は段ボール二個を詰め終わるとリサイクル屋に訊いた。

「ええっ……それはちょっと、私らは処分に来ただけなんで……」

おじさんは何度も頭を下げていた。管理人は後藤の登場でまずいと思ったのか、そそくさといなくなった。犬は私の足下に来て座った。

「ネエちゃんの親から金貰ってんだろう。聞いてんだよ。おまえら、金貰って仕入れた物を今度は店頭で売るつもりか? 小猾《こずる》い商売してんじゃねーぞ。ここいらの物全部で五万でいいや、買え。このソファーとか電化製品もキレイでまだ使えんだから、きばって売りゃあ、損はしねえだろう」

後藤はおじさんに顔を近付けて言った。リサイクル屋は、金目の物を取られてうらめしそうにしていたけれど、渋々お金を払っていた。

「この犬はどうしましょうか？」

おじさんの顔がちょっとだけ卑《いや》しく見えた。後藤は少し笑った。

「へへ、その言い方でわかるな、売れるんだろう？　この犬。俺が持ってくよ」

後藤が犬に手を伸ばした。

「ちょっと待ってくれる。私はこの部屋の子の知り合いなんだけど、犬の世話を頼まれてんだよ」

黙っていた小夜子さんが犬と後藤との間に入った。すっごい、そんな話したことないのに、小夜子さんは平気で後藤に向かって嘘を言った。

「ババア、何なんだよ」

後藤は犬を抱き上げた小夜子さんに言った。

「まあ年寄りだからババアでいいよ。だったらこっちも金貸し屋って言い捨てるけど、さっきの借用書をちゃんと見せてごらんよ。あんたら金貸したっていうなら法定金利内で貸してんだろうね？」

小夜子さんは借用書を催促するように手を出した。私は聞こえないだろうけれど『がんばって小夜子さん！』と大声を出していた。

「何言ってんだ、ババア……。うちは健全経営してんだ」

「だったら、借用書見せなよ。連帯保証人もないだろうね、この子の父親は確か堅い会社の勤め人だから、法定外金利の紙っぺら持ってったら、会社の顧問弁護士に見せられて、あんたら自身が危なくなるからね。一千万近くって言ってたけど、どうせ元金は二〇〇万ぐらいのもんだろう、出るとこ出たら大事《おおごと》になるよ。そうだ、担保物件の設定もその書類には書いてないんだろう？　だったら、いくら債権者だと言っても、ここの子の品物を勝手に持って行ったら窃盗だよ」

小夜子さんの言葉に後藤がたじろいだみたいで、私はやったと思ったけれど、やっぱり、小夜子さんに相談しとくんだったとものすごく後悔してしまった。

「……何者だよ、あんた」

「ただの知り合いだよ。ここの子は馬鹿だから早まって死んじゃって、あんたらは身体で借金払わせようって魂胆丸外れで大損したんだろう。だから、その段ボールは持って行きなよ。ただ、生き物を粗末に扱うのは可哀想だから、この犬は私が持ってくから。いいね」

「持ってけよ、そんなもん」

後藤は面倒臭そうに言った。

小夜子さんが犬を持って箱に入れている。私は大きな声で叫んでいた。

『そのカワイイ犬に名前つけたのよ！　安室ちゃんの飼ってた犬と同じで、ベティっていうの！　カワイイ名前でしょう！』

小夜子さんは、犬の箱を持ったまま、もう一回、部屋の中を見回し，私の方を振り返って視線を止めた。もしかしたら聞こえたの？　聞こえたんでしょう？　私はもう一度、小夜子さんに向かって叫んだ。

『同じ店の馬鹿女たちが、ベティを欲しがると思うけど、絶対にあげちゃダメだよ！　小夜子さんが飼ってね！』

小夜子さんは何事も無かったかのように視線をすっと外した。そして、歩き出した。私は背中に向かって『馬鹿女たちにあげちゃダメ！』と何度も叫んだ。ドアの音が響き小夜子さんは出て行った。

後藤は忌ま忌ましそうに「早く片付けろ」と怒鳴った。

金髪が金目の物を運び出し、リサイクル屋が残りの物を全て運び出した。どうせ私には用のない物たちになってしまっていたけれど、愛着のある物が理不尽に扱われているのを見るのは辛い気分だった。

部屋の中は何もなくなってがらんとした。

私は外に出た。また、丸い境界線は一段と狭まって直径が二〇メートルぐらいになっている。私は次第に追いつめられているようだった。

境界線の際のところに立った。私は境界線の外に向かって手を伸ばした。透明の壁があるわけではなく、手はすんなりと向こうに移動した。そのとき、半透明の私の手が透明になって消えた。

わかった……。境界線の向こうに行くと、私は完全に透明になってしまうんだ。だから、自分も何も見ることが出来なくなってしまうんだ。

丸い境界線は私の落ちた場所に向かって縮んでいる。もう、そろそろ、部屋にもいられなくなってしまうんだろう。

数日後。

私は落ちた場所に立ち尽くしている。丸い境界線は直径が二メートルほどになってしまった。身動きが取れない。ずっと立っているだけだ。

私は安室ちゃんの歌を知っている限り、何度も歌い続けた。勇気を奮い立たせるためではない。勇気なんてもういらない。することがなく、嫌なことを考えたくもない。だから、歌うぐらいしかすることがなかった。

完全に、落っこちた場所に貼り付けられてしまった。

朝も昼も夜もじっとここに立っているだけ……。自殺した人は地縛霊になって、その場に縛り付けられるって聞いたことがあったけれど、いまの私は縛り付けられているのではない。貼り付けられたようなものだけど、動こうと思えば動ける。ただ、透明に消えてしまって何も見えなくなってしまう。だから、動けないんだ。

ボンネットが凹んだ車の持ち主が、自動車会社の人とやって来た。車の持ち主は、迷惑な話だ、と何度も吐き捨て、自動車会社の人は気味が悪いからと、新車に買い替えることを勧めていた。ダメ元で私の親に代金を請求するらしい。

嫌なことばっかりだ。

でも、それは、自分が招いちゃったことなんだろうな、と私は思った。

身勝手な生き方をしてしまったんだ。誰も助けてくれなかったし、助けを求める友だちさえもいなかったんだ。いや、相談出来る人間はいたのに、そのことが思い浮かばなかった。自分勝手に生きて、自分を飾ることばっかりやってしまったことをすっごく、後悔している。やり直せるならやり直したい。でも、もう、無理なんだ。生まれ変わるなんてことも、たぶんない。

ここに立ち尽くして、自分が生きてきたことを振り返り、反省させられる。ちゃんと、やっとけばよかった。ちゃんと考えればよかった。簡単に自殺なんてしないで、一生懸命やればよかった。そんな考えばかりが浮かんでくる。

手を伸ばせば、腕が消えてしまうほど境界線は迫ってきている。私は気を付けの姿勢のまままったく動けなくなった。

あ……一階のババアだ。

マンションの角のところに、一階のババアの姿が見え、私の方に向かって来る。手には箒《ほうき》とバケツを持っていた。ババアは、私の目の前に立つと屋上を見上げ、そして、箒で私の足下を掃き始めた。

掃き終えるとバケツの水を撒《ま》いた。そして、バケツと箒を持って戻って行った。何か、私の落ちた場所が、まるで汚らわしいとでも思っているようで、嫌な気分だった。

でもババアが、また、戻って来た。小さな花束を胸に抱えていた。

何？　どうしたの？　ババアは、なんと私の足下に花束をそっと寝かせ、半分だけ水の入ったグラスを横に置いた。そして、しゃがむと手を合わせ、口をもごもごとさせて何かを唱えている。

白髪混じりの頭が私の下に見える。結構、いい人だったんだな……。ババアと呼んでいたのが申し訳なくなった。おばあさんは拝《おが》み終わると、戻って行った。私はその後ろ姿をじっと見ていた。

いい人もいるんだな……。やっぱり、ちゃんとして生きりゃよかった。

境界線は、ほとんど私の身体のぎりぎりまで迫って、少しでも身体を動かすと端《はじ》っこが消えてしまうようになった。

じっと動かずにこのままいて、境界線が縮まり消えてしまうことに私は耐えられなくなった。

私は思い切って一歩前に出て境界線の外に出た。

瞬間に目の前は真っ白になった。数歩前に出ると、もう、自分のいた場所がどこだったのかがわからなくなってしまった。私はふらふらと歩いた。

馬鹿なことをしてしまったという思いを抱き、私はただ漂《ただよ》うだけのものになってしまった。

東京ラブ

雲一つない真っ青な空は、むっちゃ広がっている。空は、地平線の向こうまで続いている。私の大っ嫌いな空だ。

家の前でチャリを止め、前の籠《かご》から学校指定の鞄を取り出し、私は空を見上げていた。本当にむかつく空だ。

私の嫌いなものは、まだまだ沢山ある。

真《ま》っ直《す》ぐに続く道、パサついた田んぼ、ウンコ臭い畑、ネオンだらけの極彩色のパチンコ屋、無彩色の大きな工場と倉庫、郊外型大型スーパーのワコーヨーク堂のマークと何千台も止められる駐車場……。走り屋の車高が低い車に、ヤンキー女の飾り立てた軽自動車、自分で染めたムラのある茶髪にジャージ姿のおじさん、キャラクターが編み込まれたセーターを着て、ビーズのついた突っ掛けを履いたおばさん、深夜のコンビニにたむろしてゴミを散らかすヤンキー、真っ赤な特攻服に文字の刺繍だらけの女ヤンキー、勉強が出来なそうな後ろ髪の長い小学生の男の子……。

北関東にあるだだっ広い平地の町で私は生まれ、そして、辺りを見回すと嫌いなものばっかりの中で育った。

チャリに鍵をする。すぐに盗まれるからだ。

簡単に壊せる鍵だから、掛けておいても同じだと思うけれど、掛けておくと盗まれない。でも、鍵を掛け忘れると、すぐにチャリは無くなってしまう。

盗まれたと思っても、シャッターだらけの商店街や、ワコーヨーク堂の駐輪場とかに行けば、大抵は見つかる。

これはどういうことかというと、自転車に鍵をしていないのは、どうぞ乗って行ってください、という意思表示なんだとこの町の人間は思っているに違いない。私はそう考えている。

玄関には鍵が掛かっていない。

さすがに家は鍵が掛かっていなくても、勝手に持っては行けない。この町の人間は、チャイムの存在を知らないようで、チャイムを鳴らさずにいきなり玄関を開けて入ってくる。鍵が掛かっていれば外出中、掛かっていなければ在宅中ということを知らせるために鍵が存在しているようだ。

私の住んでいる町の住人は、そんな考えの人間たちだ。

玄関はすんなり開いた。家族の誰かが家の中にいるということだ。

私は高校三年、よくここまで我慢したもんだ、と我ながら自分にご褒美をあげたい、っていうか、ご褒美を貰うために、私はすっごくがんばってきた。

自分へのご褒美は、東京の四年制大学に通うことだ。

偏差値三九という最低レベルの私立大学の経済学部で、私は受験勉強なんて一切やりたくないから、推薦入試を選んだ。高校の成績表の評定平均値が三・一以上で停学歴なしで、面接で相当に馬鹿なことをしなければ、誰でも合格する。

もちろん、私は経済学なんてものに興味はまったくない。東京に住む権利が欲しいだけだ。しかも、住みたいのは端っこでもいいから渋谷区だ。渋谷には、１０９がある。カワイイものを買いに行くことが一番の目的だ。家でも学校でも大人しくしながら、なるべく目立ち過ぎないようにオシャレをし、東京に住む日をじっと待っている。そんな私なんだから、ご褒美ぐらい貰う権利はあるはずだ。

台所を覗くと誰もいなかった。私は冷蔵庫を開けて、カロリーフリーのチューブゼリーを出して、二階へと上った。

私の家族は、工場で働く茶髪のパパ、ゲームばっかりやってる垢抜《あかぬ》けない中二の弟、ほとんど休耕地になっている畑で、気紛《きまぐ》れに手のかからない野菜を作って、『道の駅』で売っているお祖父《じい》ちゃんとお祖母《ばあ》ちゃんの五人だ。

ママは、私が中学校の二年生のときに家を出て行った。

カワイイという言葉を最初に聞いたのは、たぶん、ママからだろう。甘いとか、美味《おい》しいとか、面白いとかと同じように早い時期から、私にはカワイイという価値観が確実に存在していたと思う。ママはカワイイものが大好きな、身勝手な女だったということだ。

いまの私から見てみれば、ママの気持ちがすごくわかる。

ママも私の嫌いなこの町の風景から抜け出したかったに違いない。いや、すっげー抜け出したかったんじゃないかな、ママは。だから暴挙ともいえる行動で私たち子供を捨てたんだろう。ママも広い空が嫌いだったんじゃないか、と私は思う。

私は捨てられたと思って最初はすっごく泣いた。ママが出て行った理由をパパは絶対に教えてくれない。お祖父ちゃんもお祖母ちゃんもだ。

(春菜《はるな》、あんたのお洒落《しゃれ》好きは、あの馬鹿女の遺伝だね)

よく、私はお祖母ちゃんにそう言われる。ママは若い頃、東京で水商売をやっていたことがあって、そのことをお祖母ちゃんは嫌っていた。元嫁を馬鹿女と言い捨ててしまうのはすごいと思うけど、私の一四歳までの記憶でも、ママは馬鹿だったとは思う。

そして、それが私に遺伝したんではなくて、オシャレ好きの環境の中で育てられ教育されてしまったんじゃないか。

ママとパパが喧嘩して、ママが私を連れて家出したときの東京の街の光景は、頭の中にすっごい鋭い彫刻刀で彫ったように、深く刻み込まれている。

銀座、原宿、青山、渋谷とママは家の貯金を使い果たす勢いで、洋服やコスメを買い漁《あさ》って回った。どの街も、背の高い建物で空は広がることはなく狭く見えた。道行く人は、誰もがオシャレで、絶対にワコーヨーク堂には売っていない洋服を着ていると思った。

中でも小学生の私が最も映像や匂いを記憶しているのは、ママが水商売をやっていた頃にお世話になっていた小夜子《さよこ》さんというお婆さんがやっているお店に行った時のことだった。店は赤坂見附にあって名前は『バー寒猫《さむねこ》』といった。

初めてバーというものに入った私は、アルコールの香りや煙草の煙、薄暗い照明の中で酔ってしまいそうだった。大人の男女がオシャレな格好で遊んでいる光景を初めて見て羨《うらや》ましくてしょうがなかったのを憶えている。

ママは小夜子さんに説教されていたけど、わがままで謝ることが大嫌いなママには珍しく素直に頷いて聞いていた。まだ、そんなに生きていないけれど、生まれてから見た中で一番不思議な人が小夜子さんだと思っている。お婆さんなのに綺麗で、爪とかもちゃんとしていて、背筋が伸びている。そんな年寄りは私の周りにはいない。東京に行ったらオシャレして『バー寒猫』に行こうと子ども心に思っていた。そのときのためにと、私は、シャム猫の絵が描いてあるカワイイお店のマッチを貰い宝物にした。

ママが家出して行方知れずになり、ママを東京で探す手掛かりはこの『バー寒猫』のマッチだ。私はマッチをいまでも大事にしている。ママと東京と私を結ぶ線がこのマッチのように思えていた。

東京までは、私の住んでいるところから直線距離で一〇〇キロあまり。そんなところに着飾ってあんなに楽しく暮らしている人間がいるなんて、なんて不公平なんだって私は思っていた。

ママが出て行った理由のもう一つはパパの英樹《ひでき》だろう。

まったくイケてないパパからも、ママは抜け出したかったんだ。昔はカッコ良かったなんてことをパパは必死に言って、若作りして髪染めたりしているけれど、年を取った皮膚で若者っぽくすると悲惨だ。しかも、オヤジギャグに加齢臭で最悪だ。

ママが出て行った四年前も、パパはいまと同じだったんじゃないかな。女の子にとって、パパは鬱陶《うっとう》しいオヤジでしかない。

じゃあ、お祖母ちゃんとママとの関係は？

これはもう最悪だ。でも、よくあることらしい。ママは爪を伸ばしていた。いまだったら考えられないけれど、ネイルサロンもないから飾りのチップもなくて一色塗りで、しかも、真っ赤っかだったのが私の記憶の中にある。爪が長くて真っ赤ということは、昔だったらママが家事全般を拒否してるってことになるらしい。

（その手でお米を研ぐと、赤飯になるんじゃないの？）

なんてことをママはお祖母ちゃんに言われていた。

たまに、気紛れをおこしてご飯を作ろうとするから、そんな嫌みを言われるんだ。たぶん、お祖母ちゃんは、自分がやられてきたことを、過去への復讐としてママにやろうとしたんだけど、あっさりと逃げられてしまった。自分自身で、自分が置かれている状況を解決出来なかったお祖母ちゃんの文句は、ママにとっては負け犬の遠吠えでしかなかったんだろう。

大っ嫌いな風景に囲まれ、最低な家族に囲まれ、ある日、ママは一気にそこから抜け出した。

まったくの音信不通ってのも徹底している。お祖母ちゃんが、どこで暮らしているのやら、なんてことをふと思い出したように言うけれど、ママは東京に住んでいるに決まっている。私はそう思っている。ママの東京好きこそが、私に遺伝したものだと思う。

ママが虎視《こし》眈々《たんたん》と出て行く日を狙って準備をし、そして、それを決行したように、私もいろいろと画策しているんだ。

お祖母ちゃんがたまに口ずさんでいる歌の中に、東京のことを夢のパラダイスよ、花の東京という歌詞の曲がある。

まさしく、私はその気分、東京ラブだ。早く東京に住みたい。

私の部屋は、私の物だけで溢れている。部屋の中ならどこを向いても、私の気に入ったカワイイものが目に入ってくるようにしている。この空間だけが、私の落ち着ける場所だ。

通販で買った小さなハリウッドミラーを机の上に置き、スイッチを入れる。道具を出して、私はメイクを始めた。

この頃お気に入りの、横長タレ目をメイクで作り上げることにした。

鏡の中に私の目が映っている。ノーメイクの目は、あっさりしていて、楽しくない。

リキッドライナーで、まずは上瞼《うわまぶた》にラインを引く。黒目の上の部分だけ太めに描くと目が強調されるんだ。私は、大きくなれ、大きくなれと目に向かって念じながらメイクをするようにしている。目が大きくなればなるほど、カワイクなる。

私は、髪を染めてないから、ちょっとちぐはぐになるけれど、これは仕方がない。校則が緩《ゆる》い東京の高校生が羨ましい。特に都立高校には、髪型や制服に関する校則がないところも多いらしい。

私の学校なんて、ヘアカラーはもちろんのこと、ちょっとリップを塗っただけでも怒られる。古臭く生徒を締め付けて馬鹿みたいだ。それで偏差値が上がるのなら、私の通う県立高校は東京の有名高校の偏差値を楽に抜いているはずだ。

だから反動のようなものが起こってしまう。私の町では高校を中退したり退学になった人間は決まって、髪を限度を超えて真っキンキンに染めてしまう。

私の町で真っキンキンの頭の若者が、昼間っからうろついているのは、そういう理由だ。そんな人間は、一生、この平べったい町から出られなくなってしまうんだろう。それは、パパみたいになるってことなんだ。

大昔のパパの写真は、真っキンキンの頭でいきがっていて馬鹿みたいだ。高校も中退しているらしいから、恥ずかしい限りだ。

あれは忘れもしない、私が中学の時のことだった。

学校からの帰り道、私は友だちと二人でチャリに乗っていた。別の意味で恥ずかしいけれど、私たちは校則で決められた白いヘルメット姿だ。

真っ直ぐに延びる道路は、空《す》いていると車がすごい勢いで走って危ないから、チャリでの通学はヘルメット着用という規則は、仕方がないのかもしれないけれど、やっぱ、チャリ&ヘルメットはカワイクない。

走っている私に、パチンコ屋の看板の前にパパが座っているのが見えた。パチンコで負けてスッカラカンになっていると私は直感した。だってすごくパパはよれよれに見えたからだ。

私はなるべく顔を逸《そ》らして見つからないようにした。友だちといっても、ただ帰る方向が一緒というだけで、大して仲良くもない友だちに、よれよれのおじさんがパパだって知られるのが嫌だった。

でも、パパは、目敏《めざと》く私の姿を見つけた。立ち上がるとふらふらと、私の方へ向かってきた。

「春菜、金、貸してくれ……」

パパが道を塞《ふさ》ぐように立ったのを、私は無視してすれすれを全速力で通り過ぎた。

パパは吃驚した顔を私に向けていたけど、私は勢い良くペダルを漕いで逃げた。

友だちは、いまの誰？　と訊いてきたけれど、私は近所の変質者のおじさん、と答えていた。とにかく、恥ずかしい限りだった。

いま思い出しても恥ずかしくて仕方がない。子どもに、お金をせびるのも最低だけど、ジャージに茶髪、サンダル履きでパチンコというのは、もう地獄に堕ちろってくらいに最悪だ。

嫌なことを思い出した。私は気持ちを落ち着けるために、メイクを進めた。

黒目の下の粘膜から目尻にかけてペンシルでラインを引く。

メイクをし始めた中学の頃は、粘膜にペンシルで色を入れるのが恐くて、実際やってみると涙が出るほど痛くて、出来ないって一度は挫折したけど、これが出来なきゃカワイクなれないって、私は努力をした。

人間っていうのは慣れるもんで、やっているうちに、一つの段階を超えられたようで、次第に平気になり、いまや、粘膜に重ね塗りが、ぐいぐいと出来るようになった。

下瞼の目尻のラインを綿棒でぼかして上のラインと繋げ、少し下がり気味にしてタレ目にしていく。ペンシルをリキッドライナーに替え、目尻のラインの外側に、今度はくっきりとラインを入れる。ここで大事なのはラインを下げて、そして、最後の所をちょっとだけハネさせるってことだ。これがタレ目に見せるコツになる。

一回使った「つけま」を、ハサミで切って五等分にする。

私は手先が器用なので、こんな作業が大好きだ。安物の一〇〇円ショップ《ヒャッキン》のつけまだけど、工夫次第でいろんな使い方が出来る。五等分にしたつけまは、毛先を撚《よ》って虫の足みたいにして二重貼りにする時に使うと、とてもカワイクなる。タレ目を作る時なんかは、毛先にむかって強いカーブが付いた五等分のつけまを目尻に集中して貼る。

だんだん、目がぱっちりして下がってくる。

今日のメイクは、練習であり研究だから、思いっ切りくっきりなタレ目になるようにやるんだ。

ああ、早くごりごりにメイクをして、東京の街を歩きたい。

そして東京に住んで、カワイイものに囲まれ、カワイイ生活をするためには、お金が必要だ。

私の計画では、春休みに上京して、キャバクラの面接を受けて、大学の入学前には働きだすということにしている。

カワイイメイクを思いっ切りして、カワイイ洋服とアクセサリーで着飾って働くなんて、大学の授業に出るよりも、何十倍も楽しいに決まっている。

それに給料だって吃驚するぐらい貰えるらしい。キャバクラで働いて半年位でお金を貯めて、渋谷の街、それも、109に歩いて通えるようなところに引っ越すつもりだ。東京に住むこととキャバクラで働くことは、私にとっては密接に繋がっていて、どちらもやりたいことだ。しかも、どっちが欠けても私の東京生活は面白くならない。

私の町にもキャバクラらしきものは存在している。

だけど、ちょっと違うような気がする。私が買うキャバクラ専門雑誌には、私の町のキャバクラは名前も出てこない。やっぱり、本場の新宿とか六本木とか赤坂の方が、断然、オシャレなんだと思う。

きっと、働いているキャバ嬢のレベルも段違いなんじゃないかな。やっぱりカワイクてオシャレした子たちと一緒に働くと、刺激しあえて、もっとカワイクなれるんだろう。私の町のキャバクラで刺激しあうと、女子プロレスラーの悪役メイクになってしまうんじゃないか。確かにそんなメイクの女の子を目撃したことがある。

私の町のキャバクラは、結局、地元愛の強いヤンキーが、近くで働けるからってだけで小遣い稼ぎをしているのが多いんだろう。私はそんな人間の仲間になるつもりはまったくなかった。

東京に住んでいる大学生の私は、たぶん、学校なんて行かないだろうな。だって、経済学部だもん。その言葉は、私にとって何の引っ掛かりもなく素通りしていく。何を勉強するのかもよくは知らない。

大学進学は、あくまで東京に住む理由にだけ使う。入学金も授業料もかかるし、生活費だって必要だけれど、そんなのは、パパががんばって払うから、どうにかなるだろう。私だって、高校三年までこんだけがんばって我慢してきたんだから、そんぐらいのご褒美を貰っても文句は言われないと思う。

頭の中で、ほとんど妄想のように、私の東京生活は作り上げられている。いまは、妄想かもしれないけれど、私は絶対に実行するつもりだ。

高校を卒業したら私は、やりたいことしかやらないんだ、と決めている。

カラーコンタクトを嵌《は》め、目のメイクを終え、私は鼻のメイクの仕上げに入った。

私の小鼻は少し大きくて、それがちょっとコンプレックスなので、鼻のメイクは念入りにやる。

まずは、自分の肌よりも明るめのベージュを選んで、スティックコンシーラーを小鼻のキワにたっぷりと塗る。光で小鼻の輪郭を飛ばすって感じだ。

ノーズシャドウにはチップを使う。眉頭から目頭へと濃いめの色を入れ、そして、少し薄めに、目頭の下から鼻先に色を入れる。これで、鼻がきゅっと締まる。鼻筋に細い線でパールを引く、そうすると、締まった鼻に立体感が生まれる。最後に、鼻先にハイライトとして黄色めのフェースカラーとラメを入れると、つんと鼻が立ってくる。

メイクはやっぱりすごい……。私の鼻が別人の鼻になる。しかも、ちょっとだけどつんと立っているように見える。

メイクはすごい。女の子に生まれて本当によかったと思う。

小さなハリウッドミラーには私の顔しか映っていない。鏡の中の私は、東京に住んでキャバ嬢やっている私だ。楽しくてしょうがなくて、生き生きしているカワイイ私だ。

部屋のドアががたんと鳴った。この町特有のデリカシーの欠片《かけら》もない訪問のやり方だ。私は部屋にいる時は必ず鍵を掛ける。

何度かドアノブが回った。私は黙っていた。

「ねえちゃん、飯《めし》……」

弟の大翔《ひろと》は完全にこの町に毒されてしまっている。

「いま、下着だから、もうちょっとしたら行くから……」

あはははは。大翔からの返事はなくて、廊下を歩いていく足音だけが聞こえた。思春期のガキがドキドキしてしまっている。

もったいないけれど、私はメイクを落とし始めた。大翔にはちょっと見せて、吃驚させたかったけど、パパとかお祖母ちゃんに言い付けられたら大変なことになってしまう。

中二病というものがあるらしいが、大翔は完全に罹病《りびょう》している。

特に男の子が重く罹《かか》るものらしい。大翔は女の子に対しての興味が屈折して、ぐじゅぐじゅした男の子になり、ゲームと男の子同士のいやらしい情報交換ばかりして、自分がいつか勇者になるという妙な妄想を持つような、夢見がちな生活になっているようだ。

大翔の友だちが遊びに来ると、小さな餓《う》えた野獣が、伏目がちだけど嘗《な》め回すようにして異性の私の身体《からだ》を見ている。男は子どもの頃から馬鹿なんだな。

私はメイクをすっかり落として階下に降りた。


最低な夕食の光景だ……。

カワイイのカの字もないのはいつものことだが、輪っかの蛍光灯の下、パパ、大翔、お祖父ちゃんお祖母ちゃんの夕食の席って、もう、悲しいほどに茶色でぱさついている。

干瓢《かんぴょう》と高野豆腐の煮たのって！　味噌汁って！　冷凍のコロッケって……、ベージュから茶色だ。

国道沿いのファミレスにだってシーザーサラダはあるんだ。食材には赤とか緑とか黄色もあるはずなんだけど、お祖母ちゃんの作るものには色彩がなく、まったくカワイクない。

大翔がトンカツソースをびちゃびちゃにコロッケにかけて食べている。

お祖父ちゃんは、どこまで嚙むんだってくらいにウサギのように口を動かしている。

パパは、そういうお祖父ちゃんを見て、すぐに、そんなに嚙んでると口の中でうんこになる、なんてくだらないことを言って笑ったりしている。

お祖父ちゃんはじろりとパパを見るけれど、何も言わない。私は、そんなやりとりを無視しているだけだ。

お祖母ちゃんはほとんど食べないで、みんなのご飯を装《よそ》ったりしている。ダイエットをしているわけでもないのを私は知っている。お祖母ちゃんは、夕方ぐらいに、韓流のドラマの再放送を見ながら、お菓子などで炭水化物を大量に摂取しているから、お腹なんか空いていないんだ。だから、夕飯のおかずだって工夫や意気込みも無くなってしまうのだろう。夕飯をそれほど食べず、また、寝るちょっと前ぐらいに、テレビを観ながらお菓子を食べているので、お祖母ちゃんの身体は、すごいことになってしまっている。小さな相撲取りかキューピーみたいだ。でも、驚いたことに、地元のワコーヨーク堂には、お祖母ちゃんのサイズにぴったりの服が沢山売っている。これは負の連鎖に違いない。

私は、カロリーの低そうな高野豆腐をもそもそと食べていた。キャバ嬢は痩せてないといけない。それも三〇キロ台までにだ。そうしないとカワイイ服が着れないからだ。

キャバ嬢になったら、ダイエットをしつつも、同伴とかアフターとかでオシャレなものをちょこっとだけ食べに連れてってもらえば、それは楽しいことになる。

「春菜、ちゃんと、勉強してるか?」

突如としてパパが言ってきた。

三リットルは入りそうなでっかいペットボトルの焼酎をウーロン茶で割って飲んでいる。

それはいつものことだが、近頃、年を取ったのか、ウーロン茶の色が濃くなっているようにも見えた。

「……してないよ。大学はもう受かったんだから」

「何言ってんだ、おまえ。経済学部なんだから、経済の学者になったり、会社を経営する人間にならなきゃいけないんだろう? ちゃんと勉強せーよ」

パパはぐびりとウーロンハイを飲んだ。

「馬鹿じゃないの……経済学者なんかなれるわけないじゃん」

私は鼻で笑った。

パパはテレビを観ながら、画面の中の人間をいつも馬鹿にして、あーだこーだと言っている。「何かになる」ってことを、パパは簡単なことだと思っているようだ。

「馬鹿はおまえだろう。おまえの通う大学ってのは、月謝が他より高いぞ。あんだけの金払って大学で勉強するんだから、学者にでもならなかったら、月謝の払い損だろう」

パパは特に、テレビに出ている自分と同じぐらいか、ちょっと下の年ぐらいの評論家とか俳優とかをケチョンケチョンにけなすのが大好きだ。

さらに経済学者なんてよくわからないものは、判断が付かないので簡単になれると思っているんだ。そこが、まったくパパの馬鹿なところだ。

「そんな問題じゃないよ。高いからいいってことでもないし……」

「高い方がいいに決まってんじゃねえか。車だって、高い方がスピードは出るし、内装だってちゃんとしてるんだぞ。月謝が高い方が、経済学者になりやすくなくちゃ、道理に合わねえだろう、違うか？」

「……東大とかならなれないこともないんだろうけどね……。あそこは国立だから授業料とかは安いよ」

ちょっと痛いところを突かれ、私は答えるのに慎重になってた。

偏差値が低い大学に限って、授業料や入学金が高かったりすることがある。それは、私立文系でもよくあるけれど、医学部を見ればより顕著になる。

名前をよく知らない偏差値の低い大学の医学部でも、卒業して国家試験に受かれば医師免許が取れるからだ。そんな大学の入学金と授業料は、飛び抜けて高い。

私の学校にも大きな個人病院の息子がいるけれど、そんな奴が入学する医学部は、名前も聞いたことのない私立の大学に突如として併設された医学部だ。授業料は何千万円もするらしく、寄付金だってすごいらしい。

まったく勉強のできないそいつでも、医者になれさえすれば、元は取れるんだろうから、大病院をやっている親は、お金なんていくらでも払っちゃうんだろう。そいつは、合格したら、ポルシェを買って貰えると自慢していた。

「だったら、いまからでも遅くないんじゃないか、国立とか受けたらいいんだよ」

「わかってないなあ……難しいんだよ、受かるわけないじゃん」

「何でだよ。おまえは、学校から推薦されて大学に行くぐらいなんだから、優秀なんだろう？　近所の人だって、推薦入学だって聞いたら吃驚してたぞ」

馬鹿だなあと、私はパパの顔を見ていた。

人間って自分の都合のいいように物事を判断するものなんだな、と思った。しかも、よくわかってないもんだから、始末に負えない。でも、推薦のこと、授業料や入学金が高いことの本当の理由は言えない。だって、私の計画が邪魔されてしまう可能性があるからだ。

私の合格した大学は新宿区にあって、歴史はないし偏差値も低い。結局は、地方の金持ちが、息子や娘を東京の四年制大学に通わせているってことを、自慢出来るだけの大学ってことだ。レベルは違うけれど、大きな個人病院の馬鹿息子の場合と似ている。

だからなのだろう、私の合格した大学は、名前だけちょっと歴史を感じさせるようにしてある。

明成義塾《めいせいぎじゆく》大学だ。何ともカッコよくなっている。ほとんど、慶應のコピー商品みたいなもんだけど、知らない人は名前だけで、勝手にいい大学だと判断してしまいそうだ。

私が練りに練った計画を実行するために、選び抜いた大学が明成義塾なんだ。

「……推薦を貰うのって……大変だけどね」

「だろう。野球とかサッカーとかでも、推薦で上の学校に行く奴ってのは、上手《うま》いからだろう。おまえだって勉強できるから推薦されたんだぞ」

パパは何にもわかってない。だけど、わかられてしまうのも困ってしまう。

「まあ、そうなんだけどね……。大学に入ったら一生懸命勉強するよ」

私はパパから視線を外して言ってしまった。

「本当か？　おまえは、そうやってすぐに話を誤魔化《ごまか》すんだよ」

パパは見逃さなかった。

「……誤魔化してなんかないよ。ちゃんと勉強するって……。パパだって知りもしないで馬鹿なこと言わないでよ。そうやって、知ったかぶりして……何にも知らないじゃん。それに酔っ払ってさ」

「親になんて言い種《ぐさ》だ。これは口を湿らせてる程度で、飲んではないから、酔うわけないだろう」

一瞬にしてパパの目が据わった。

「まあまあ、あんたたち喧嘩しない。本当に英樹は大学のことなんてわからないんだから、仕方がないでしょ。知ったかぶりなんて、春菜もそんなこと言わない」

いつもは、お祖母ちゃんが間に入って少しだけ私の味方をしてくれるんだけど、今日は少し違った。

パパは、ウーロンハイをどすんとテーブルに置いた。お祖母ちゃんは、パパをたしなめるような視線で見た。お祖父ちゃんは、我関せずって顔で口を動かしていた。

「パパは知ったかぶりしてんのよ」

さすがに、高校中退してんだからわかんないじゃん、という言葉はどうにか飲み込んだけれど、パパは実際わかってないし、そんなパパにくだらないことを言われたくなかった。私は私で目立たないように大人しく勉強して推薦枠を勝ち得たんだから。

「……知ったかぶり？　どういう意味だ、春菜。何を知ったかぶりしてるって言うんだ？　どこの部分が知ったかぶりなんだ？」

「どこって、大学行ってないから、わかんないじゃん。それにいま、飲んでないって言ったって、ここんところ、毎晩遅くまで飲みに行ってるじゃない。そんな遊んでばっかりのパパに何やかんや言われたくないよ」

「自分の金で飲みに行って何が悪い？」

パパの声は大きくはないけれど、完全に怒っていた。大人はすぐに怒るから嫌だ。怒鳴って話を一方的にして終わらせようとする。

「やめときなさいよ、英樹。春菜も困ってるじゃないか……。春菜、パパは一生懸命お金を稼いで、あんたを大学に通わせてくれようっていうんだから、あんたも、ちゃんと言うこと聞きなさい」

お祖母ちゃんは言ってくれたけど、そんなもの火に油を注《そそ》ぐだけだ。

「うるせえ、ばばあ！　関係ねえだろう！　余計なこと言うんじゃない！　だいたい、こいつは……」

パパは怒鳴った。

あーあ……面倒臭いことになっちゃった。パパが怒って恐いとかじゃなく、ただただ面倒臭いんだ。

機嫌のいいときのパパに対して、受け流して気のない返事をしていると、だんだんパパが怒り出したりすることがあるけれど、今回のは、またちょっと違って、パパは何か苛《いら》ついていて私に絡んでいる。

「まったく大きな声出して、耳が痛いねえ」

お祖母ちゃんは呆《あき》れた声を出し、さっさと台所から出て行った。大翔はコロッケを丸のまま口に入れて逃げるように席を立った。お祖父ちゃんは、変わらず座ったままで口を動かしている。

結局、パパと私は喧嘩になった。

どうでもいいような口喧嘩で、売り言葉に買い言葉で、相手が怒るであろう言葉を投げ付けあう。馬鹿らしくて無駄な時間だけが過ぎていく。

小さな子どもの頃は、パパが怒ると恐くてしょうがなかったけれど、いまは、くだらなさだけを感じる。怒る理由も希薄だし、理論も成り立っていない。勝手に苛立って、相手を言い負かそうとしているけれど、まったく出来ずに、また、苛立って、非《ひ》道《ど》い言葉を投げ付けてくる。

　ママもこんな時間が嫌でしかたがなかったんだろうと私は思った。早くこんな家を出て、東京に行きたいと心底思う。ママが出て行ったときもこんな気分だったんだなと私は確信できた。

　大っ嫌いだ！　と心の中で叫んで、私はチャリを漕いでいた。パパとの喧嘩で最後に私は泣かされて、家を飛び出した。

　暗い真っ直ぐな道を、私は立ち漕ぎで走った。真冬の風はだだっ広い平地を通り抜け、私のほっぺたを切り裂くように冷たいけれど、このままずっと走って東京まで行きたかった。

　人々で溢れ明るく楽しそうな渋谷のセンター街まで走って行きたい。でも、私の走っているのは、街灯がぽつんぽつんと点《つ》いただけの寂しい道で、ときおり、広い駐車場のあるファミレスが明るく見えるだけだった。

　この町に私が行くところなんてどこにもない。

　道沿いにあるコンビニの明かりが、道を照らし輝いて見えた。私は虫が光に誘われるようにコンビニの駐車場に入ろうとチャリのスピードを緩めた。

広い駐車場に大型トラックが駐車してあり、店舗の入り口の横に最低なものが、沢山あるのを私の目は捉えていた。

まったくもって最低だ……。真っキンキンの頭のヤンキーが数人たむろしていた。寒い中、ご苦労なことだが、まるで、食べ物に集まるネズミのように汚らしくコンビニの前に座っている。

一人でコンビニに入って行ったら、粗暴なヤンキーたちに何をされるかわからない。外は真っ暗、車に連れ込まれたりしても、誰も助けてくれない。センター街は危険だとかよく言うけれど、私の町のコンビニの前の方が恐ろしい。目撃者がいないというのは危険だ。

私はコンビニに入るのを諦めて、真っ直ぐに進んだ。ヤンキーたちが振り返って私に向かって強い視線を送っている。あいつらは、暇なんだろう。何か面白いことはないか、という顔だった。

私はまた立ち漕ぎで自転車を走らせた。

本当に行く場所がない。ここは、まったく面白くない町でしかない。私は、仕方なくファミレスの駐輪場にチャリを止めた。

手がかじかんで、身体の芯まで冷え切っていた。

閑散としたファミレスの中の奥まった席で、ドリンクバーを頼んで温かい飲み物を両掌《てのひら》で包み込んで飲んだ。

ひとりぼっちだなってすっごく感じて、私は寂しくて堪らなくなった。

東京に住める日まで、あと残り約三ヵ月だ。まだまだ、我慢してこの町にいなければいけないって考えると、うんざりしてしまう。

私は携帯を取り出して、メールを打った。渋谷に住んでいる同じ年の女の子の麻衣《まい》だ。厳密に言うと、麻衣の家がどこにあるかは知らなくて、センター街に住んでいるって感じらしい。私が今年の夏休みに渋谷に行ったとき友だちになった。

麻衣はお水系の子が多いギャルサーに所属していて、偽《にせ》の証明書で年を誤魔化してキャバクラで働いたりしている。カワイイメイクにカワイイ服、同じ年だけど麻衣は、私にとってはいろんなことを教えてくれる先輩みたいなもんだ。私が東京に出て働く時のキャバクラを選ぶのとか、その時の面接の手配とかも麻衣がやってくれることになっている。

私と東京を繋いでくれている友だち、それが麻衣だ。

夏の暑い日だった。109はバーゲンセールに入っていた。

私は始発電車に乗って東京に向かって、朝の立ち飲みコーヒー屋でメイクをしていた。そこのコーヒー屋は、109のセールに行く子たちが、戦場に向かう前の準備をするためにメイクをする場所だった。

麻衣は隣にいて、ペンシルを貸してくれと声を掛けられた。

「ねえ、どのショップ狙い？」

麻衣は気軽な感じだったけど、私がちょっと緊張して答えたショップが、同じだったみたいで、意気投合しその場でメールを交換して、一緒にセールに行くことにした。

麻衣も一人で来ていて、セールの日は全部来ることにしているらしかった。昨日は三人で来たらしい。

「アイテムは？　今日、何買うの？」

麻衣が訊いた。私はお小遣いを必死に貯めて来ているから——それに往復の電車賃もばかにならない——そんなに買えない。セールだからどうにか買えるってぐらいだった。

「ワンピの気に入ったのがあったら一枚、それとミュールかな……」

　私は精一杯にがんばって答えた。

「そんだけ？　一枚買うってセールだと選べないから難しいんだよね。私、買い漁《あさ》るから、いいのがあったら、私の買ったやつ売ってあげるよ」

「どういうこと？」

「人がいっぱいで試着とかそんなに出来ないじゃん。だから、ちょっといいなって思ったら他の客に取られないうちにゲットしちゃうんだよ。それで、気に入らないやつは、友だちに売ればいいんだよ。センスってみんな違うじゃん。春菜も私のゲットした中からいいのがあれば、買えばいいよ。セールって選べないからね、みんなで協力してゲットすんのが効率いいんだよ」

「へー、そんなことするんだ」

　私はすごく感心しながら、麻衣と一緒に１０９の開店の行列に並んだ。麻衣と並んでいると自分も東京の住人になったようで楽しくなった。

　物々しい感じで警備員が入り口のガラス戸の前に立ち、オープンのドアが開く瞬間まで行列から秒読みの声が上がり、気分は高揚した。

　ドアが開くと私は麻衣と一緒に駆け出した。警備員が、危ないから走らないで、と大声をあげて制止しようとするのを無視して走った。

「春菜、こっち！」

エレベータの前に並ぼうとした私を麻衣が呼んだ。

「何？」

「階段！　こっちが早いって！」

私たちは、階段を駆け上がった。

五階にあるショップには客が集まり始めていた。私と麻衣はショップに突入した。

いろんなところから悲鳴や、客を制止しようとするショップ店員の声が聞こえる。

もう、私はお祭りのような気分だった。セールに初めて友だちと一緒に参加しているのも楽しさを倍増させた。

お目当ての商品がある場所に辿《たど》り着く。恐そうなお姉さんから邪魔にされて肘《ひじ》打ちを喰らった。麻衣がそれを見ていて、お姉さんの脛《すね》を思いっ切り蹴って睨《にら》み付けた。

おかしくてしょうがなかった。ものすごく強い味方が付いてくれたんだ。

麻衣は商品をがっさと鷲摑《わしづか》みにしている。私は気後れしながら商品を広げていた。

「そんなんじゃ取られちゃうよ！」

麻衣が叫んだ。私はそれを聞いて必死に商品を掻《か》き集めた。

試着室に列が出来、まったく気に入ったものなんか選べる状態じゃなかったけれど、麻衣のお陰で、物怖《ものお》じせずに商品を手にすることは出来た。リボンの付いたピンクのカワイイミュールは、選ぶことが出来たけど、やっぱり、ワンピは争奪戦について行けなくて選び切れなかった。

セール用に作られたショップのビニール袋に、麻衣はいろんな商品を詰めて膨らませていた。１０９の隣のヤマダ電機のエントランスまでを使って、セールの商品を買った女の子たちが、戦利品の交換会をやっていた。

麻衣は私と同じ年なのに、随分と年上の女の子にも平気で交渉して、交換ではなく商品を売り捌《さば》いていた。

「ねえ、そんなに売って大丈夫なの？」

私は訊いた。

「春菜にも、こん中のワンピで気に入ってサイズが合うのがあれば、安く売ってあげるよ。これなんか、どう？」

麻衣はワンピを広げて私にあてがった。ピンクに黒のドット柄ですごくカワイイワンピでサイズも私にぴったりだ。値札は五割引で八九八〇円だった。

「すっごいカワイイけど、ちょっと予算オーバーだな」

「じゃあ五〇〇〇円でいいよ」

「嘘！　本当にそれなら全然買える！」

「じゃあ、商談成立」

麻衣は笑いながらワンピを軽く畳んで私に渡した。私は財布からお金を出した。

「ねえ、でも、それじゃあ麻衣が損しちゃうじゃん」

「大丈夫……。これのやつだから」

麻衣は声を潜めてカワイイネイルの人差し指を曲げて見せた。一瞬、意味がわからなかった。

「……万引き？」

「正解。今日は春菜が壁になってくれたから、すっげーやりやすかったんだよ。だから、これ五〇〇〇円でいいよ」

悪びれるわけでもなく、当り前という顔で麻衣は言った。中学でも高校でも万引きするのが好きな女の子はいた。でも、麻衣みたいな子は初めて見た。だって、その場で売り捌いてお金にするし、しかも、１０９という私の気後れする憧れの場所で、そんなことを平気でやれることに、ちょっと圧倒されてしまった。

「……すごいね」

私は共犯者のような気分になって、ワンピを袋の中に隠すように急いで仕舞った。

「みんなやってるよ。マルキューのセール品なんて、万引きされる分とか値段に上乗せしているんだから、どっちもどっちだし。お金払うの馬鹿らしいよ。今日、すごく儲かったから、奢《おご》るよ。お腹空かない？　何か食べに行こう」

私より数段メイクも上手くて、洋服のセンスも良い麻衣は、私なんかより何倍もカワイイ。そんな麻衣が笑顔で言うと、万引きなんて犯罪に思えなくなってしまう。

「うん、お腹空いた」

私は笑顔で答えていた。恐いなんてことはまったく感じなかった。どうしてなんだろうと考えていた。

たぶん、同じものが好きだから、どこか安心できるんじゃないかと思った。麻衣の身につけているものは、足の爪先から頭の天辺《てっぺん》まで、全部私の欲しいものばかりだ。メイクの方法だってカワイイし、私のまだやれていないネイルだって、すっごくカワイイし、同じものが欲しくて仕方がないって感じるくらいだ。

これがヤンキーたちだったら違う。ヤンキーが持っているもので欲しいものなんか何にもないし、シンナー吸ったりバイクの後ろに乗ったりするのなんか、面白そうだなんて感じない。だから、そんなヤンキーが万引きなんてしてたら、恐いと思うだろうし、友だちになんてなる気もない。でも麻衣の身体にくっついているカワイイものたちが、どのような経緯で入手されたものかなんて、私は気にしないでいられた。

私だって、パパやお祖母ちゃん、最も簡単なお祖父ちゃんに嘘を吐《つ》いてお金をせびると、全部、カワイイものに投入している。麻衣と規模が違うけれど、気持ちは一緒なんだ。だから、麻衣のことは恐くはなく、そこまで思い切ったことが出来ることが、私にとっては羨ましいくらいだ。

ファミレスで一人、私はぼんやりと麻衣からのメールを待ちながら紅茶を飲んでいた。

私は一週間ぶりぐらいに麻衣にメールを打っていた。以前は毎日のようにメールしあっていたけど、一ヵ月前ぐらいから、いくらメールをしても一切返信が来なくなっている。

麻衣に電話をしてみるけれど、『電源が入っていないか、電波の届かない場所に～』というメッセージが聞こえてくるだけだった。返信が来ないと悲しくなるから、メールを打っていなかったけど、パパと喧嘩して飛び出してきた今夜は、堪らずダメ元で打ってしまった。

もしかして、麻衣は、私と友だちを止めようって思っているのかもしれないって考えると、ぞっとする。

返信を待っていた。麻衣がいないと、私の計画なんて、消えてなくなってしまう。キャバクラで働くと、どんだけお金が貰えるかを教えてくれて、面接を受けるときのコツだって教えてくれている。麻衣は一緒の店で働こうよって言ってくれている。

「ねえ、春菜も東京に出てきたら、一緒にお店で働こうよ」

六本木のコーヒー屋に現れた麻衣は、キャバクラの出勤前で、カワイイミニドレスに、髪を高く盛った姿だった。店内にいたサラリーマンが眩《まぶ》しそうに麻衣を見ていた。

「キャバクラ？　出来るかな、お水なんて……」

私もサラリーマンと同じように麻衣が眩しく見えた。大人びているようだけど、ちゃんとカワイイところがいっぱいあってお人形さんみたいだ。

「簡単だよ。お客さんの横に座ってお酒作って、話を合わせてればいいだけ。髪のセットだってお店が持ってる美容院でやってくれるし、ドレスも貸してくれるから、今からだって、すぐに働けるんだよ。試しにやってみる?」

麻衣はスワロフスキーでデコレーションした煙草入れから、細長い煙草を抜くと火を点《つ》けた。

「今日は無理だけど、楽しそうだよね」

麻衣と一緒に同じようにカワイイ格好できるんなら、やってみたかったけど、今日は絶対に無理だ。

私は電車を乗り継いで帰らないといけない。特急はお金がもったいないから使えないし、鈍行を乗り継ぐと、一〇時前に家に辿り着くには、七時には六本木を出ないとダメだ。私の町の平日の夜は、とても早い。一〇時だと町は深夜みたいになってしまう。

「楽しいよ。友だちもいっぱいいるし」

「東京に住んだら、絶対に一緒に働くから、そのときまでの我慢だな」

「そうだね。大学生って暇なんでしょう。みんなバイトばっかりやってるみたいだし、うちの店にも女子大生の子っているからね」

「うん、絶対に働くよ。でも、六本木は大人過ぎて付いていけないかも」

そのとき私は楽しくて仕方がなかった。まだ、推薦入試の結果はわからなかったけれど、十中八九受かっていると思っていた。推薦で落ちる人間なんてほとんどいない。

「大丈夫だよ。それに、春菜が東京に出てきた頃には、また、違う店になってると思うから」

「何で？　いまの店嫌なの？」

「違うよ。だいたい三ヵ月ぐらいで店を変わるのよ。少しでも時給が高い方にね。それに、その日からお金くれるし、嫌になったらいつでも辞めれるから楽だよ。絶対、やりなよ。春菜が出てくる頃に、渋谷の店とかに変わっててあげるよ」

「それならすごく嬉しいな」

「渋谷のお客さんって年齢層も若いから、アフターでクラブとか行くこともあるし、結構楽しいよ」

「いいなあ……」

自分の住んでいる町や自分の生活とはあまりにもかけ離れていて、私は溜め息まじりに言ってしまった。東京に住めば楽しいことばっかりだ。麻衣を見ていればそれがわかる。輝いてカワイクて、生き生きしている。

私が東京に住んでいる姿が、少しずつ像を結び始めている。

麻衣からのメールは来ない。

私はファミレスのウィンドウから外をぼんやりと眺めていた。

爆音を鳴らしたヤン車が通り過ぎ、電飾が眩しいデコトラも走っている。存在する光や音が、まるで、東京と違っている。ネオンや雑踏の音、若い子たちの楽しげな声、センター街の音は聞くだけでわくわくしてくる。つまんないな……。私は携帯の画面に視線を移した。行くところもなく、ぼんやりと考え続けるだけだった。

このまま、ずっと麻衣と連絡がつかなかったら、私の東京での生活はどうなるんだろう。そう考えるとげんなりしてしまった。

冬になる前に、私は推薦入試に合格した。

麻衣がすごく喜んでくれてパーティをすると言い出した。

私は麻衣の実家に泊まるということにしたけれど、朝まで遊ぶから実家なんかには行かない。それに、麻衣は家出中みたいなもんで、実家には帰っていないんだ。

もし、私の家から麻衣の実家に電話が掛かったらどうするの、と訊くと、実家の電話はナンバーが表示されるタイプで、知らない電話番号から掛かってきても出ないいから大丈夫、ということだった。

麻衣が友だちも呼んで、みんなで遊ぼうということになった。

１０９にみんなで行って、ショップを回る。一人のときならショップのお姉さんに気後れしてしまうけど、みんなでいると平気な顔で商品を広げることが出来た。それはセンター街でもそうだった。麻衣がスカウトの男とか、知り合いのホストを路上でからかったり、道の真ん中で溜まってお喋りをしたりするのが面白くてしょうがない。

みんなでセンター街の中心の路上に並んで、ヘン顔や思い思いのポーズを作って写真を撮った。私たちの携帯を握って写真を撮ってくれているのは、怖い顔した呼び込みのおじさんだった。

新機種の使い方がわからないおじさんを笑ったり、ホストが写真に写り込もうとして麻衣に蹴られたり、自分がセンター街の中心で遊んでいることが信じられなかった。私は別世界の住人になったような気分だった。

クラブでみんなで踊り狂う……。大音響の中、私は何度も大声で、麻衣に向かって楽しいと叫んでいた。終電なんて関係ないし、帰らなくてもいいって思うと、時間が過ぎて行くのがもったいなかった。

クラブを出ると外は明るくなっていた。ビルの壁で切り取られたような狭い空は、朝焼けで赤く染まっていた。

ファストフード店で冷たい飲み物を買って、渋谷の駅の前でみんなで並んで飲んだ。

出勤するサラリーマンがちらほらと渋谷の駅から吐き出されている。私たちは、まだまだ元気でお喋りを続けた。

私の頭の中には、いろんな音、いろんな匂い、そして、眩しい光景が刻まれていた。

暗いビルのシルエットの向こうにある空は、綺麗で、私は涙が出そうなほど楽しいと感じていた。

私は携帯に保存してあるセンター街で撮った写真を見ていた。閑散としたファミレスとのギャップがあり過ぎて、写っている自分が合成されているように見えた。

センター街では何十枚も写真を撮った。ここで順番に見ていると、渋谷の喧騒が頭の中で甦《よみがえ》り始め、鼻の奥で渋谷の繁華街の匂いがした。

麻衣との連絡が付かないままだと、この写真のような遊びはそうそう出来ないだろう。単なる楽しかった思い出になってしまうのか、と思うと悲しくなった。

私は携帯を閉じてテーブルに置いた。

そのとき、バイブレーターが短く振動した。

メールを確認しようと私は携帯を手に取る。携帯を開くと、心臓がきゅっと縮まるようだった。麻衣からのメールだ。急いで画面を開くと、短い文章と絵文字で、電話くれってって書いてあった。

私は急いで電話をした。

（久しぶり、連絡出来なかったんだ、ごめんね！）

麻衣の声は元気でほっとした。

「よかったあ！　どうしてたのよ？　心配してたんだよ」

（いろいろあったんだよ。あはは）

麻衣は笑っている。

「でも、連絡が来なくて一ヵ月だよ。長過ぎるよ。嫌われたかと思ったじゃない」

私は必死になって言った。

（そんなことあるわけないじゃん、何言ってんの春菜。馬鹿じゃないの？）

「だったら、何があったの？　だって、ずっと不安だったんだから……」

私はほっとして身体の力が抜けていくのを感じた。

(それが……最低でさ。警察に捕まっちゃったんだよね。本当に最低！)

「えー！　マルキューの万引きで？」

(そんなのもうやってないって！　まあ、ちょっといろいろあって……。長いこと檻ん中に入れられてたんだよ)

「嘘！　刑務所？」

(違うよ、大人じゃないんだから……。鑑別所だよ。女子少年院に堕《お》とされる、ちょっと手前で、やっと外に出られたってとこ)

「すごいね……」

(何で捕まったかは……今度会った時に話すよ。春菜には刺激が強そうだから)

麻衣の言い方が、少し恐いと私は思った。何をして捕まると鑑別所に入れられるかなんて、私には想像も付かなかった。

「そっちがいいかも……」

(はは。恐い？　聞いたらもっと吃驚するよ……。って、それより話は変わるんだけどさ、聞いて！　聞いて！)

「何？」

(今度、イブにクリスマスパーティやるんだよ。春菜も来ない？)

「行く行く！」

(……ちょっと会費が三万円って高いんだけど、大丈夫かな？　私さ、関係者になっててさ、人を集めないといけないいんだよね)

「えっ？　三万円って高くない？」

(でも、大丈夫だよ、お土産付きだし、ちゃんとした集まりだから。お土産もジュエリーだから結局は得するようになってるし)

「うん、わかった。行く」

(だったら、パーティのフライヤー送るから、春菜の家ってファックスある？　受け取ったら出席するってところに丸して、住所氏名電話番号とか書いて、すぐに送り返して欲しいんだよね)

「家にはファックスないよ……どうすればいい？」

(だったらさ。近くのコンビニに行ってくれる。着いたら電話して、コンビニのファックス番号教えて、送るから。それで、すぐにファックスを返してくれればいいよ。急いでいるから今夜中にお願い出来るよね)

　麻衣の電話は切れた。

私はチャリでコンビニに向かっていた。麻衣は急いで欲しそうだったから、ファミレスから一番近いコンビニに行くしかない。

さっき、ヤンキーが溜まっていたコンビニだ。頼むからいなくなっていてくれ、と私は願いながらペダルを漕いでいた。

コンビニの看板の照明で道路が明るくなっている。私は願うように歩道からコンビニの方を覗いた。

やった！　私は呟いて拳を握った。店舗の前にはヤンキーの姿は無くなっていた。

私はチャリを駐輪場に止めた。

コンビニの中に入って、私は最低な光景に出くわした。ヤンキーが雑誌のスタンドの前で三人しゃがんで雑誌を見ていた。そして、レジのところにも三人、ヤンキーが立っていた。何か、揉めているのか、荒々しい声が上がっていた。

私はどうしようかと思ったけれど、すぐに出て行くのも変に刺激しそうなんで、奥まったところにあるファックスの方へと進んだ。

やっぱり揉めているようで、レジのところのヤンキーが怒っているようだった。店員の茶髪が何度も上下しているのがちらっと見えた。

どうしよう……。ファックスを使用するときは、店員に声を掛けてくださいと、使用説明に書いてある。ここを出ても、他のコンビニは随分と遠いところにある。

私は大きく息を吸って歩き出した。ヤンキーだってレジの人間と揉めているんだから、こっちに向かって何か言ってきたりする余裕はないだろう。

レジに近付いた。寒いんだから、中にいたっていいじゃねーか、と一人のヤンキーがレジの店員に詰め寄っていた。

……？　あれっ……。何かおかしくない？　私は目を疑った。レジの店員をよく見る。

店員は制服を着たパパだった。

何で？　どうしてパパが、こんなところにいるの？　パパは、コンビニの制服を着て、ヤンキーに何度も頭を下げている。

パパは、私には気付いていない。しどろもどろになってヤンキーに謝っていた。若いヤンキーに頭を下げているパパは、しおれて見えた。

私は声を掛けられなかった。こんな状態で、パパに声を掛けて、私が娘であるとわかるようなことを言われたり、助けを求められたりすると、恥ずかしいと思ってしまった。

私は少しずつ下がって帰ろうとした。

「おいっ、おっさん。客だぞ。ちゃんと仕事しろよ」

一人のヤンキーが私を見て、パパに向かって言った。他のヤンキーが嘲《あざけ》るように笑った。

もう、馬鹿！　と思ったがパパが顔を上げ、私の方に作り笑顔を向けた。

その瞬間、パパの顔が吃驚したのがわかった。私は黙っていた。頼むから私の名前を呼ばないでくれ、という気持ちと、なんか悪いような気持ちと、いろんなものが混ざってしまった。

「いえ、いいです。もう、いいです」

私はそう言うと、コンビニを出て行った。

私はチャリを必死に漕いだ。ファックスなんて出来ないし、明日でもいいかって、麻衣に電話で伝えると、すごくキレられて、もういいよ、って電話を切られてしまった。

何か、どうしたらいいのかわからない、変な感じ……。私は猛烈にチャリを漕いだ。パパのこと、麻衣のこと、いろんなことがごっちゃになって頭の中で回っている。

家に戻ると、お祖母ちゃんが台所でお菓子を食べながら、韓流のドラマを観ていた。

「お祖母ちゃん！　ねえ、パパ、どうしちゃったの？」

私は訊いた。

「何がだい？」

お祖母ちゃんは画面から目を離さずに言った。

「だって、パパ……。コンビニのレジで働いてたよ。まさか、工場をリストラにあったりして失業なんかしたんじゃないの？」

「リストラになんてあってないよ」

お祖母ちゃんは、こっちを振り返って、私をじっと見た。さっきから僅《わず》かに頭の中を過《よぎ》っていた考えが大きくなった。

「……じゃあ、何で、パパが、あんなところで、働いているの？」

私は訊いた。もしかして、もしかして……という気持ちだった。さっきは、死ぬほどパパのことが恥ずかしいと思っていた。だけど……。

「わかんない子だねえ、春菜は。あんたの大学の学費の足しにするのに、バイトを始めたんだよ、パパは」

お祖母ちゃんはリモコンでテレビを消した。

「……本当に？　本当のことなの？」

まさか、と思っていた答えが真ん中にずばりと当たっていた。コンビニでのパパの困った顔が頭の中に大きく映っていた。頭の中のパパのコンビニの制服は皺《しわ》っぽくて、まるで似合っていなかった。

「本当だよ。パパはあれでも、あんたが大学に行くっていうのが、すごく嬉しかったんだよ。パパは高校中退だから」

「……そんな……」

身体の奥の方が痛くなった。私は、自分があまりにも非道い人間に思えて、居たたまれなくなった。頭の中にあるコンビニの光景が大きくなった。パパに絡んでいたヤンキーの姿が、麻衣の姿とダブって見えた。そうすると、麻衣のことなんか、遠くに飛んで行ってしまうようだった。

「大学のことだっていっぱい調べて、東京で一人暮らしするのに、お金がすごく掛かるからって、パパは一生懸命に働いているんだよ」

「何で、コンビニとかでバイト……すんのよ……」

涙が溢れてきた。私は気付いた。

この町にパパみたいな年の人間が副業みたいにして働くところなんてない。あってもコンビニかファミレスぐらいだ。そう考えると辛くて堪らなくなった。

「ちゃんと勉強しなきゃいけないよ」

お祖母ちゃんは私の泣き顔を見て少し笑っていた。

私の涙は、どんどん出てくる。身体の奥の方の痛くなったところから、涙が湧いてくるようだった。

子供にとって、いまの親の姿は、未来の自分の姿なんじゃないか、と思うのは恐いことだった。自分が見たい未来の姿は、決して、こんなんじゃないって、必死に考えるようにしていた。

すっごく嫌な考え方だ。私がそんなことを考えていたとパパが知ったら、すごく無惨な気持ちになるだろう。自分がやっていた残酷なことが、堪らなくて、私は自分が嫌になった。

そう考えていた自分のことを思い出して、身体の奥の敏感なところを強い力で鷲掴《わしづか》みにされたようで、叫び声をあげそうになる。また、涙が湧いてきて、目から転がり落ちる。

私は家を飛び出していた。

パパのことを恥ずかしいと思って視線を外して、逃げてきた自分こそが恥ずかしいと思った。

チャリに乗った。

パパの顔を真っ直ぐに見るんだ。ありがとうとか、ごめんなさいとか、言えないだろうけど、とにかく、もう一度、戻ってパパの顔をちゃんと見るんだ、と決めた。

私は立ち漕ぎで真っ直ぐな暗い道を走った。涙はまだ止まらない。冷たい風が目に染みて凍り付きそうだった。

私は、パパにすっごく会いたくて、必死に自転車を漕いでいた。

黄色いハート

俺はめちゃくちゃに困っていた。マジやべぇってくらい焦ってる。この状況を打破する方法を、俺は酒井のレクサスを運転しながら頭の中で考えていた。

「健矢《けんや》、ちゃんと前見て車を転がせ」

助手席に座っている酒井は目敏《めざと》い。俺が車線変更をし遅れたことをちゃんと確認している。

酒井の家で地獄のような部屋住みの修行をすること二年、やっと外に住んでいいようになって一年、俺も東京の街を粋がって歩けるほどのニューヤクザになったつもりだ。

俺にとっては申し分のない兄貴で、酒井のために身体を張って生きることに疑問はない。万事につけ注意深く冷静なので、化け物のような非道《ひど》い人間がわんさかいる裏社会で、酒井は筋者《スジモン》として生きながらえている。そんな酒井に怒られて殴られるのが、俺にはメッチャ辛い。酒井は人が痛いって感じる場所を俺の何倍も知っていてそこを執拗に殴ってくるからだ。

マジやべぇ……ふざけんなってくらいやべぇ……。テンパりながらも俺は真っ直ぐ前を見て慎重に運転を続けた。

俺と酒井の所属する組織は、東京赤坂に大きなシマを持つ指定暴力団の五門会《ごもんかい》だ。指定されているってことは、とてつもなく反社会的な巨大組織ってことで、ピラミッドのような縦型社会が構成されていて、俺は、そん中に組み込まれている。つーことは俺は職業的犯罪者ってことになる。日常的に犯罪行為を行い、それでおまんまを食う生活になってしまったってことだ。

二〇歳で酒井にスカウトされるまでは、遊び半分で犯罪行為をやっていた。暴力、カツアゲ、窃盗……、小遣い稼ぎのために何でもやっていた。

何でかというと、育ちが悪いからだろう。俺の家は最低で、学校に通っているときは、クラスの中で最も貧乏だったと思う。仕方がない、親父はまるで働いてなくて、母親がパートで俺を学校に通わせた。だから、自分が遊ぶ金は、街にうろついている小遣いをたんまりと貰っている同年代の奴らからせしめるって方法をとっていた。

結局はやり過ぎて集団で一人の男を殺しちゃって少年院に堕《お》とされてしまったけれど、少年院の中でも、俺は結構幅を利かせていた。リンチされてもそれを引っくり返して返り討ちにし、俺は少年院で長《おさ》になった。

それでもって卒院して社会に舞い戻って、またぞろ、街の中で暴れていた。向かうところ敵なしって感じで街で偉そうにしていたんだけど、それを完璧なまでに引っくり返したのが酒井だった。

俺はプロってのが、どんだけすごいのかってわかるほど、ぼろぼろにやられた。そんときは俺が二〇歳で、酒井は三八歳、干支《えと》がひと回り以上違うほど上だったけど、完璧な現役で動きは吃驚《びっくり》するくらいに速かった。それで、嫌になるほど汚い喧嘩だった。

携帯の画面を開いて笑顔で近付いてきて、俺は画面に目をやった瞬間に股間を膝で蹴られうずくまった。もう後はやられるがままで、フェイントなんてことじゃなくて、ただただ汚くて速い喧嘩で、俺はやられながら感心してしまった。そして、完膚なきまでにやられて、酒井の弟分になった。

弟分ってのは兄貴分に対して絶対服従で、礼儀作法から筋者としての所作、それと男としての渡世の方法までを教え込まれる。

俺はちらちらと酒井を見ていた。機嫌が良ければ、コンビニに寄りたいと言えるが、機嫌が悪いと最悪なことになる。

まったくもってヤバいのは、いま、俺が穿《は》いている黄色いハートのパンツだ。ローライズで真っ赤で尻の部分に黄色い大きなハートが付いている。

こんなパンツを穿いているのを酒井に見られたらとんでもないことになる。たかが下着のパンツだけど、酒井は男らしい格好が大好きで、軟弱な格好をすると、すっげえ怒る。黄色いハートのパンツを穿いていただけで殴られるなんて、馬鹿らしさの極致だけれど、実際、酒井は笑顔で殴ってくるだろう。

酒井のファッションは、東京のニューヤクザって感じに統一されている。スーツは身体に合わせタイトに仕立て、シャツは白でダブルカフス、カフス釦《ボタン》とネクタイピンはプラチナで、靴は黒でトカゲか鰐《わに》の革で作ったものと決まってる。徹底しているのは俺に対してもで、いつも横にいる俺が原色の服なんて着ていたらカッコ悪いと怒って殴る。そんなわけで無地かピンストライプのスーツに白いシャツが俺の仕事着だ。

たかが黄色いハートのパンツ、されど黄色いハートのパンツ。……これは絶体絶命ってことだ。コンビニでわからないようにパンツを買って、トイレで着替えたい……。でも無理なんだろうな。畜生、オカマ呼ばわりされて殴られるんだ。仕方ねえか……じたばたしてバレた方が余計に殴られてしまう。そもそも、今日、パンツ一丁になるってのを忘れていた俺が悪いんだしな。

クソッて酒井に聞こえないように呟いて俺は車を運転した。向かう先は、彫り師のところだ。

背中に彫る刺青《いれずみ》の図柄を決定するために、俺は裸にならないといけない。刺青の現場と黄色いハートのパンツってのが、まったく似合わなくて、酒井が激怒するのが目に浮かぶ。

次第に彫り師の仕事場が近付いてくる。心待ちにしていた背中の彫りもんなのに、最初っからケチが付いてしまう。俺はげんなりしながら車を進めた。

忘れていたのは、俺の失敗だけど、そもそも黄色いハートのパンツは、ことみが買ってきたものだ。ことみは一緒に住んでいる彼女で、六本木のキャバクラで働いている。ことみは、カワイイってことが大好きで、俺はカワイイ至上主義者って呼んでる。それは、酒井のニューヤクザとしてのカッコイイ至上主義と真っ向からぶつかってしまう。ことみは自分が思うカワイイことを俺に押し付け、酒井は俺をカッコイイ男に作り上げようとしている。

俺は真ん中で板挟みになっている。一昨日も、カワイイ至上主義者の意見とカッコイイ至上主義の意見が正反対に分かれた。

俺にとっては両方とも大事なんだけどな。


二日前のこと。彫り師のところに行くことになった俺は裸になって全身鏡に背中を向けて立った。ここ二ヵ月ぐらい、ことみの高い化粧水をこっそりと背中に振り掛け続けたので、ニキビ一つなく肌は艶々でしっとりしている。

図案をプリントアウトしたものを俺は手にした。図案は、酒井の背中に彫られている『金太郎の抱き鯉』だ。酒井の好みらしく青黒の染料一色で彫られている。天に向かって昇る鯉に金太郎がしっかりと抱きついている勇壮な図柄で、金太郎は鬼のような形相をしている。絵柄の意味としては、「男の出世」ということらしい。

俺は頭の中に図柄を取り込み、鏡の中の背中に貼り付けた。初めて酒井の背中の刺青を見たときの感動が蘇った。極彩色じゃないところが凄みがあって、俺はカッコイイって心底思った。

後ろのカウチに座って、俺を見ていることみの姿が鏡に映っている。ことみが手を出してきた。俺の手にある図案が欲しいようだった。

「何これ……カワイクないね」

ことみが図案を手にして言った。

「兄貴に殺されるぞ。兄貴の背中にある彫りもんなんだからな」

俺は振り返って言った。

「酒井さんの？　嘘！　ダッサダサじゃん。この子供気持ち悪いしぃ」

俺はびびってしまった。ことみがいつの日か、酒井の前でぽろっと口にしてしまうかもしれない。ことみは考えがない女だ。頭の中を開けてみると、たぶん、カワイイって言葉が漬け物みたいに詰め込まれているんだと思う。顔はメッチャカワイクてスタイルは抜群だがことみの頭の中身は中の下以下だ。

「頼むから、兄貴に会ったとき刺青のいの字も口に出すなよ。殴られんのは俺だからな。それとな、これは金太郎だからな」

「金太郎？　え――！　これじゃゾンビじゃん！」

ことみは笑っているが、想像するだけで恐ろしくなった。

「……やめろ、馬鹿。一生背負っていかなきゃならない刺青をゾンビ呼ばわりされて怒り狂わない奴はいねえだろう？」

俺はことみを睨み付けた。

「わかったよ、絶対言わない。健矢のはこんなんじゃないんだよね？」

別の図案を取り出した。また、俺は同じように図案を頭の中に取り込んで背中に重ね合わせた。

「これが俺のだよ。カッコイイだろう？」

俺は持っていた図案をことみに渡した。

「えー何なのこれ！　魚？　どうしてこんなのにすんの！　全然、カワイクないじゃん！」

酒井の図案のときよりももっと大きな声でことみは笑った。

「馬鹿野郎。カワイイ刺青なんて、彫るわけねえだろう！　これを背負ってのしていかなきゃなんねえんだよ。凄みと迫力がねえと、なめられちまうからな」

俺は、もう刺青が入ったような気分でことみに背中を向けた。

「あはは、やくざだ。恐い！」

まるで恐がっていないことみは嬉しそうな声を出した。カワイイことばっかりが好きなことみだが、「強い男」というのも好きで、俺とことみが付き合うようになったのは、彼女の大嫌いな前の店の店長と黒服を三人まとめてぶん殴ったのがきっかけだった。店長を中心に土下座をさせて、ハイヒールで頭を踏ませてやったら、ことみは興奮して、俺のことを好きになったようだった。

ことみは、切実な声で「気持ちいい」と言いながらハイヒールの踵《かかと》を突き刺すように店長の頭を踏んだ。俺は若いヤクザものだから、徹底的に残酷に堅気《かたぎ》をいたぶるんだ。ことみは、俺と一緒にいると強くなったような気がするとよく言う。若いネエちゃんは、街中で、仕事場で、嫌な思いを沢山するそうだ。金を稼ぐために非道《ひど》い目に遭っている。それを聞いて俺はことみを守ってやりたくなった。

「恐がられてなんぼなんだよ、ヤクザは。これはなあ、竜鯉《りょうり》っていうんだぜ。死んだら竜に変わるっていう鯉だぜ。単純に鬼だの般若《はんにゃ》だのってオドロオドロしいのは、虚《こ》仮威《けおど》しでカッコ悪いんだ」

俺の背中に刻み込まれるものは、親や社会に対する嫌がらせなんだと思う。貧乏で馬鹿で、どうしようもない俺の父親と母親が絡み合って俺を産み落とした。親から貰った大事な身体を俺自身で傷付け、世の中で強く生きるために武装する。彫り上がったあかつきには、親に対して堂々と背中の竜鯉を見せつけてやろうと俺は思っていた。

「そういうもんなのね……」

「兄貴が言うには、この鯉は、主人に忠誠を尽くしてるんだってよ。主人のためになら死ねるって心意気があって、初めて竜へと変化《へんげ》できるんだってよ。兄貴が鯉を抱いた金太郎で、俺が竜になる鯉ってことさ。俺と兄貴は一心同体で、この街でのしていくってのを、背中で表してんだよ。どうだ、いいだろう？」

酒井から俺用にと考えられた刺青の意味するところを伝えられて、俺は死ぬほど嬉しかった。俺は生まれてきて、一度も、自分のことをちゃんと考えてくれている人間がいるなんて、感じたことはなかった。ヤクザは、血の繋がった自分の親を捨てて新しく親を作る。会長が新しい俺の親だ。でも、会長は恐れ多くて簡単に話をしたりできない。だから、俺にとっては酒井が肉親よりもっと近い大事な兄貴なんだ。

「でもさあ、健矢。カワイイ要素もどっかにちょっとでもいいから入れてよ」

ことみは言った。

「何だよ、カワイイ要素って？」

「安室《あむろ》ちゃんのタトゥみたいなやつよ」

「安室ちゃんって安室奈美恵《なみえ》？　そう言えばタトゥ入れてたな……洋物のやつだな。俺は和彫りだから無理だぜ」

「でもカワイイしカッコイイよ。バーコードのタトゥだよ」

「ああ、あれか。あれってどういう意味なんだ？」

「自分の生年月日らしいけど、本当のところはわからないってさ。もしかしたら、本当に大事に思っている人のことを彫ったんじゃないかなって、私は思うの……」

「ふーん……。もしかして、バーコードでおまえのことを彫って欲しいって思ってんのか？」

俺は訊いた。

「……うん。健矢の身体に私が住むの」

ことみは言った。俺がいままで見た中で一番、カワイイ顔をしていた。

この女もやっぱり俺と同じだと思ってしまった。

「考えてみるか……バーコードなら、簡単には意味がわからないだろうから……」

俺は言った。俺はこの女のことが好きなんだ。いろんな女を喰ってきた。最初はことみのことだって喰ったらおいしいってことだけだったが、しばらく一緒にいると、次第に、こいつは自分と似ていると思ってしまうようになった。腹立たしい視線を世の中に向けてきた似た者同士だ。何で俺だけこんな嫌な思いをするんだって気持ちで、夏休みの家族旅行の楽しい思い出話をクラスの奴から聞いた経験は、ことみにも同じようにあった。

こいつも非道《ひど》い暮らしをしてきた。若い頃に興奮して子供を作って、すぐに別れてしまった両親。母親の女手一つで育てられたことみは、当然、貧乏だった。俺んところは別れてなかったけれど、逆に親父がいるだけで借金が増えて、貧乏を病気のようにこじらせていた。

この女も、自分のことをちゃんと考えてくれている人間がいるなんて、感じたことはなく生きてきたんだと思う。

親父が取り立て屋に殴られて、濡れたアスファルトの上で土下座させられている姿を見せられた俺と、中一のときに友だち三人と化粧品を万引きして捕まって、友だちの親はすぐに心配顔で引き取りにやって来たのに、自分の親は随分遅く最後に来た挙句、ケバい化粧でしかも嫌々ながらだったのを見たことみとは、一緒なんだ。

不幸自慢って馬鹿らしい遊びを、俺とことみは酔っ払ってベッドの上でいちゃつきながらやったけれど、最後の方は辛くて阿呆らしくて、俺は誰かを殴りたくなって、ことみはお気に入りのワンピースを引き裂きたくなって、遊びを止めにして、シャブを死ぬほど喰ってセックスをした。そんぐらい不幸がてんこ盛りだった。

「ねえ、健矢が私のことバーコードで彫るなら、私も彫るよ」

ことみは言った。

「おまえ、俺のこと好きか？」

「何言ってんのよ、馬鹿。決まってんじゃん」

ことみは優しそうな顔になった。俺はやっぱり、この女のことが好きなんだ、って思った。

「一生消えねえやつを入れろよ」

俺は言った。ことみは微笑《ほほえ》んだ。でも、一生なんてあるはずないんだろうな。一生っていう長い時間をちゃんとやれた親から俺たちは生まれていない。そういう馬鹿な遺伝子を受け継いでいるんだろうけれど、いまの俺は一生って言いたかった。

俺とことみで借りた古いマンションの一室。次第にことみの大好きなカワイイものが増えている。俺はことみのカワイイことに侵蝕されているんだろう。

でも、それに対して俺は文句を言うつもりはなかった。

俺は、背中に酒井との契《ちぎ》りの刺青を刻み付ける。この世の中で俺が生きていく武装をするためにだ。裸一貫なんてカッコよく言うけれど、武装しねえとやっていかれない。

ことみのカワイイというのは、この世の中を生き抜くための武装なんだと俺は思う。ことみが自分で選んだカワイイものに囲まれていく姿は、汚れたものを根本から変えるのではなくて、表面を取り繕って自分を武装しているように見える。俺の背中の皮膚の表面のゼロコンマ数ミリに刻まれる刺青と同じで、表面からちょっとだけ身体に入ってきただけのもの。身体の奥底に染み込んでしまったものなんて、変えられないけれど、表面だけでも武装する。

意味不明のキャラクターの人形も、オレンジ色のカウチソファーに載ったカワイイに満ち溢れた柄のクッションも、鏡台の上のグラスに入った付け爪のコレクションも、客からプレゼントされた香水が綺麗に並んでいるのも、ことみの武装なんだ。

街を彷徨《さまよ》うように生きている俺にとって、世の中が恐くて堪らないように、ことみも何かに怯《おび》えて武装しているんだろう。

俺は痩せたことみの身体を力いっぱいに抱く。そして、ハートマークのいくつも染め抜かれたベッドカバーの上に、俺はことみを押し倒した。

彫り師の仕事場に到着してしまった。俺は何にも解決出来ずにこの場所に来てしまった。畜生、しょうがないってことだ。

酒井は黒い革張りソファーに座っている。彫り師の斉藤は、俺の背中に図柄を映すためにOHPをセット中だ。

部屋の照明が落とされた。俺はスーツの上着を脱ぎシャツを脱いだ。そして、思いきってズボンを降ろした。黄色いハートが現れた。俺は薄暗がりの中に酒井を見た。僅《わず》かに口角が上がったのが見える。畜生、殴られるんだろうな。

俺は背中をOHPに向けて立った。OHPの光が背中に当たり、少しだけ暖かくなった。いま、俺の背中には彫り込まれる竜鯉が映し出されている。俺の目の先の壁には四角い光の中に俺の影が映った。

「悪くねえな……」

酒井が呟くように言った。

「肩幅が広いですから、背中いっぱいに竜鯉を一匹彫るというのはいいですね」

斉藤は言った。

「鯉の尾鰭は、右のケツに降りてくるのか?」

「そうですねえ、酒井さん。そこまで大きくした方が迫力出ますね」

「おい、健矢。全裸《マッパ》になれ」

酒井は静かな声で言った。俺はパンツを脱いで真っ裸になった。酒井は他人がいる時には、声を荒らげたり殴ったりすることはない。一応、弟分の俺の体面ってのを保ってくれる。しかし、酒井が怒っているのはわかった。

「おお、いいすね、酒井さん。竜鯉の映える背中ですね。このバランスでいきましょう」

斉藤は俺の横に立って俺の背中を撫で回した。

「決定だな、健矢、これでいいな」

「ありがとうございます」

俺は深く頭を下げた。

「暴飲暴食するなよ。それと、毎日サウナ行って毛穴の汚れ落としとけ、色の染み込みが良くなるからな」

酒井は立ち上がった。俺は急いで黄色いハートのパンツを穿いてスーツを着た。たぶん、部屋を出た後、エレベータの中で殴られるんだろうなと思った。

しかし、エレベータの中での酒井は考え事をしているようで、俺に目もくれなかった。珍しいこともあるもんだと、駐車場から車を出して、助手席のドアを開けると、酒井は携帯でぼそぼそと話をしながら車内に入った。

本部へ向かえと言われ、俺は車を走らせた。肩透かしを食ったようで俺は腑に落ちないまま運転を続けた。

「おい、健矢。そこで車を止めろ」

酒井に言われ、俺は空いていた路上のパーキングに駐車した。

「どうしたんすか、兄貴」

スーツの内ポケットからクロコダイル革の札入れを酒井は出した。

「あの店でちゃんとした下着買って、いまのと穿《は》き替えろ」

酒井はピン札の一万円を二枚抜き出し、ヨーロッパのブランドの路面店を顎《あご》で指した。

「はい！」

札を両手で二枚受け取り、すぐさま車外に出て店に入った。酒井がスーツを仕立てる時は、このブランドの生地をいつも使っている。

白のシンプルな下着を探して買うと、試着室で着替え、黄色いパンツをゴミ箱に捨てた。生涯買った中で最も高い下着で、俺のシャツよりも値が張った。俺の手には、千円札が三枚と小銭のお釣りが残った。俺は釣り銭を財布の中に入れる。酒井に釣り銭を返すと怒られるからだ。酒井の金の単位は一万円が最低で、小銭はもちろんのこと、五千円札も持っていない。だから支払いは、例えば、煙草一箱ガム一個買ったとしても一万円になる。もったいねえなあ、と俺は最初思ったけれど、次第に、酒井のそのやり方がカッコよく見えてきた。いつの日にか唸《うな》るほどの金を稼いで、札ビラを切ってみてえって思うようになった。

　俺にとっては、やっぱり、酒井はカッコよく見える。これもたぶん、酒井の俺に対する教育の一環なんだろう。この稼業は、男が男に惚れてこそ、血よりも濃くて強い契りが出来上がる。

「白いのに替えてきました」

　俺は車に乗り込んで頭を下げた。

「よし……。あのな、健矢。俺たちはな、月給貰って暮らしてるんじゃないからな。あと何日かしたら、月給日だなんてことはない。明日、大金が転がり込むかもしれねえし、明後日には殺されてるかもしれない。朝、家を出て、夜、無事に帰ってこれて布団で寝れたら御の字って生き方してんだからな……」

　酒井は静かな声だった。

「はい……」

「いつ襲われて、あっという間に殺されるかもわからねえ。そん時のこと考えて、下着は綺麗なもんを穿くようにしなくちゃな……。さらわれることだってあるかもしれねえ。そのとき裸に剝かれて縛られたとして、あんなみっともねえ下着を着けてちや、情けなくて反撃も出来ねえぞ」

殴られるとばかり思っていたが、完全な肩透かしで俺は驚いている。珍しいというより、酒井に何かあったんじゃないかって、勘ぐってしまうほどだった。

「すみませんでした。気を付けます」

俺は車を出した。

「おまえ、キャバクラのカワイコちゃんとまだ続いてんのか？」

「ことみっすか、続いてますよ」

「さっきの黄色ハートってのは、そのネエちゃんの見立てだろう？」

「図星っす」

「そんなこったろうと思った。おまえ、まさか、惚れたりはしてないだろうな？」

「まさか……。大丈夫っすよ」

俺は言った。酒井は女とは、どんどん付き合え、しかし、惚れさせるだけで、惚れたらいけないと言っていた。

「なんで筋者の女房《バシタ》のことをヤッカイモンって呼ぶか知ってるか？」

「それは、守らないといけない女がいると、その分、弱みが増えるってことだからじゃないっすか。厄介なもんだってことでしょう」

「そうだな……それは表で、もう一つ、裏の意味があるんだ」

「何すか？　裏って」

「惚れたら厄介なものってことだ。惚れてなけりゃ、取られようが何されようが、こっちには関係ねえ。兎に角、惚れないってことだ」

「はい」

「惚れた女をソープに落として、金を貢がせたり出来ねえだろう。惚れちゃ駄目なんだよ。おまえんとこのカワイコちゃんはどうなんだ？　おまえの一大事のときに、身体売って金を作ってくれるぐらいに惚れさせてるか？」

無茶苦茶な理屈だが、酒井が言うと不思議と説得力があると俺は思った。

「いやあ……。どうでしょうね」

「まさか、惚れてんじゃやねえだろうな」

「大丈夫っすよ。売らなきゃいけないときは、売りますから」

俺はそう答えたが、たぶん、無理だと思った。俺はそんなに残酷になれないだろう。酒井と一緒にいると様々な非道い現場を見せられる。少しずつ残酷な場面にも慣れてきた。金が払えないとじいさんが土下座して涙を流している現場で、大笑い出来るようになるまでには結構時間が掛かった。笑えるようになったのは、土下座して泣くような人間ってのは、本心では舌を出しているということがわかってからだった。いい年して嘘泣きするような人間にまともな奴はいない。

俺も随分と平気な顔で残酷なことが出来るようになったが、ことみを売り払うことなんて出来ないだろう。まだ、俺には残酷なことをするには、理由が必要だ。

「本当かねえ……。だけどな、おまえが言った売れるって言葉を、俺はしっかりと聞いたからな。二言《にごん》はないからな」

酒井は、少しだけ片方の頬を上げて笑った。

「わかってます」

「刺青彫ってやるってのは期待してる証拠なんだからな。カッコつけて、がんばってくれよ」

酒井は言った。斉藤は彫り師としては、超が付くほどの一流で、しっかりした組織の人間にしか刺青を彫らない。そこいらの若僧が頼めるような彫り師ではない。腕に比例して、値段も超が付くほど高くて、国産の高級セダン一台と同じぐらいだ。半分を会長が出し、もう半分を酒井が出してくれることになっている。酒井の言う通り、期待されていないと、金なんて掛けてはもらえない。

カッコつけようと、背中一面にチンピラやヤクザが刺青を入れたがるが、タトゥシヨップなどの機械彫りぐらいしかやってない安物の技術の刺青屋に頼んだら、値段は相当安くなるが、すぐに色が褪せたりするような不都合が起こる。斉藤のところでなら、見せびらかしたくなるほど、立派なものになるはずだ。

俺は嬉しくて堪らなかった。期待されていることも嬉しいが、超一級品を背中に背負えるってのが堪んねえ、って思った。


俺は夜中に家に戻った。ことみはアフターを断って、家に帰っていた。俺はシャワーを浴びて缶ビールのプルトップを開けた。

「今日は、何人の人間を殺したの？」

カウチにパジャマ姿で座っていることみが言った。

「三人だ。ハジキで撃ち殺した」

俺は言った。くだらなくてまるで面白くない冗談だけど、俺はちょっと楽しい気持ちになった。

「あはは、恐い恐い」

ことみは笑いながら、新しいパジャマを出して俺に渡した。白地に目が痛くなるような黄色のハートがプリントされたものだった。俺は苦笑しながらパジャマを着た。酒井に見せたら何と言うだろうって具合にカワイイパジャマだった。

俺はパジャマを着ると鏡に自分の姿を映した。ざまのない姿だが、俺は少し笑ってしまった。

「カワイイってことか……」

「そうだね。カワイイヤクザじゃん！　そうだ、健矢って犬派、猫派？」

ことみは楽しそうな声を出した。

「断然犬だな。上に登ってでっかい家建てて、でっかい犬を飼うのが夢だ」

「犬派か、私も。健矢は犬飼ってたの？」

「飼ってねえよ。家は貧乏だったから、犬飼えるようなところに住んでなかったしな。鉄の階段をカンカンと鳴らして上がる二階建てのアパートは壁が薄いし、ペット禁止だからな」

「小さい犬なら大丈夫だったのに。いまさあ、ペット禁止マンション対応の声帯を切ったカワイイ犬とか売ってんだよ！　吠えないからバレないんだって」

「それカワイイ犬じゃなくて、カワイソウな犬じゃねえの、声帯切るって……」

俺はキャバ嬢メイクを全て落としたことみの素顔《すっぴん》を見ながら、ああ、頭悪そうだなって感じていたが、もう一方でほっとする気分も味わっていた。

俺はやっぱり、ことみに惚れているんだろうな……。

この一日俺がいなかった間にも、部屋の中にはことみの大好きなカワイイものが増殖している。子供の頃に、駄目な親父が吐き出す貧乏の臭いが、部屋に溢れていくってのを感じたことがある。それに比べれば、カワイイものが増えていくのは、それほど嫌ではなかったが、ちゃらちゃらしたものは男を下げると酒井からよく注意を受けていた。俺も酒井の言うことには納得できる。

しかし、カワイイってものは、何とも強力にことみに染み込んでいて、一緒に居る俺に伝染《うつ》るんだと思う。俺はじわじわと男を下げながら、ことみの持ってくるカワイイものに侵蝕されていくんだろうな……。その証拠に、俺はことみが買ってくれた黄色いハートのパンツを、ゴミ箱に捨てたことを後悔してしまって、同じものを探し出して買い、そっとタンスに入れるという何ともカワイイ行動をしてしまっていた。これじゃあ、カワイイ男じゃねえかって情けなくなってしまう。しかも、黄色いハートのパンツは他にも何枚もあったんだけど、枚数を数えられて捨てたのがバレたらまずい、っていうくらいの小心さだった。

ことみは脳天気なままだ。しかし、俺には、ことみがカワイイってことに固執している理由がわかっている。やっぱり武装なんだ。それが俺の心を締め付けるようだ。

ことみの頭の中には、カワイクも何ともない、心がえぐられるような記憶が、わんさかと詰まっている。俺と同じだ。ことみがカワイイと口にする度《たび》に、俺は自分を見るようで、愛《いと》おしくなってしまうのかもしれない。馬鹿らしいけど、しょうがない。

俺はことみに惚れて、どんどん、男を下げていっているんだろう。


怒りなんて何一つない。ただ、殴られると痛《いて》えし、後ろで見ている酒井の視線も痛いから目の前の男が必死で殴り掛かってくるのを躱《かわ》して、こめかみに拳《こぶし》を打ち込むだけだ。

目の前の男の喧嘩の技術は大したことないけれど、なめると痛い目に遭うので、俺は早めに仕留めようと拳をスウェーして避けると、男の鼻と口の間に、思いっ切りのパンチを打ち込んだ。拳に前歯がへし折れる感覚が伝わった。男はその場で力なく膝から崩れた。

同じ場所。殴ったところと寸分変わらないところを目掛けて、崩れ落ちていく男の鼻の下に膝蹴りを入れた。男は両手を万歳のように広げ、後ろにふっとんだ。

俺は酒井の手にした武器の一つなんだろう。歯向かうこいつを、おまえが痛めつけろ、と言われて、目の前の男と殴り合う。怒りなんて何もないんだ。

今日は金の払いの悪いパチンコ屋のオヤジが雇った用心棒をのすのが俺の仕事だ。たぶん、というか、確実に俺より喧嘩巧者の酒井がやれば、時間は短くて済むのだろうが、酒井は俺に命令して俺が暴れる役目を請け負う。それが仕事で俺の役目だ。

大きく足を引き、ワンステップで男の顎を革靴で蹴り抜いた。折れた前歯がパチンコ屋のオヤジに向かって弾丸のように飛び、オヤジは怯えた顔で飛び退いて血の色の前歯を避けた。歯は乾いた音を鳴らしてアスファルトの上を転がった。

「ってことだな。あんたは年とってるから、手は出さねえけど、このにいちゃんより、精神的に辛い目に遭わせてやろうか？」

酒井はのびてしまった男の顔を踏みつけながらオヤジに言った。ヤクザは、暴力で堅気に負けることは絶対にない。汚い手を使おうが、大勢で袋叩きにしようが、暴力に関しては絶対だ。それで食っているんだからしょうがない。オヤジは何度も頭を下げて、不足分の金の三倍を振り込む約束をした。最初から歯向かわずに払っていればいいものを、揉めるから結局は、本来より高くつくことになってしまっていた。

俺は拳を摩《さす》りながら、酒井の後ろに立った。のびてしまった男は、動きもしなかった。俺は、酒井の飼っている狂犬として仕事をこなした。

「行くか」

酒井が言い、俺は車に向かって酒井の前を歩いた。繁華街の中、呼び込みの男たちが、身体を九〇度に曲げて酒井に向かって頭を下げた。

「一発、もらいました」

俺は血の混ざった唾を吐いた。

「もらったか？　もっと綺麗にやれよ。そっちの方がにらみは利くからな」

酒井は言った。

「すいません。今度はもっと綺麗に……」

「よし、もう一つ行くからな。大丈夫だろう？」

たぶん、酒井もいまの俺と同じような狂犬の役目を、俺と同じ年の頃にこなして、いまの地位を作り上げたんだ。

「大丈夫っす。まだ、全然行けますから」

俺は拳を握ってみせたが、内心では、早く家に帰ってことみといちゃついたりしたいと思っていた。

ネオンが眩しかった。怒りのない殴り合いってのは、怒りのある喧嘩より、疲れるなあ、って感じる。たぶん、自分自身の尻を叩いて興奮する作業が必要だからだろう。

俺は時間厳守と酒井に言われ、キッチリの時間に会長室のドアをノックした。時間をしつこく言われてる時は用心する。大事《おおごと》な話の時が多いからだ。中から酒井の「入れ」という声が響いてきた。

会長の清水は奥の椅子に座っている。

「健矢、そこに座れ」

酒井は一人掛けのソファーを指差した。俺はソファーの前のテーブルの上にある物に目が釘付けになった。

オートマチックの拳銃と箱に入った弾が、紫の袱紗《ふくさ》の上に置いてある。

拳銃を見たことも撃ったこともある。しかし、こんな状況で見るのは初めてだった。

「おい、俺には、おまえの姿は見えてないいんだからな。わかってるな。おまえはそこに座っていない、存在してないいってことだ」

清水が言った。俺は小さく返事をして頷いた。つまり今から起こること、今から俺が聞く話に関して、清水は一切関知しないということだった。

「俺も会長と同じでおまえの姿が見えてない二人きりってことだからな。おまえは、強《し》いて言えば、ドアの外にいるってことだ。だから俺たちには見えない。ドアの外から会長と俺との会話を盗み聞きしているってとこだろうな」

目の前に座った酒井は、無視するように俺から視線を外して言った。

俺は頷くしかなかった。

「会長、赤坂の銃の故買屋が在庫を一掃するらしいですね」

酒井は俺に一瞥《いちべつ》もくれずに会長に話し掛けた。とてつもなくヤバい仕事の話が始まった。

「田村のところだな。安くなるんじゃないか、いまのうちに買っとけよ」

清水はすっとぼけた話し方だ。

「そうですね。弾付きのコルトが一二万ぐらいで買えるでしょうね。田村んところの電話番号をメモしてますから」

酒井は一瞬だけ、テーブルの上の拳銃に視線を送った。俺は拳銃に視線を移した。拳銃の下にメモらしい紙片が置かれているのが見えた。警察にはここで銃を手に入れたと言え、ということだ。

「メモなんて残したら危なくないか？　酒井」

「頭に叩き込んですぐに焼き捨てれば大丈夫です。でも、会長。田村んところの銃の受け渡しが、相変わらず赤坂見附駅の改札の前ってのは、アナログな感じですね」

「古臭い方が確実なんだ、酒井。新しさに走ると危険だな、そう思わねえか？」

清水が煙草を手にすると、酒井が若衆のようにさっとライターの火を点けた。清水と酒井の言葉を一言一句聞き漏らさないように俺は耳をそばだて、記憶していった。ドアの向こうで盗み聞きしている透明人間の俺は、質問をすることは出来ない。

「言えてますねえ、会長。古臭いってのはいいっすね。近頃の若い奴は、昔みたいに組織のために全てを投げ打つって気概が感じられないですからね」

「そうだな……。んっ、でもな。俺が思うに、おまえの下に付いてるあの若い衆は、なかなか見どころがあるんじゃないか？」

清水がちらっと俺を見た。俺は固まったように座ったままだった。

「健矢ですか？」

「そうそう。あの若《わか》もんはちゃんとしてんな」

「さすが会長、よく若い衆のことを見てくれてますね。俺がみっちりと仕込みましたから、仕事はこなせますよ。健矢は、うちの若い奴らの中では、最も有望で、将来の幹部候補だと思ってます」

清水と酒井のやっていることは、聞かせ、というやり方だが、俺は初めてその現場の主人公になっていた。酒井に面と向かって褒められたことなどない。ちょっと気分のいいもんだと思った。

「いい人材を揃えてねえと、組織は存続出来ねえからな。なんやら、かんやら、キナ臭いことも起こっているみてえだからな」

「そうですねえ、会長。シマ内にキナ臭いこと起こってますねえ、いろいろと。これは悩ましき問題ですね」

「馬鹿野郎、こういう場合は、由々しき問題って言うんだよ。悩ましきって言葉には、官能的に心が穏やかじゃねえって意味が含まれんだよ。シマ内に由々しき問題が持ち上がっているってことだ」

清水は笑っていた。本当に猿芝居を演じているようだった。それでも俺は必死に言葉を頭の中に刻んでいる。シマ内のキナ臭い問題というのも薄《うっす》らと俺にはわかった。たぶん、新宿の中国マフィアが、赤坂に進出していざこざを起こしている件なのだろう。

「何だっけかなあ、あの華僑系の中国の奴……」

「光郭《こうかく》会の郭ですね。赤坂では老舗《しにせ》中の老舗ですけど、大手と組んでないんで指定は受けてなかったですね」

酒井は聞かせを続けている。赤坂で郭のことを知らない裏の人間はいないだろう。俺は何度も赤坂の街で郭の姿を見ている。スッゲー高そうなスーツで、ヤクザって感じには見えない。結構な爺さんだけど背が高くすらっとしてるから、欧米人のように見える。

「郭が、歌舞伎町で飽和状態になってた中国マフィアを赤坂に引き入れてんだろう？」

「そのようですね。お陰で、赤坂の街のパワーバランスが崩れてきてます。結構、うちのシマも食われてますからね。広東《カントン》系の腹に彫り物入れてる奴らは、ちょっと、質《たち》が悪いですね。どうにかしねえと、由々しき問題は大きくなりますねえ」

広東系の中国マフィアは、腹を中心に刺青を入れる。日本人は絶対にやらない刺青の入れ方だと聞いたのは、酒井からだった。

「嫌だねえ、中国マフィアってのは、仁義も裏社会の友愛精神もねえ。どうにかしねえとな」

「元凶は郭ということですね」

郭を殺せという指令なんだな……。しかも、指令とは言っても、二人は一切関知していないことで、俺が俺の裁量と心意気で、組織の邪魔になる郭を亡《な》きものにするということだ。

「俺も随分と調べましたが、慎重な奴のようですね。隙はなかなかないです」

「そりゃそうだろう。隙だらけの長がのしてくるような場所ではないからな」

知っている。酒井が郭の身辺調査をぐれもんの探偵に依頼し、情報を集める仕事を俺は手伝っていた。

「それが、一つだけ、郭の弱みと言うか郭のガードが甘くなる部分が見つかったんです」

「何だ、それは」

「サルサです」

「……サルサ？　踊りのサルサってことか？」

清水が両腕を上げてポーズをとってみせた。

「そうですね。ポートリカンなんかが作ったペアダンスですね」

「中国人ってのは、変わってんなあ」

「いまの郭の女は日本人ですが、二人とも東洋人丸出しの黄色い顔で、ラテンのペアダンスってのも、何とも見ている方は気恥ずかしいもんです」

酒井は思い出し笑いをしていた。俺も当然、郭と女が身体を寄せあって踊る様を見ていた。酒井の言う通りに、間抜けな光景だった。酒井は『黄色い猿が、コーヒーブラウンの真似事して、カッコ悪くてしょうがねえ』と吐き捨て嘲《あざけ》り笑いを響かせていた。

「……で、サルサというのが、どう使えるんだ、酒井？」

「今度、サルサを踊るパーティというのがあるんですが、そのパーティは、ペアダンスなだけに、男女同伴でなければ、参加することは出来ないんです。郭は、日常はガードの人間たちに囲まれて用心深く行動していますが、さすがに、そのパーティの時は、ガードが手薄になると思われます」

「いいんじゃねえのか、それは」

「まあ、郭の隙がある瞬間というものを見つけだしたからといって、それだけの話なんですけどね」

酒井は突然のように気のない声を出した。俺は目を伏せてじっとしていた。酒井が郭の身辺調査をしているときの記憶がいくつも俺の頭に湧いてきた。

「昔はなあ……。子は親のために自分からいろいろと計画して、親を楽させてくれたなあ。そういや、酒井。おまえも若い頃に自分で計画して動いてくれたな」

「ええ、それが当然のことだと思いましたからね。あのとき、刑務所に堕とされましたが、出所して戻ると、幹部に引き上げて頂きました。やはり、この稼業は武勲を上げて、出世しないといけませんからね」

「いや、酒井。あんときは、見事な仕事だったけれど、もっとおまえの株を上げたのは、おまえが事件のことを一切合切全部背負って、一人の仕事だって言い張って、組織には、まるっきり迷惑かけなかったからな。あれがおまえの男を上げたんだ」

清水は思い出話をするようなしんみりとした声を出していた。

「あんときは、会長がいい弁護士を付けてくれたんで、ありがたかったですよ。だから、取り調べのときも、警察に対しても強気でいられたんですから」

「弁護士が違うと刑期まで違ってくるからな。確か、おまえの時は、殺人罪でなくて傷害致死になったんだっけな……」

清水は言うと、また、煙草を銜《くわ》えた。

俺は拳銃を見ていた。俺の横顔に突き刺さるような清水と酒井の視線が痛かった。拳銃を握れば、俺は話を承諾したということだ。

納得はしていた。いや、納得するしかないことであった。これは清水と酒井からの命令であって、俺がノーと言えるようなことではなかった。

しかし、俺の手はなかなか動かなかった。

拳銃を握って、袱紗に包んでこの部屋を出ていけばいい。しかし、身体は石のように硬くなってしまっていた。いつの日にか、こういう瞬間がやってくるってことは覚悟していた。しかし、俺の手は動かない。

「会長。俺が事を起こす前に、そういえば、小遣いをくれましたね。もちろん、あの時には、俺が事を起こすなんて会長は知らなかったわけですから、偶然に小遣いをくれたんでしょうけれど、あれはありがたかったな……」

「そんなことあったな。もちろん、俺は露も知らなかったけどな。偶然でも、おまえのためになったから、よかったな。あの小遣いで、おまえは何をしたんだ？」

「俺は、事を起こす前日に、腹の中がすっからかんになるまで女を抱きました。全部出し切っちまうと、肝が据わるってことがわかりましたよ」

「そうらしいな。いい金の使い方だ。……ところでな、酒井。ここらへんで茶色の封筒を見なかったか？」

「さあ、見てないですけど、何が入ってるんです？」

「二〇万入ってるんだけどな。どうやら無くしちまったみたいだ。さっき、そこの一人掛けのソファーに座ってたときはあったんだけどな……。もしかすると、背もたれの隙間に入り込んじまったかもしれねえな……」

「後で探しておきますけど」

「まあいいやな、酒井。無くしちまったみてえだから、筋者《スジモン》が必死に金探すってのもカッコ悪いや」

清水は俺を見ながら言った。清水の目は、ほら、早く後ろに手を回せ、と言っているようだった。俺は仕方なく手を動かした。拳銃は握れなかったが手は動いた。ソファーの背もたれの隙間に手を入れる。指先に乾いた紙の感触が伝わった。俺は封筒を摑むと、すぐにスーツの内ポケットの中に押し込んだ。

二〇万くれるだけでも酒井は優しい方だ。外注の業者に頼めば桁一つ違う金を払わなければならないけれど、自分ところの若衆ならタダでだって従わせるのがこの世界だ。出世のチャンスを貰えて、小遣いまで貰えるならありがたいって思わないといけないんだろう。

俺は大きく息を吐いた。じわじわと追いつめられてしまった。

「さて、そろそろですかねえ。仕事がありますんで行かなきゃなりません」

酒井は俺の顔を睨みながら言った。観念して腹を決めろってことだ。俺は酒井を見つめ返した。

俺はテーブルの上の拳銃を摑んだ。冷たくて重い……人を殺傷することだけを目的に作られたもの。俺は拳銃の意味するところを大いに感じていた。心臓が驚くほど速く鼓動した。

畜生やるしかねえか……心の中で呟いた。

拳銃を袱紗で包み、背中側の腰に差し、弾をポケットに入れると立ち上がった。

「じゃあ会長。この辺で、仕事に向かいます」

俺の動きに合わせるように酒井は清水に向かって頭を下げ、ドアに向かって歩き始めた。俺は酒井の後ろに付いた。

酒井はドアを開け、清水に向かってもう一度頭を下げた。そして、廊下へと出た。

俺は頭を下げずに外に出た。

「あれ？　健矢。こんなところにいたのか、仕事に行くぞ」

酒井はしれっとした感じで言った。まだ、芝居は続いているようだった。俺は、無言で頭を下げていた。

俺は酒井の後ろを歩いていた。身体の芯の部分から、震えているのがわかった。

この瞬間から、俺の人生が大きく変わる。震えないではいられなかった。全てのものを無くし、まるで違う生き方をすることになる。

頭の中に、ことみの姿が浮かんでいた。


それからもがっつりと日常の仕事をこなした。金の払いの悪い奴をぶん殴り、繁華街の中でずる賢いホストを追い回していた。酒井は、清水との話などまるでなかったかのように一度も郭の名前を会話に挟まなかった。それと、俺の背中に入るはずの刺青の話も、会話の中から消えてしまった。

「踊り明かすサルサの夕べ」というなんとも意味不明な名前のパーティは二日後に迫っていた。

一人掛けのソファーの隙間に入っていた金は、手付かずで二〇万円残っていた。酒井に付いて日常を送っていると金を使う時間はなかった。

「健矢、どうもなあ、身体の調子が悪くてなあ」

深夜の赤坂の街を駐車場に向かって歩いているとき、酒井がぼそっと言った。

「どうしたんすか、兄貴」

「風邪かなあ……明日は休みにしてもいいかなあ」

酒井が言った。そんなはずはない。ヤクザは、三六五日二四時間営業だ。風邪を引こうが、刺されて入院していようが、営業しているのがヤクザだ。また、笑える猿芝居のようだった。

「だったら、兄貴は本部で仕事して下さい。俺は一人で外を回りますから」

俺は言った。

「そうするかな……。悪いな、健矢。そうしてもらうか」

路上に立っている呼び込みたちが、酒井に向けて挨拶している声が響く。酒井と俺は、そいつらのことを無視して歩いていた。

「兄貴……。わかりました」

俺は立ち止まって頭を下げていた。何年になるかわからないが、俺は酒井と会えなくなる。酒井は俺を真っ直ぐに見ていた。

「健矢、歩くか……。俺も結構疲れてな、どうにも、独り言を呟くようなクセができちまったようだな」

酒井はぽっかりと浮いた真ん丸の月を見上げていた。俺は同じように深夜の空を見た。

あいつを殺してこい、と真剣な顔で酒井が命令したら、俺は大きく頷いて走ったんじゃないかと思う。しかし、現実には、組織を守るためには、そんな大時代的なやり方は出来なくなっている。

「そうすか……すぐ忘れますよ、独り言でしょう」

相変わらず酒井は月を見ていた。

「ああ、独り言が出始めた……。ヤクザってのも因果な稼業だな。俺は二〇年以上やってるけど、一瞬にして全てが変わるってことがある。どんなに惚れた女でも、その日を境に会えなくなる。そいつのせいでもなんでもなくてな……。仕方がねえな、ヤクザなんだ。ただな、上に行くチャンスであることを忘れるなってことだな。俺はどうにか、そのチャンスを生かせた。親分になる奴ってのは、撃ってみろって身体を開いて拳銃を構えた奴の前に立っても、弾が逸《そ》れるらしいな……。そんな馬鹿なって思うけど、俺はそんな光景をいくつも見てきたな……。ぎりぎりのところで運の取り合いしてんだ。俺の弟分がそんな転換期を迎えるってのも、何とも言えねえな……一緒に連れて行く女を弾避けにしてでも、逃げるんだぞ」

俺は黙って聞いてた。

「俺も独り言っす……。正念場とか修羅場ってのが来るだけでもいいんだなって思いますよ。無視されて誰からも必要とされないような、どうでもいいような生き方をするなんて、つまんねえっすからね……。俺は兄貴の下でいい勉強しました。本当に、いろいろとありがとうございました」

あくまで独り言なので頭を下げることなく、俺も真ん丸の月を見ていた。

酒井は何も言わず歩いている。俺は並んで歩いた。赤坂の繁華街が喧噪を極めていた。しかし、俺と酒井だけは、驚くほど静かな頭で歩いているようだった。

「俺の大嫌いなマルキューで洋服買ってやるから出掛けるぞ」

昼を過ぎて、寝ていることとみを足で揺り動かして俺は言った。

「何？　どうしたの？」

黄色のスポンジのカーラーを頭にいくつも付けたことみは、寝ぼけた顔と声で応じる。

「だから！　洋服買ってやるから起きろ！」

「本当！　すごいね、どうしたの？」

寝起きの悪いことみが飛び起きた。

「サルサを踊りに行くから、そんための服を買うぞ！」

俺は半笑いだった。サルサを踊りに、ってフレーズは、カッコ悪くて昭和の成金みたいな臭いがした。

「サルサ⁇」

ベッドから立ち上がったことみは、よれよれの寝姿みたいで、俺には妙にカワイク見えた。

「知らねえのか？　南米辺りのダンスらしいから、腰を絞ったエッチな奴だぞ」

俺もサルサなんてどんなもんかよくわからなかったが、サルサのパーティで踊っていた女が、いやらしそうな格好をしていたってことだけは記憶にあったから、ことみなら、似合うんじゃないかと思った。

「知ってるよ、サルサ。この頃、流行《はや》ってきてるみたいよ、雑誌でやってた。クラブで身体揺すってオールより、タイトでカワイイドレスでペアダンスの方がいけてるよ」

「へえ、そうなの？　知らねえな、そんなの」

「男の子もオシャレ七三でタイトなスーツ着たりして踊るんだよ」

「オシャレ七三って何だ？」

「何にも知らないんだね、健矢。いかつい系の男の子たちの髪型で、サイドを刈り上げて前髪をジェルでかちっと固めた横分けにすんのよ」

「それも雑誌か？」

「まあね。茶髪の毛先をピンピン遊ばせてるチャラいホストみたいな髪型より、断然、カッコイイよ。健矢、やりなよ、似合うよきっと」

「そうか……」

知らないことだらけで、俺はちょっと黙るしかなかった。ことみは、雑誌を広げて見せながら、いろいろと説明を始めた。

事を起こす決意は俺の中では既に固まっている。だからなんだろうか、ことみが愛しくて堪らなくなってしまった。決して口に出さないが、その気持ちは強くなっていた。

「どうしたの、健矢？」

「うっせえ、早く行くぞ」

突然の優しさは、ことみにとって妙な感じなのだろうが、俺はだんまりを押し通していた。

ことみは用意をしているときも楽しそうで、店で服を選んでいる時も驚くほど上機嫌だった。

明日、俺は人を殺しに行く。俺は、いま、カワイイものがぎっちり詰め込まれたマルキューにいる。

俺が事を起こした瞬間から、ことみとは離れ離れになる。いま、マルキューのショップの中で離れ離れになる理由を話すことなど出来ない。いや、場所は関係なくことみにどんな説明をしたとしても、納得はしないだろう。

「ねえ、健矢。これは、どう？　カワイイィ？」

サルサに似合う服がどんなもんかわからないが、ことみが選んだワンピースはミニだけど、薄い茶色のシックな感じのものだった。

「遠慮しねえで、自分の好きなもん選んでいいんだぜ」

俺が言うとことみは笑いながら店の奥に戻り、黒地にピンクのハート柄がプリントされた身体にぴったりと張り付くようなデザインのワンピースを手に戻ってきた。

「これでもいい？」

身体にワンピースをあてがったことみが訊いてきた。まるで頭が悪そうなワンピースだったけれど、俺にはいいと思えた。

「カワイイんじゃないか……」

俺は初めてことみに向かって、カワイイって言ったような気がする。カワイイなんて、俺にとって薄気味悪い言葉でしかなかったが、いま、この場では、ことみに対して言ってやりたいと思った。

「じゃあ、これにする」

俺は会長室のソファーに忍ばされていた封筒を取り出すと、ピン札を三枚抜き取った。ことみが選んだ服が高いものか安いものか、まるで俺にはわからなかったが、喜んでいることみの姿を見るだけで俺は、いい金の使い方をしていると思えた。

「サルサって南米でしょう？　これくらい派手な方がカワイイよ。それに健矢ってニューカマーのヤクザなんだし。それに拳銃で撃ち合ったりするんでしょう？　ほら、ペンダントに弾が当たって命拾いするのとか、よく映画であるじゃん！」

レジの横にある頭の悪そうなネックレスを手に取ってことみは陽気な声をあげていた。勘が鋭いのか、単なる偶然なのか、俺はちょっと驚いてしまって思わずペンダントを握る。ペンダントトップには、金属製の大きな黄色いハートがぶら下がっていた。「俺が買うよ」と言ってレジに回した。

「あっ、これ、健矢に買ってあげる！」

会計をしようとした時にことみが声をあげた。ことみがペンダントを手に取っている。

「そんな変なもん……」

ぶら下げられるか、と言おうとしたけど俺は止めた。

俺が明日、何をするかは、ことみには言えない。どう説明しても理解出来ないだろうからだ。俺がやることにはカワイイってことなんて微塵もない。非道いことで、荒《すさ》んだ気持ちの人間が集まってやってしまうようなことだ。ことみに理解できるはずもない。頭の悪そうな図柄が入ったショップの紙袋を嬉しそうに抱えて店を出ることみの肩を抱いた。

「さあ、うまいもん食いに行くぞ。何が食いたい？　今日は店を休んで俺と遊べ！」

俺が怒鳴るように言うと、ことみは「焼肉！」と叫んだ。

「そうか！　全部、特上でいいぞ！」

俺も叫んだ。まったくもって貧乏臭いが、これが現実なんだろう。

「どうしたの、健矢。マジで楽しいんだけど！」

ことみの脳天気な声が楽しかった。俺は今夜、腹がからっぽになるほどことみとやるんだ。すっからかんになるほどやることで、肝を据えるんだ。暗殺者になるために、俺は行動しているんだ。

シティホテルでもラブホテルでもどこでも好きなところへ行こう、どこがいいかとことみに訊くと、ことみは家がいいと言った。もしかすると、いきなり珍しい散財をしている俺に怯えて、家を選んだのかもしれない。

「ねえねえ、これ、見てみ！」

シャワーを浴びたことみは、裸のままで俺の前に立つと、下腹部を指差した。薄い陰毛の上にバーコードがあった。

「入れたのか」

「健矢の生年月日だよ、二万円！」

俺は言葉に詰まっていた。勘がいいとか察するタイプだとか、ことみに関して今までそういう印象を持ったことはなかったが、さすがに離れていく男の記憶を残そうとしているのでは、と俺は思ってしまった。

俺にとってはどうでもいいような、ことみの好みのカワイイものに囲まれている部屋でことみを抱いた。今夜は一番ことみのことをカワイイと思った。

腹がすっからかんになるほど俺はセックスをして、へとへとになって記憶を失うように眠ってしまった。

翌日、腹を決めた俺はことみの買ってきたカワイイパンツを穿いた。黒地に黄色いハートがお尻に染められているものだ。そしてサルサに似合うようにタイトなスーツを着てネクタイを締めた。もちろん、首からは黄色いハートのネックレスを下げた。

ことみは鏡を覗き込み念入りにメイクをしている。昨日買った洋服に合わせてメイクやバッグまで変えている。店を休んで俺とデートすると思っているようで、ことみは楽しそうだった。

俺はことみにわからないように背中側の腰に弾を込めた拳銃を差して用意を終え、ことみのメイクが仕上がるのを待った。拳銃を手にした瞬間から、俺の心臓は速く打った。


赤坂の繁華街の中心部から溜池山王側の奥まったところに、昔からのキャバレーがあり、そこがサルサのパーティ会場だった。日曜の夜の繁華街は、路上に立つ客引きの姿もほとんどなく閑散としていた。

会費を払って中に入ると、生バンドがアフロキューバンのリズムを刻んでいた。

「ねえ、健矢。何か雰囲気違う感じで面白そう！」

ことみはフロアーを見回しながら言った。

「ああ、違うな……」

高い年齢層の男女がちょっと吃驚するぐらい派手な服装をして集団で踊っているのは、異様な感じで、フィリピン辺りのどこか暖かいアジアの僻地で行われている祭りのようだった。

「どうしたの、緊張してんの？」

「してねえよ、馬鹿野郎」

違う意味なんだろうけれど、言葉だけ聞けば、ことみはまた図星なことを言った。

「これって何時に終わるのかな？　終わりまでいる？」

「一〇時だったんじゃないか。ここを出る時間なんてわかんないな、何かあんのか？」

俺はちょっと苛ついた声を出していた。何時にここを出るのかなんてわかるはずもない。しかも、必死に走って逃げてるのか、撃ち殺されて死体袋か、それとも空振りで帰っていくのか、まるでわからない。

「ちょっとね。健矢の好きなカワイイものをもう一つプレゼントするかもよ」

ことみの唇の端が上がった。

「何だよ?」

「秘密。サルサが終わったらあげるからちょっと待ってよ」

ことみは楽しそうな声で言った。

「秘密なんて言うなよ! そんなに待てねえって!」

俺は思わず声が大きくなった。

「どうしたの? だったらヒントだけあげる。私と同じ店ですっごく仲良かった奈美《なみ》華《か》ってカワイイ子が、亡くなったの知ってるよね」

「ああ、借金でマンションの屋上から飛び下りた子だろう」

仲が良かったなんて初耳だ。メイクが上手いだけとか、足の形が悪いだの、性格ブスだのとボロクソに言ってたのを俺は憶えている。

「……寂しいよね。それで、奈美華の遺品っていうの? それをお裾分けしてもらうことになったの」

「形見分けって言うんじゃねえの? でもよ、気味悪くないか、そんな死んだ奴のものを貰うのって?」

「何で? 親友だったんだから、全然、そんなこと思わないよ。それに奈美華が直接肌に着けてたものじゃないし、すっごくカワイイちっさなものなんだから」

すげえな……いつの間にか親友ってことになってる。俺はことみの顔をまじまじと見た。死んだ奴からぶん盗ってるようなもんだとは思うけど、いまの俺だって同じだ。郭を殺せたら、郭の持っている力が手に入るということだ。

俺には、今回の仕事が上手くいったら、ご褒美をあげるわよ、とことみが言っているようにも聞こえた。

俺は郭の姿を探すためと、逃げるために非常口が使えるかどうかを見て回ることにした。ことみがいては動きにくい。バーカウンターにことみを置いて歩き出した。知った顔はいない。俺とことみが最年少かと思っていたが、想像以上に若い客もいる。これなら目立たずに済むだろう。

俺は緊張しながら会場の中を歩いた。会場の裏に回り非常口の鍵を開け、外に出て非常階段を確認した。もう一度、拳銃を取り出し弾倉を抜いて弾を指で回すようにして触れた。胸に下がったネックレスに拳銃の銃把が当たり金属音を鳴らした。

フロアー付近に戻ってことみの姿を探す。ことみは背の高い銀髪の婆さんと楽しげに話をしている。目を凝らすと赤坂の外れでバーをやっている小夜子《さよこ》という婆さんだとわかった。近付きながら、俺はまずいことになったと思った。

「こんばんは……」

俺は小夜子に向かって頭を下げた。小夜子の隣には若い女がいた。

「あら、ことみの彼氏の若い筋者さん。サルサが趣味なの？」

「ええまあ……。こういうちゃらちゃらしたもんを好きってのが兄貴にバレると、叱責されるもんで、申し訳ないですが、俺とここで会ったこと、誰にも……」

俺は、小夜子を真っ直ぐに見て、もう一度深く頭を下げた。

「話さないでくれってことね。わかったわ。私はここでことみには会ってないし、仕事中の五門会のヤー公も見かけてないってことにしておくわ」

さすがに小夜子は、俺が生まれる前から赤坂で店を出しているだけあって、俺が殺気だっているのを察してそう半笑いの顔で言った。

俺は小夜子に会釈をして、ことみをフロアーの付近に引っ張った。

「面白そうだけど、何か場違いだな、俺たち」

俺は背中に手を回して腰に差した拳銃に手を触れた。また、一段と緊張感が高まった。

本当に俺は人を殺せるのか……俺は頭の中で拳銃を抜き、撃ち放つ手順を反芻《はんすう》していた。

「踊らないの？」

ことみが俺の肘を引っ張った。

「サルサなんて、踊り方まるで知らねえよ」

「じゃあ、何で来たの？」

「……まあ、いろいろあんだよ」

俺はフロアーに目をやったままだった。

「教えてもらって踊ってみようよ」

「行ってこいよ。おっさんとかに言えばいやらし気《げ》な顔で教えてくれるんじゃねえか」

俺は会場内を見回している。邪険に言われたことみは、少しむくれてフロアーに降りて行った。俺は人込みを掻き分けて歩いた。アフロキューバンのリズムが回っている。俺は、カウンターに並べられたグラスの中から、ウィスキーの水割りを選んで喉を鳴らして飲んだ。

そのときフロアーの奥にチョークストライプのスーツを着た郭の姿が見えた。俺の身体の芯がギュっと縮まった。

郭はちょっと吃驚するくらいにすこぶる付きのカワイイ若い女を連れている。爺のクセしやがって、糞！と俺は猛烈に嫉妬した。この仕事さえやり遂げられれば、高い服を着て、カッコイイ車に乗って、痺《しび》れるようなカワイコちゃんを抱けるんだ。俺は身体に力を入れた。

酒井が言ったように、いつもいるはずのボディガードは郭と若い女の周りからは離れているようだった。

身体の奥底から痺れがくるようだった。郭は笑顔で踊っていた。俺はトイレに向かった。もう一度、拳銃を確認する。セーフティロックを外す。心臓は高鳴り続けた。トイレを出て、カウンターの中にいるバーテンからストレートのウィスキーを受け取り、一気に呷《あお》った。

よし、行くぞ。

フロアーに降りると、皮膚に当たる空気の温度が変わった。化粧品とコロンの匂いの中に加齢臭が混ざっている。ことみは枯れ草のような髪をてらてらに撫で付けたオヤジに腰を抱かれて踊っていた。

「どけ、ジジイ。人の女に触ってんじゃねえ」

俺は低い声で唸るように言うと、オヤジを押しやった。オヤジはすごすごと引き下がる。

「踊れないんじゃないの、健矢？」

俺はことみを引き寄せた。周りの臭いと、ことみから漂う香りはまるで違っていた。

「いいんだよ」

俺はことみを抱き寄せ、フロアーの奥に移動して行く。俺は踊れないので、まるでリズムには乗っていない。ことみは目をしかめて俺を見ていた。

「どうしたの？」

ことみは真顔になった。

「黙ってろ……」

俺はことみを引き摺《ず》るようにして動いた。人の頭の間から郭の顔が見え始めた。俺は踊っている人間を押しのけて郭に近付いた。

俺は拳銃を抜くとスーツの内側に隠した。

「何してるの……健矢。恐いことやめて」

ことみが顔を寄せてくる。

「向こうに行ってろ！」

すぐそばに郭がいる。俺は拳銃に手を伸ばしたままことみを横に突き放す。だが、ことみがすがりつくように俺の身体に抱きついてきた。俺はもう一度、ことみを突き放した。周りの人間たちが振り返った。

俺は拳銃を出して構えた。悲鳴が上がり、郭が俺を振り返った。ことみがまた、俺にすがりつく。拳銃の銃口の上にある赤いぽっちの照星が大きく揺れる。俺は両手に構えた拳銃の引き金を引いた。乾いた発射音が響く。弾は郭の喉元に食い込み、郭は仰け反りながら真後ろにふっ飛んだ。郭のボディガードの中国人が走り込んでくるのを俺は目の端で捉えた。

止めを刺すために俺は前に出て郭に向かって進んだ。その時、金属音が俺の身体のすぐ傍で大きく鳴り、俺は胸に冷たい棒を突き刺されたような衝撃を受けた。身体の力が抜け、俺は両膝を床に突いた。黄色いハートが俺の胸の前で跳ね上がるように揺れた。黄色いハートの真ん中に穴が空いているのが見えた。

全然駄目じゃねえかよ……、ちゃちな薄い金属の黄色いハートは、弾なんて簡単に貫通させていた。シャツに血が広がっていく。血が吹き出るのと一緒に胸から空気が漏れていく音が聞こえる。

俺は膝を突いたまま拳銃を握った腕を郭に向けて伸ばした。怒号が飛び交い、いくつかの銃声が重なった。

ことみが俺の身体に覆い被さってきた。俺は背中から倒れた。

次はどこから撃ってくるのかわからなかったが、俺はことみの身体の陰に隠れようとした。すぐさま逃げて、警察に飛び込む予定だった。ことみを弾避けにして逃げろと言った酒井の言葉が頭を過った。残酷にならなきゃ、この稼業はやっていけない。そんなことは俺の身体に染み付いているはずだった。ことみを捨てて逃げようと……しかし、俺は動けなくなっていた。

こんなところでことみを巻き添えにしたくないって気持ちになった。弾避けになんてしてたまるか……、身体の力を振り絞って俺はことみを引き剝がそうとした。ことみは俺を弾から庇うように動かない。ことみが可哀想で仕方がなくなってしまった。畜生！　俺、カワイクなっちゃってるじゃねえか！　俺は心の中で叫んでいた。黄色いハートのパンツをこっそり買い直してタンスに入れるような、カワイイってことに侵蝕された俺が顔を出していた。

郭やボディガードたちに向け、腕を目一杯伸ばして俺は拳銃を乱射した。

俺の目の前にことみの顔がある。

「健矢、恐いよ……」

ことみのか細い声が銃声に掻き消される。大丈夫だ、と俺は声をあげたつもりだったが、掠れたような声しか出ない。

その時、真っ赤な火花が散ったように見えた。ことみは口をぽかんと開けた。火花が俺の顔に掛かる。それは血だった。

「健矢が見えないよ……」

ことみが言うと盛り上げられた髪から額へと血の筋が何本も流れた。俺にしがみついていたことみの力が抜けた。目の前にことみの顔がある。目を真ん丸に開き俺を見ている。俺は濡れた布団のように力の入っていないことみを片手で抱き拳銃を撃ったが、弾は切れ、金属音だけが響いた。

俺、死ぬんだなと感じた。人間は死ぬ間際に自分の人生を走馬灯のように見るって聞いていたけど、俺の糞のような二一年を振り返るような走馬灯は現れない。いま、現実に気になっていることが、頭の中に湧いて出てくる。やっぱ、兄貴と会長にうまく使われてしまったのかな、そうだったら文句の一つも言いたいな……とか、もっと準備とか下見とかやっとけば、こんなことにはならなかったな、と後悔もする。俺、ニュースとかに載るのかな……カッコイイ写真にして欲しい……、そうだ、俺はことみに謝りたかった。そして、惚れてたって言ってやりたいと思った。

（ことみ、聞こえるか！　大好きだったんだぜ、おまえのこと……）

俺はことみの耳元に口を寄せて怒鳴ったつもりだった。しかし、掠れた声しか出てこない。胸に穴が空くと、空気が抜けてしまうのか……。それでも、ことみは聞こえたのか表情が少しだけ動いたように見えた。何だか、すっげぇ優しそうでカワイイ顔だと俺は思った。畜生、ずっとことみといたかったな……。

また一つ、俺の頭に気になることが浮かんだ。

（ことみ、カワイイプレゼントって何だよ！）

もう、声なんて出ていない。

そのとき俺の首筋に冷たいものが触れた。後ろで中国語が聞こえた。

俺はことみを強く抱きしめた。

発射音が俺の耳元で鳴り俺の身体は大きく揺れた。目の前が一瞬にして真っ暗になり、ことみの顔が見えなくなった。身体の力が抜け、ことみを抱いていた俺の腕はゆっくりと離れていった。

カワイイ地獄

日曜日の夜、閑散とした赤坂見附の繁華街に、パトカーのサイレンがいくつも鳴り響いていた。小夜子《さよこ》と春菜《はるな》の重なったヒールの音が早くなった。白い自転車に乗った警官が二人、すごい勢いで向かって来て擦れ違った。小夜子は春菜の腕を取った。恐くて堪らないのだろう、春菜の腕は小刻みに震えていた。小夜子の頭の中には、いくつもの銃弾が発射される音が刻み込まれ、何度も再生されている。春菜も現場にいて同じ音を聞いた。

どうにか『バー寒猫《さむねこ》』の中に入って扉を閉めると尖《とが》ったサイレンの音は少しだけ柔らかくなった。その代わりに犬が甘えたように鳴く声が響いた。小夜子は近付いてきた犬を抱き上げた。

「ベティさん、あんたの飼い主になる予定の女の子は、また、あんたを抱くことなく死んじゃったね」

小夜子の頭の中で響いている銃声に、ことみの頭部に銃弾が食い込み血が花火のように散った光景が重なった。

サルサが終われば、「寒猫」に来てことみはこの犬を抱くはずだった。犬の新しい引き取り手を探すために、写真を撮って店にやってくる女の子たちに見せると、昼間に会ったあの母親のようにカワイイという言葉を連発した。誰もが欲しがる大人気者で、まるでナンバーワンキャバ嬢のようだった。中でもことみは特に熱心で、元々の飼い主の奈美華と同じ店で働いていて親友だ——一緒に店に来たことはあるが、親友というのはどうも怪しいと思うが——という触れ込みだったので、ことみに飼ってもらうことにしていた。

マンションから飛んだ奈美華は、借金で手に入れたこの犬を抱くことはなかった。小夜子は、数日前に奈美華の遺品として犬をつれ、文京区の斎場で行われた葬式に出向いた。犬の受け取りは母親によって拒絶された。母親と話している時、自殺したことも含めて奈美華のことを恥じているのが言葉の端々に感じられた。奈美華の葬儀は位牌もない簡素な祭壇で弔問客はいなかった。葬儀に誰も呼ばないのは、世間体を気にしてのことだろう。借金まみれになって自ら死を選んで飛び下りたのは、まるで阿呆な死に様なのだろうが、小夜子は、奈美華のことが無惨に思えた。

新しい飼い主になる予定だったことみも、奈美華のように犬を抱くことはなかった。それは、偶然ではないようにさえ思えた。小夜子は犬を揺すった。僅か五〇〇グラムほどの軽い身体の中に宿った命は果敢《はか》ないものだと思っていたが、犬を飼おうとした女の子たちの方がもっと果敢なかった。

小夜子は犬を春菜に渡し、カウンターの中に入った。強い酒が飲みたかった。テキーラをグラスに注ぎ、春菜にもグレープフルーツジュースを作った。

「私がベティを飼おうかな……」

「田舎のお父さんからの仕送りで一人暮らしするんだから、あんたはダメ。ペットが飼える部屋は高いのよ、これ以上負担は掛けたくないんでしょう？」

「そうだけど……」

春菜は犬を抱いてまだ震えていた。小夜子はテーブルにグラスを置いた。春菜は、四年前に家を出た母親を探すために、「寒猫」のマッチだけを頼りにやってきた。母親恋しさではなく、父親に代わって文句を言ってやりたい、という話で、その話が小夜子には面白く感じられ、手助けしてやろうと思い立った。それで春菜を連れてあの会場にいたのだが、結果、まだ一八の少女に、三人の人間が殺される現場を目撃させるという残酷な目に遭わせてしまった。

「今夜は本当に悪かったね」

「……恐くて泣きそう。ねえ、小夜子さん……あの、最初に撃たれたおじいさんって知り合いなんだよね？」

春菜の頭の中に、郭の身体に突き刺さる銃弾の光景が広がっているのがわかった。春菜の目には涙が溜まっていた。

「あの人は郭といってね、戦後からずっと赤坂に地面を持っている中国系のヤクザだよ。私は赤坂で三五年前から『バー寒猫』をやってるんだ、知らないはずはないね」

「……でも、知り合いってだけじゃなかったみたい。だって、小夜子さん、郭って人と話している時、何かすごく、嬉しそうな顔してた。でも、小夜子さんは……」

「昔にお世話になった人というだけだよ」

春菜の顔を小夜子はまじまじと見た。女は恐いものだ。まだ一八だというのに、思わず顔に出た人間の微妙な感情を見逃さず察知している。その感情が恋愛に関するものであったなら、女は年や経験に関係なく鋭敏になるのだろう。女の本能というものが、春菜の中にもしっかりと存在している、と小夜子は思った。

たぶん、春菜は「ビアンの世界の住人なのに」という言葉を飲み込んだのだろう。両極に女と男があってその間はグラデーションであると小夜子は思っている。男の要素を持った女で、身体の関係は女しか受け付けない人間もいれば、艶っぽい女なのに、女にしか興味がないって女もいる。昔はグラデーションの中に境界線があると思っていたのだが、男の要素を持っている女が、男と女のどっちにも恋愛感情を抱いたりする。様々な形が存在していた。小夜子がいままでに気持ちを繋いだのは、女が三人、女の子が一人、そして、郭は、小夜子が——最初で最後になるだろう——好きになった唯一の男だった。

「珍しいわね、こんなところで」

後ろから郭の背中に小夜子は声を掛けた。「寒猫」でことみに犬を受け渡す予定だったが、急に、サルサのパーティに行くから時間を変更してくれ、と言われた。「寒猫」にやって来る女の子たちは、身勝手な子が多く自分の時間しか大切にしない。よくあることで仕方がないか、と小夜子はことみの予定に合わせた。ふと、小夜子はサルサという言葉に懐かしさを覚えた。戦後、赤坂にはいくつものダンスホールがあった。ダンスは当時の水商売の女たちの娯楽でもあり、嗜みでもあった。そんなことを思い、自宅に帰るのも面倒で「寒猫」で待つのも馬鹿らしいと、ここにやって来た。

こんなところで郭に会うとは、思ってもみないことだった。

「小夜子か、久しぶりだな」

振り返った郭は、驚いた顔を見せ、横に連れた若い女と繋いでいた手を咄嗟に離した。

「サルサなんて好きだったかしら？」

小夜子は横にいた春菜に飲み物を取りに行くように言った。

春菜は郭の顔を見上げその場を離れた。小夜子は、踊る相手を見つけるのに苦労していた頃を思い出した。背の高い小夜子がヒールを履いて組み合って背が合う男はそうそういなかった。郭に真っ直ぐ向き合うと、小夜子の目の高さに郭の喉仏が見える。郭は小夜子にとって最高に合った体軀なのだが、一度も踊ったことがなかった。

「まあな、健康のためにな」

若い女は、邪険に離された手を郭の肘に絡ませた。

「あら、いろいろと趣味が変わったのね」

小夜子は肘にぶら下がっている若い女の子に視線を送った。女の子は小夜子に強い視線を返してきた。切れ長の大きな目、つんと上を向いた鼻、口角は自然に上がっている。長く伸びた足に透明感のある肌質。その女の子の容姿は別格だった。いまどきのカワイイと言われるものを全て集めて作り上げたもののようだった。

「うちで預かっている子でね、芽衣《めい》というんだ。よろしくな……」

郭が言うと芽衣は小さく頭を下げた。たぶん、女優の卵で郭がパトロンとして援助しているのだろう。

「売れるといいわね」

小夜子の言葉に芽衣は輝くような笑顔を向けた。

二人の背中を小夜子は見送った。郭の肘にあった芽衣の手が、郭の掌《てのひら》に絡み付くように動く。

『バー寒猫』を出した頃、近い関係にあった郭は中国人であるが青龍刀《せいりゆうとう》ではなく、研ぎ上げられた日本刀のような男だった。鋭く、怜悧《れいり》で用心深い男だった。そしてその頃の郭と人前で手を繋いだことなどなかった。

それは男の沽券に関わるというのではなく、片手が塞《ふさ》がれていると、襲われた時の防御がどうしても遅れてしまうという理由で、ペアダンスを踊ったことがないのも同じ理由だった。いくつも抗争を抱え、周りは敵だらけ。二四時間周りに細心の注意を払っていないと、あっという間に築き上げた地位も命も失ってしまう。肌がひりひりと痛むほど、郭の周りの空気は緊迫していた。もしかすると郭の非情なまでの強さに、小夜子の中に残った女の部分が反応していたのかもしれない。

芽衣に手を搦めとられてしまっているいまの郭には、その頃の緊張はまるで感じられなかった。

ことみに、犬は「寒猫」にいるから後で受け取りに来なさい、と告げ、しばらくするとホールに悲鳴があがった。

郭は銃弾に撃ち抜かれた。あの頃の郭なら、平気で横にいる女を楯にすることが出来ただろうし、筋者《スジモン》の長になるような人間なら、弾が逸れてしまうほどの運もあったはずだ。しかし、郭は黄色いハートのネックレスを首からぶら下げたチンピラのような男が放った銃弾に何の抵抗も出来ずにあっけなくやられてしまった。運には端境期のようなものがあるが、郭はそこに落ち込んでしまったのだろう。

「死んだ三人とも小夜子さんの知り合いだったなんて……」

春菜が言った。

「男たちは仕方がないんだよ。いつ死んでもいいって生き方をすることで、お金を稼いでたんだから。でもことみは巻き込まれたんだ……やっぱり野良猫は寿命が短いもんなんだね」

「野良猫？」

「『寒猫』に来る女の子たちのことさ。道で生きている野良猫ってことだよ。春菜、野良猫の寿命って知ってるかい？」

「この頃の猫は長生きするって聞いたよ」

「それは屋内で飼われている家猫だね。餌も良くなってるから一五年くらいは平気で生きる。でもね、駐車場の隅っことかで生きている野良猫は、せいぜい四、五年ってところかな。うちに来る女の子も野良猫なんだね、寿命が短い子が沢山いたよ」

小夜子は、しんみりした声を出した。

「野良猫は大変なんだ」

「生命力のある野良猫もいる。郭が連れてた芽衣って子だよ」

「ああ、あのすっごく！　カワイ……」

春菜は言葉を飲み込んだ。

「いいんだよ、カワイイと言っても。あの子にはカワイイって表現しかないように思う。あの子にとってカワイイってことは完全な武器なんだよ」

「武器か……」

「『寒猫』に来る女の子たちも、カワイイってことばっかり気にしてる。あれは野良猫が道で生きていくための武器を欲しがっているようなもんなんだろうね。カワイければ、誰かが保護してくれる。カワイければ、餌を与えてくれる誰かが現れる。カワイイければ一日でも長く生きていけるってことだね」

「カワイイ方が断然得だもん」

「得ねえ……。でも、カワイイってのは、いまどきの女の子にとっては諸刃の剣でもあるからね。相手が持てば、またそれも相手の武器となり得る」

「相手って？」

「あんたらを食い物にしている人たちだよ。大した鞄でもないのに、カワイイ色、カワイイ装飾って味付けをしただけで、あんたらの財布はパカって開いちゃうだろう？女性のためになんて謳い文句にすぐ乗せられてパカっ、カワイイって評判になってるものなら、すぐにパカって具合にね。カワイイって付ければ物を簡単に売りつけられるんだよ。私らのような年寄りとかおじさんには通用しないからね、財布なんてそう開かない。この世の中で一番簡単に騙されるのが、若い女の子だからね。そのカワイイってものを追って、集め過ぎて、どんどんお金が無くなってしまって、陥るのがカワイイ地獄だからねえ。付け睫毛がどんどん長くなっても、盛った頭が大きくなっても、武器にはならないだろう」

「私もカワイイ地獄に堕ちちゃってんのかな？」

春菜は心配そうな顔を向けた。

「過剰にならないようにするしかないんだろうね。誰だってカワイクなりたい、って思うだろうけど、何事も限度があるんだよ。限度を超してしまうと、カワイイ、カワイイと言う度に寂しさの中に埋もれていくような気がするね」

「私、カワイイ格好してキャバ嬢やりたいってのは、馬鹿なことだったのかな？」

「そんな簡単なことじゃないだろう。キャバ嬢だって、ちゃんと仕事としてやってる子は多いんだよ。いまの世の中ではね、若い女の子が一番自由なんだよ。何したっていいってこと。でも、もてはやされて優遇されているけれど、裏を返せば、一番財布を開いてくれる人種だって認定されているようなもんだからね。カワイイってことだって、ちゃんと使えば、生きていく上での武器になるんだから、使い方なんだと思うよ。自由に生きていきたいんなら、カワイイ地獄っていう穴ぼこに落ちないように気を付けることだよ。財布を開けさせたい人間たちや、あんたらを食い散らかしたいって人間は世の中には、山ほどいるんだからね」

小夜子は言った。

「カワイク武装すればいいのね？」

春菜は顔を輝かせた。

「……まあ、そうなんだけど、あんた、大丈夫かねえ」

野良猫は、可愛げがあれば長生き出来るものだ。小夜子は春菜の顔を見ながら苦笑してしまった。

初出
「寒猫」(書き下ろし)
「ピンクの沼」(「IN☆POCKET」2010年3月号　「カワイイ地獄」改題)
「JUNK　WORD――ポンコツな言葉――」(「IN☆POCKET」2010年5月号)
「ヒヨコのお饅頭」(「IN☆POCKET」2009年11月号)
「透明な水」(「IN☆POCKET」2010年9月号)
「さよならマルキュー」(「IN☆POCKET」2010年1月号　「さよなら、カワイイ、東京」改題)
「東京ラブ」(「IN☆POCKET」2010年11月号　「東京ラプソディー、カワイイの都」改題)
「黄色いハート」(「IN☆POCKET」2010年7月号　「カワイイ侵蝕」改題)
「カワイイ地獄」(書き下ろし)

|著者| ヒキタクニオ　1961年福岡市生まれ。2000年『凶気の桜』でデビュー。'06年、『遠くて浅い海』で第８回大藪春彦賞を受賞。他の著書に『焼印なき羊たち』、『贋屋十四郎　影桜、咲かせやしょう』、『鳶がクルりと』などがある。

カワイイ地獄《じごく》

ヒキタクニオ

2013年３月15日第１刷発行

発行者――鈴木　哲
発行所――株式会社　講談社
東京都文京区音羽2-12-21　〒112-8001
電話　出版部（03）5395-3510
　　　販売部（03）5395-5817
　　　業務部（03）5395-3615

Printed in Japan

講談社文庫
定価はカバーに表示してあります

デザイン―菊地信義
製版――凸版印刷株式会社
印刷――凸版印刷株式会社
製本――株式会社大進堂

ISBN978-4-06-277497-0

講談社文庫刊行の辞

二十一世紀の到来を目睫に望みながら、われわれはいま、人類史上かつて例を見ない巨大な転換期をむかえようとしている。

世界も、日本も、激動の予兆に対する期待とおののきを内に蔵して、未知の時代に歩み入ろうとしている。このときにあたり、創業の人野間清治の「ナショナル・エデュケイター」への志を現代に甦らせようと意図して、われわれはここに古今の文芸作品はいうまでもなく、ひろく人文・社会・自然の諸科学から東西の名著を網羅する、新しい綜合文庫の発刊を決意した。

激動の転換期はまた断絶の時代である。われわれは戦後二十五年間の出版文化のありかたへの深い反省をこめて、この断絶の時代にあえて人間的な持続を求めようとする。いたずらに浮薄な商業主義のあだ花を追い求めることなく、長期にわたって良書に生命をあたえようとつとめるところにしか、今後の出版文化の真の繁栄はあり得ないと信じるからである。

同時にわれわれはこの綜合文庫の刊行を通じて、人文・社会・自然の諸科学が、結局人間の学にほかならないことを立証しようと願っている。かつて知識とは、「汝自身を知る」ことにつきていた。現代社会の瑣末な情報の氾濫のなかから、力強い知識の源泉を掘り起し、技術文明のただなかに、生きた人間の姿を復活させること。それこそわれわれの切なる希求である。

われわれは権威に盲従せず、俗流に媚びることなく、渾然一体となって日本の「草の根」をかたちづくる若く新しい世代の人々に、心をこめてこの新しい綜合文庫をおくり届けたい。それは知識の泉であるとともに感受性のふるさとであり、もっとも有機的に組織され、社会に開かれた万人のための大学をめざしている。大方の支援と協力を衷心より切望してやまない。

一九七一年七月

野間省一

講談社文庫 最新刊

内田康夫　不等辺三角形
「幽霊箪笥」をめぐる二つの殺人。不等辺三角形の謎を追う浅見は、奥松島と名古屋へ。

姉小路　祐　署長刑事《デカ》　指名手配
犯人と名乗り出た少年は、本当に女子高生を殺したのか？　文庫書下ろしシリーズ第三弾。

柳　美里　ファミリー・シークレット
「虐待」の連鎖を断ち切るために受けた凄絶なるカウンセリング。衝撃のノンフィクション。

橋口いくよ　おひとりさまで！　アロハ萌え〈MAHALO HAWAII〉
ハワイが大好きでついにプチロングステイ決行。愛しのラブ・ハワイエッセイ第三弾。

高野史緒　カント・アンジェリコ
カストラートが奏でる天使の声に隠された力に震撼するヨーロッパ。新乱歩賞作家の傑作。

原田ひ香　アイビー・ハウス
シェアハウスで暮らす二組の夫婦の心の変化。話題作をいきなり文庫化。〈文庫オリジナル〉

冬木亮子　書けそうで書けない英単語〈Let's enjoy spelling!〉
知っているはずが意外に書き間違える英単語。イラスト満載・雑学充実。〈文庫書下ろし〉

江上　剛　起　死　回　生
中堅アパレルメーカーの再生に奮闘する銀行OBの姿。銀行員の誇りとは何か。会社とは。

高里椎奈　ソラチルサクハナ〈薬屋探偵怪奇譚〉
師匠も兄貴もいなくなってしまった〝薬店〟で、ひとり頑張るリベザル。新シリーズ開幕！

濱　嘉之　列　島　融　解
東日本電力出身の衆議院議員・小川正人が掲げるエネルギー政策は、日本を救えるのか？

講談社文庫　目録

東野圭吾　嘘をもうひとつだけ
東野圭吾　時生
東野圭吾　赤い指
東野圭吾　流星の絆
東野圭吾　新装版 浪花少年探偵団
東野圭吾　新装版 しのぶセンセにサヨナラ
東野圭吾作家生活25周年祭り実行委員会　東野圭吾公式ガイド〈読者1万人が選んだ東野作品人気ランキング発表〉
広田靚子　イギリス花の庭
姫野カオルコ　ああ、懐かしの少女漫画
日比野宏　アジア亜細亜 無限回廊
日比野宏　アジア亜細亜 夢のあとさき
日比野宏　夢街道アジア
平山壽三郎　明治おんな橋
平山壽三郎　明治ちぎれ雲
火坂雅志　美食探偵
火坂雅志　骨董屋征次郎手控
火坂雅志　骨董屋征次郎京暦
平野啓一郎　高瀬川
平野啓一郎　ドーン

平山譲　ありがとう
平田俊子　ピアノ・サンド
ひこ・田中　新装版お引越し
平岩正樹　がんで死ぬのはもったいない
百田尚樹　永遠の0《ゼロ》
百田尚樹　輝く夜
百田尚樹　風の中のマリア
百田尚樹　影法師
ヒキタクニオ　東京ボイス
ヒキタクニオ　カワイイ地獄
平田オリザ　十六歳のオリザの冒険をしるす本
ビッグイシュー 枝元なほみ　世界一あたたかい人生相談
久生十蘭　久生十蘭「従軍日記」
東直子　さようなら窓
平敷安常　キャパになれなかったカメラマン(上)(下)〈ベトナム戦争の語り部たち〉
樋口明雄　ミッドナイト・ラン！
平谷美樹　藪の奥〈眠る義経秘宝〉
藤沢周平　義民が駆ける
藤沢周平　新装版 春秋の檻〈獄医立花登手控え(一)〉

藤沢周平　新装版 風雪の檻〈獄医立花登手控え(二)〉
藤沢周平　新装版 愛憎の檻〈獄医立花登手控え(三)〉
藤沢周平　新装版 人間の檻〈獄医立花登手控え(四)〉
藤沢周平　新装版 闇の歯車
藤沢周平　新装版 市塵(上)(下)
藤沢周平　新装版 決闘の辻
藤沢周平　新装版 雪明かり
古井由吉　野川
福永令三　クレヨン王国の十二か月
船戸与一　山猫の夏
船戸与一　神話の果て
船戸与一　伝説なき地
船戸与一　血と夢
船戸与一　蝶舞う館
船戸与一　夜《イエ》来《ライ》香《シャン》海峡
深谷忠記　黙秘
藤田宜永　樹下の想い
藤田宜永　艶《つや》めき
藤田宜永　異端の夏

2013年3月15日現在